SWB Krimi

Achim Tacke

FRIESEN-MAFIA

KRIMI

Verlag

Umwelthinweis:
Dieses Buch wurde auf chlor- und
säurefreiem Papier gedruckt

1. Auflage 2013

Lektorat: Catrin Stankov, Bernau

Umschlag und Umschlagillustration:
Caspar Michael Kusmierz / www.caspars-illustrationen.de

Satz: Julia Karl, Oberrot / www.juka-satzschmie.de

Druck und Verarbeitung: E. Kurz + Co.
Druck und Medientechnik GmbH, Stuttgart
www.e-kurz.de
Printed in Germany
ISBN: 978-3-942661-08-9

www.swb-verlag.de

1. Tag

Freitag, 3. Mai

Sie war ausgesprochen schön, aber leider tot. Tammo Poppinga, Kommissar aus Varel, mochte schöne Menschen, aber keine schönen Leichen. Er hielt Abstand zu der Toten. Der Gerichtsmediziner Gunnar Klöver kam auf ihn zu.

»Und?«, fragte der Kommissar.

»Tot!«

»Wie?«

»Vermutlich erdrosselt!«

»Womit?«

Ein Schulterzucken war die Antwort.

»Und sonst?«

»Vermutlich nicht!«

»Hinweise?«

»Keine!«

Die Frau wurde also erdrosselt, vermutlich nicht vergewaltigt und hatte nichts bei sich, was auf ihre Identität schließen ließ, schlussfolgerte Tammo aus dem Gespräch.

Ihr Körper bewegte sich mit den Wellen, die sich träge an den Deich ergossen. Die tiefschwarzen Haare glänzten feucht. Sie verdeckten teilweise das Gesicht. Tammo Poppinga schaute über den Jadebusen. Über Wilhelmshaven strahlte die Sonne. Diesseits des Jadebusens türmten sich noch die Wolken, als stünde eine unsichtbare Barriere ihnen im Weg. Der Kommissar ging einige Schritte auf die Frauenleiche zu. Ihre Schönheit schien fast makellos, fein und voller Grazie. Grazie mochte er auch. Wenn sie sich doch bloß nicht bewegen würde. Leichen sollten einfach nur starr daliegen, fand Tammo.

Er schaute den Deich entlang. Gunnar Klöver zog sich die Handschuhe aus.

»Spuren?«, fragte Tammo.

»Nix als Schafscheiße auf Gras!«

»Und am Wasser?«

»Sand und Wasser!«

Einer der Polizisten zog die Leiche vorsichtig auf den Deich. Endlich bewegte sie sich nicht mehr und war einfach nur noch Leiche. Jetzt erst trat Tammo etwas näher an sie heran. Behutsam, als sei sie zerbrechlich, schob der Polizist die Haare aus dem Gesicht. Slawin, tippte Tammo. Sie ist Slawin oder sonst wo aus Osteuropa. Die hohen Wangenknochen, die katzenhaften Augen, die schwarzen Haare. Ob sie Slawin war, war nur eine Vermutung. So stellte sich Tammo jedenfalls eine Slawin vor. Was für ihn entscheidender war: Sie war auf keinen Fall eine Friesin. Und damit wurde der Fall unangenehm. Leichen, meinte Tammo, sollten ein Zuhause haben – und das sollte möglichst da sein, wo sie auch gelebt hatten. Eine heimatlose Slawin machte Probleme. Er hatte nichts gegen Slawinnen am Jadebusen, aber sie sollten möglichst nicht tot sein – und schon gar nicht ermordet.

»Ob sie eine Slawin ist?«, fragte Tammo den Gerichtsmediziner.

»Naja, könnte sein.«

»Wegen der schwarzen Haare, meine ich.«

»Es gibt auch blonde Slawinnen.«

»Blonde?« Tammo überlegte.

»Die Boszena, die bei Oma Hedwig sauber macht, ist blond.«

»Die Ewa, die bei Krügers putzt, ist schwarzhaarig.«

»Gefärbt!«

»Gefärbt?«

»So ein Schwarz gibt es nicht in der Natur. Nur in der Chemie.«

Tammo deutete auf die Leiche.

»Die hier ist genauso schwarz.«

Gunnar Klöver ging zu der Leiche und sah sich den Haaransatz an. Tammo hielt noch immer Abstand.

»Die Farbe ist echt. Wirkt nur unecht, weil die Haare nass sind«, behauptete Gunnar. Der Fall wurde immer undurchsichtiger. Tammo stopfte seine Hände noch tiefer in seine Hosentaschen. Die Male an ihrem Hals deuteten auf ein Gewaltverbrechen hin. Er wird wahrscheinlich mit Kollegen sprechen müssen. Mit Kollegen vom Präsidium in Oldenburg oder sogar mit denen vom BKA, die er gar nicht kannte. Tammo sprach nicht gerne mit Menschen – schon gar nicht am Telefon – die er nicht kannte. Varel und umzu war überschaubar, er kannte so ziemlich jeden und wollte, außer dienstlich, von niemandem etwas. Mit der Leiche sah die Geschichte plötzlich völlig anders aus.

»Brauchst du mich noch?«

»Für meinen Job brauch ich dich nie!«

»Ich meine ...«

»Geh ruhig.«

Tammo mochte den Gerichtsmediziner. Gunnar Klöver, 50 Jahre oder älter, graue Haare und in der Freizeit Imker. Weil er nach seinem Studium unbedingt in Varel bleiben wollte und die

Friesen keinen ausgeprägten Hang zu Gewalttaten hatten, entschloss er sich zu einem Aufbaustudium, das ihm ermöglichte, nicht nur an Toten seine Künste auszuüben. Über Bienen und Honig redete er mehr als über seine Leichen oder Kranken. Beides war aber in der Summe nicht viel. Tammo ging noch einige Schritte auf die Leiche zu. Irgendwann stand er dann vor der Toten. Schöne Menschen sollten nicht sterben. Was hier geschehen war, war nicht nur ein Mord, es war Barbarei.

Bei nüchterner Betrachtung war das aber noch keine heiße Spur. Er sah sich automatisch um, obwohl er sicher war, dass die Frau nicht hier ermordet wurde. Das Wasser hatte sie hergetrieben. Tammo kannte das Wasser im Jadebusen. Als Kind hatte er am Deich gespielt, als Jugendlicher seinen Segelschein gemacht und seither betrachtete er diesen Teil der Nordsee als sein zweites Zuhause. Wie war das Wetter in den letzten Tagen? Ausgesprochen normal. Die Tide kam und ging. Nichts Außergewöhnliches. Wieder starrte er auf das Wasser. Ist sie auf einem Schiff ermordet worden? Sie trug ein rotes Wickelkleid – sonst nichts. Keine Uhr, keinen Schmuck, keine Schuhe, keinen BH und keinen Slip. Eine schöne Slawin in rot und tot.

Wäre der Fall ein Kinofilm oder ein Fernsehkrimi, dachte er, hätte er jetzt wahrscheinlich einen Hund an seiner Seite. Der Hund würde Fiete heißen und es wäre seine Aufgabe, Fiete seine Gedanken zu erzählen, damit die Zuschauer wüssten, was er gerade denkt. So ein Hund ist nicht schlecht. Gedanken sind flüchtig. Es ist gut Gedanken zu erzählen, weil man dann eine bessere Erinnerung hat. Wenn der Hund die Ohren spitzt, das Nackenhaar sträubt oder den Kopf zur Seite legt, dann erinnert man sich an den Gedanken. Tammo hatte aber keinen Fiete, und es wäre im Moment auch nicht ratsam, sich um einen nicht vorhandenen

Hund zu kümmern anstatt um die schöne Tote. So blieben konsequenterweise seine Gedanken in absehbarer Zeit flüchtig.

Es war Freitag und damit sein freies Wochenende passé. Die Kripo aus Oldenburg würde bald eintreffen, ihn mitleidig ansehen und ihn mit Fragen überhäufen, die er nicht beantworten konnte. »Macht nichts«, würden sie sagen und ihn für einen Dorftrottel halten, der Kaffee kochen durfte.

Slawische Tote am Jadebusen waren einfach Scheiße, beschloss er und stieg in den Dienstwagen, fuhr den Deich hinunter Richtung Dangast. Es war Anfang Mai und die Touristen strömten in das Seebad. Kurz hinter dem Ortsausgang bog er links zum Vareler Hafen ab. Ein Umweg, aber Zeit zum Nachdenken und Ausweichstrecke, die ihm die Oldenburger Kripo wenigstens für eine kurze Weile vom Leib hielt. Die Slawin, das war klar, kam nicht aus Dangast, Varel oder der näheren Umgebung. Sie wäre ihm aufgefallen. Die Tote als Touristin schloss er auch aus. Noch nie hatte er einen slawischen Touristen am Jadebusen gesehen. Blieb die Dangaster und Vareler Unterwelt. Er musste lächeln. Das war überschaubare Hausmannskost – unmöglich.

Vom Vareler Hafen fuhr er Richtung Innenstadt. Auf der Straße hatte er vor sechzehn Jahren seine Eltern verloren. Ein LKW hatte sie überfahren, als sie die Straßenseite wechseln wollten. Sein Vater war Verkehrspolizist gewesen. Tammo wurde zum Unfallort gerufen und sah erst da, dass es seine Eltern waren. Vier Wochen blieb er anschließend zu Hause. Der Schock saß tief. Erst ein Jahr später war er in der Lage, das Haus seiner Eltern in Dangast zu beziehen. Nur wenige Dinge, die ihn an seine Eltern erinnerten, behielt er. Der Rest wurde wegrenoviert. Er teilte das Haus. Die eine Hälfte bewohnte er selber, die andere vermietete er als Ferienwohnung. Alles wurde wesentlich teurer, als er es geplant hatte. Entsprechend billig fiel die Möblierung der Wohnungen aus.

Das Revier lag in der Nähe des Bahnhofs. Den Oldenburger Wagen sah er schon, als er um die Ecke bog. Sie waren also bereits da. Der Kleinkrieg konnte beginnen. Er wollte Dynamik vortäuschen und nahm immer gleich zwei Stufen, als er die Treppe zur Wache hinauflief. Und dann stand sie da – groß, blond, blauäugig in einem hellbraunen Trenchcoat. Ihre langen Haare hatte sie zu einem Knoten aufgebunden. Sie sagte nichts, sah ihn an, wie er verdattert in der Tür stand. Seit wann stellt die Polizei Damen ein? Ohne Schwierigkeiten hätte sie auch auf einen Laufsteg in Mailand gepasst oder zum Presseball in Berlin. Tammo war weder bei einer Modenschau in Mailand noch auf dem Presseball in Berlin gewesen, aber so stellte er sich die Welt der Schönen und Reichen vor.

Er hatte sich heute Morgen keine große Mühe mit der Auswahl seiner Klamotten gegeben. Machte er das je? Geduscht, T-Shirt, Jeans, seine geliebten uralten Lederboots, fertig. Seine Haare, nicht blond, nicht braun, irgendwo dazwischen, wollten nicht immer, wie er wollte. Eigentlich war ihm das egal, nur die Länge war entscheidend, immer schön bis in den Nacken. Bloß keine Beckham-Spitzhaarfrisur! Bloß nicht! Und kein Gel! Bloß nicht! Mann war Friese und nicht Barmann der Münchener Schickeria!

Ein solcher Aufprall der Gegensätze war eine von Hinterlist geplante Unverschämtheit. Tammo ging innerlich in die Knie. Sie war auf ihren Absätzen auch noch größer als er.

»Ich heiße Swantje, Swantje Bilger, Hauptkommissarin aus Oldenburg!«

Sie kam mit einem Lächeln und ausgestreckter Hand auf ihn zu. Er richtete sich auf. Jetzt bloß eine tiefe Stimmlage finden. Er räusperte sich. Der Kloß im Hals schwoll an.

»Jo«, rutschte über seine Zunge. Mehr gewürgt als gesprochen.

»Sie heißen Jo?«

»Nö, wieso?« Der Kloß saß tief im Rachen und schwoll weiter.

»Sie haben gerade Jo gesagt.«

»Jo? Nö!« Jetzt juckte auch noch die Kopfhaut.

»Doch! Sie haben Jo gesagt!«

Tammo keuchte, als hätte er gerade eine Zigarre inhaliert.

»Tammo, Tammo Poppinga«, piepste es. Er gab ihr die Hand. Dabei dachte er »das wird nichts«. Hauptkommissarin hatte sie gesagt! Tammo hob innerlich den Zeigefinger. Hauptkommissarin. Die war mindestens – MINDESTENS – 5 Jahre jünger als er. Endlich gab es in Dangast mal einen richtigen Fall und was geschah? Man setzte ihm eine Hauptkommissarin vor die Nase.

Swantje saß beim Frisör, als sie der Anruf erreichte. Zum Glück waren die Haare bereits gewaschen. Zeit zum Föhnen blieb nicht. Sie ließ sich die Haare zu einem Pferdeschwanz zusammenbinden. Ein Fall in Dangast. Ein vermutlicher Mord. Das passte so gar nicht nach Dangast – schon gar nicht in den Ort, wo sie die schönsten Kindertage verbracht hatte. Seither mied sie den Nordseebadeort. Bloß keine Erinnerungen zerstören. Dangast, das war ein Schatz, den sie mit sich trug, der in ihrer Seele vergraben war und den sie fürchtete zu heben, um Enttäuschung zu vermeiden. Dangast war aber auch eine entsetzliche Erinnerung. Es war nur ein Moment, aber er hatte ihre Kinderseele tief verletzt. Jetzt lag eine Tote am Deich. Die Zentrale hatte ihr gesagt, dass bereits ein Kommissar Poppinga vor Ort sei. Treffpunkt wäre die Wache in Varel. Komisch, an Varel hatte sie überhaupt keine Erinnerung. Für ein Kind ist Varel wahrscheinlich verdammt weit weg von Dangast.

Als sie sieben Jahre alt war, zogen ihre Eltern nach Frankfurt. Zwei Jahre später ließen sie sich scheiden. Sie blieb bei ihrer Mutter. Den Vater sah sie ab dann noch vier mal. Nicht weil er nicht wollte, sondern weil er als Bänker nach Singapur ging und ihr von da an nur noch doofe Postkarten mit knappen Texten schickte. Auf dem Gymnasium verschwieg sie die Scheidung ihrer Eltern bei den Freundinnen, gab aber mit ihrem Vater mehr als fantasievoll an. Die gelogene Geschichte flog auf. Ihr Vater, der Held in der Ferne, war jetzt nur noch der Papa, der sich aus dem Staub gemacht hatte. Swantje litt. Ihre kleine, phantasievoll gestaltete Welt brach zusammen. Sie stand plötzlich ganz schön belämmert da. Kichernde Freundinnen, die sich laufend Unverschämtheiten einfallen ließen, machten sie zur Einzelgängerin. Denen werd ich's schon beweisen! Zeitlich passte das ganz gut. Die Pubertät kam und mit ihr die Jungs. Sie war groß, schlank, sportlich, alles andere als dumm und voller Rachegefühle. Den blöden Ziegen werde ich es schon zeigen, beschloss sie. Wann immer ein Junge auftauchte, der den anderen gefiel, schnappte sie sich ihn. Am besten öffentlich, damit die anderen es auch sahen – ihren Triumph sahen! Was sie nicht kalkulierte, ihr Ruf ging ziemlich vor die Hunde. In dieser Zeit wechselte ihre Mutter den Mann und den Wohnort. Bad Soden Allendorf. Davon hatte sie noch nie gehört. Im Geografieunterricht und in Geschichte war Bad Soden Allendorf durchs Raster der schulischen Bildung gekippt – einfach nicht auffindbar. Swantje träumte von einem Neuanfang, kramte den Atlas hervor, fand Bad Soden Allendorf und ernüchterte. Schon am ersten Tag beschloss sie diese Zwischenstation – und als solche begriff sie sie – aus ihrer Biografie zu streichen. Daran hielt sie sich auch. Dorf, Kleinstadt, alles was mehr als 40 Prozent Grün aufwies, sollte für sie nicht mehr in Frage kommen. Frankfurt, Hamburg, Berlin – oder noch besser – New York und Paris. Das waren Ziele.

»Wo ist die Leiche?« Sie hätte in der gleichen Stimmlage auch fragen können: »Wo ist der Dienstwagen?«

»Sind Sie alleine?«, fragte Tammo unsicher und ärgerte sich über ihre Sicherheit. Schweißperlen hatten sich explosionsartig auf seiner Stirn gebildet.

»Brauchen wir mehr?« Sie zog ihre rechte Augenbraue etwas nach oben.

Hexe, sie ist eine Hexe und eine unverschämte dazu, schoss es Tammo durch den Kopf.

»Die Leiche war vorhin noch am Deich.«

»Was bedeutet vorhin?« Jetzt wippte die Augenbraue etwas. Ob sie das vor dem Spiegel geübt hatte? Was sagt eine wippende Augenbraue über die Psyche eines Menschen aus? Tammo versuchte sich zu konzentrieren.

»Naja, eben vorhin. Vor einer halben Stunde, schätze ich«, sagte er und »blöde Gans« dachte er. Sie zog ihre Nappalederhandschuhe etwas hoch, als wolle sie zu einer Operation schreiten oder ihm einen Kinnhaken verpassen.

Das Telefon klingelte. Gunnar Klöver teilte kurz mit, dass die Leiche da sei.

»Wo wird die Leiche obduziert?«, wollte Swantje Bilger wissen.

»Im Keller!«

Sie stiegen die Stufen hinunter, gingen durch den schmalen Gang und bogen rechts in den gelb gekachelten Raum ein.

»Ist hier schon Störtebeker obduziert worden?« Swantje Bilger sah sich dabei in dem Raum um, der tatsächlich ein Überbleibsel vergangener Zeiten war. Tammo hielt den Mund. Gunnar Klöver, um das antiquierte Bild noch zu bestätigen, stand mit einer großen Lupe bei der Leiche und sah sich die Würgemale am Hals an. Swantje Bilger verdrehte die Augen.

»Segeltau!«, sagte Gunnar Klöver kurz.

»Und das können Sie so einfach behaupten?« Die Kommissarin trug die Nase etwas zu hoch für friesische Verhältnisse, und zu allem Überfluss stemmte sie auch noch ihre Fäuste in die Taille.

»Ich behaupte das nicht – ich weiß es!«

»Sowas sollten wir doch eher den Spezialisten in Oldenburg überlassen.«

»Auch gut!« Gunnar Klöver packte die Lupe beiseite.

»Was machen Sie da?«

»Nix.«

»Wie nix?«

»Ich überlasse das den Spezialisten in Oldenburg. Meine Bienen warten.« Und damit verließ er den Raum. Tammo kicherte.

»Werden wir jetzt albern?«, zischte Swantje ihn an.

»Nö, nö. Ist ja alles geklärt!«

Sie griff in die Tasche ihres Kamelhaarmantels und zog ihr Handy hervor.

»Hauptkommissarin Bilger. Ich habe hier eine Leiche in, äh in …«

»Varel!«

»In Varel. Ich brauche dringend eine Obduktion. – Pause- Wie, Sie sind voll? – Pause – Was interessiert mich, wer Urlaub hat. Ich habe eine Leiche! – Was heißt hier zwischenlagern? – Pause – Sind Sie noch zu retten?« Wutschnaubend unterbrach sie die Verbindung. Ein Stück ihrer Sicherheit war futsch.

»Haben Sie eine Möglichkeit, die Leiche für zwei Tage einzulagern?«

»Sie meinen eine Kühlung?«

Sie nickte nur.

»Ne, haben wir nicht!«

»Aber Sie müssen doch irgendwie die Leichen aufbewahren!«

»Welche Leichen?«

»Gibt es in diesem Nest keine Toten?«

»Doch. Tante Elsbeth zum Beispiel. Oder auch Hauke Hansen.«

Sie wurde immer nervöser. »Und? Wo haben Sie die Toten bis zur Obduktion aufbewahrt?«

»Wieso denn Obduktion? Tante Elsbeth ist mit 101 Jahren ganz natürlich gestorben und Hauke Hansen ist von seinem Bullen getreten worden. Die haben wir gleich beerdigt.«

Bedrohlich kam Swantje auf Tammo zu. Sie war kurz vor einem Schreikrampf.

»Sie nehmen mich nicht ernst. Das merk ich mir. Diese Leiche muss gekühlt werden – und zwar für zwei Tage!«

Tammo ließ sich etwas Zeit. Er spürte förmlich, wie er innerlich wuchs.

»Vielleicht bei Schlachter Kühn. Der hat ein Gefrierhaus.«

»Sind Sie von allen guten Geistern verlassen?«

»Dann nicht!« Gut gelaufen, dachte Tammo und verließ den Raum. Er hörte noch, wie sie rief: »Sie bleiben jetzt hier!« Blieb er aber nicht. Tammo ging schnell, ohne jedoch zu laufen. Mit ihren High Heels konnte sie sein Tempo nicht halten. Erst bei seinem Dienstwagen erreichte sie ihn. Sie schien etwas entspannter, dafür aber atemlos.

»Entschuldigen Sie! Ich ... ich bin wohl etwas ... naja, manchmal gehen die Pferde mit mir ... ich meine, wir müssen doch die Leiche ...« Sie hatte das Zauberwort WIR gebraucht und es erschien Tammo glaubhaft.

»Lassen Sie Gunnar Klöver weitermachen. Er ist etwas eigen, aber gut.«

»Mir scheint, ihr seid hier alle etwas eigen. Und was ist mit der Kühlung der Leiche.«

»Kümmert sich Gunnar drum.«

Sie nickte, wenn auch widerwillig.

»Und jetzt?«, fragte Tammo.

»Ich brauche eine Unterkunft.«

»Da gibt es so eine Reethauspension in Dangast. Ist gemütlich.«

An ihrem Gesichtsausdruck sah Tammo, dass sie höchste Zweifel an seinem Tipp hatte. Sie sagte aber nichts.

»Ich fahre zu Gunnar. Sie können sich ja um ihre Unterkunft kümmern.«

Swantje setzte sich in ihren Wagen. Bevor sie ihn startete, blieb sie eine Weile starr sitzen. Was war das denn? Hatte dieser Tammo die Aufnahmeprüfung an der Polizeischule im Gummistiefelweitwurf geschafft? Und dieser Gerichtsmediziner! Der hätte auch eine Hauptrolle in »Tanz der Vampire« übernehmen können. Transsilvanien am Nordseestrand. Sie musste aufpassen. Hier braute sich eine Front, ein ländlicher Tsunami zusammen, der sie leicht – und die Ermittlungen auch – überrollen könnte. Sie startete den Wagen. Ihr war nicht wohl. Nicht nur wegen der geballten Kraft der Landeier, sondern auch wegen Dangast. Sie überquerte die Hafenstraße, folgte den Anweisungen des Navis. Wann würden die ersten Bilder zurückkehren? Wann holt sie die Erinnerung ein? Bei der Papierfabrik bog sie rechts ab. Rallenbüschen. Vor dem Gasthof zur Linde stand eine lebensgroße Giraffe aus Eisen. Kunst statt Fassbier! Oder vielleicht beides? Und dann war die erste Erinnerung da. Die Tankstelle in Dangastermoor. Dauerlutscher!, fiel ihr ein. Hier gab es immer einen Dauerlutscher, den sie mit Genuss in die linke Wange schob. Weiden, Kühe, Pferde. Damals gab es kaum Pferde. Die Kühe, wenn sie in die Ställe geholt wurden, kackten immer auf die Straße. Das fand sie ekelig. Wenn Kühe kacken, fand Swantje, gucken sie extrem doof. Wenn sie über's Land fuhr, achtete sie darauf, als suche sie den Gegenbeweis – eine akademische Kuh, sozusagen. Akademisch fand sie gut. Akademisch war etwas, was erklärbar, eindeutig und damit sicher war. Hier betrat sie ein Refugium, das nicht logisch und eindeutig war – es war ein Stück ihrer Kindheit, deren Prägung sie immer los werden wollte. Da, gleich da vorne, ging es links ab. Sie fuhr geradeaus. Ortseingang von Dangast. Aus der alten Schule ist ein Nationalparkhaus geworden. Links der Dorfkrug und dann das Reethaus. Einen Moment überlegte sie zu bremsen, auf den Parkplatz zu fahren. Erst das Meer. Dort hatte sie schwimmen gelernt. Sie stieg aus dem Auto. Alles sah anders aus. Das beruhigte sie irgendwie. Ein Schwimmbad hatten sie an den Deich gebaut. Der Strand war eingezäunt. Eine Bretterbude mit albernen Palmen sollte Karibik vorgaukeln. So was kannte sie auch von woanders. Blöde Ideen schienen derzeit Konjunktur zu haben. Ähnlich verhielt es sich mit den Verkaufsständen. Pommes, Nippes, Postkarten – wie überall, wo sich Touristen herumtreiben. Zugegeben, als Kind fand sie das schön. Sie fuhr zum Reethaus.

»Haben Sie ein Zimmer frei?« Swantje sah sich unsicher um, während sie Helene fragte.

»Für wie lange?«

»Bis der Mord ... erst einmal für ... sagen wir für vier Tage.«

Da sprang nicht gerade Sympathie hin und her. Helene, die große, blonde Wirtin des Reethauses, schleuderte ein Handtuch in ihrer rechten Hand. Eine Macke von ihr.

»Mit Frühstück?«

Swantje nickte. „Der Kommissar aus Varel hat Ihr Haus empfohlen.

»Tammo?«

»Richtig, Tammo heißt er wohl.«

»Normalerweise vermiete ich nur Doppelzimmer.«

»Und was kostet bei Ihnen ein Doppelzimmer?«

»Mit Frühstück 62 Euro.«

»Kann ich mal ein Zimmer sehen?« Swantje wurde ungeduldig. So ein Zimmer hatte sie im Reethaus, weil von Tammo empfohlen, nicht vermutet. Das ganze Haus war geschmackvoll eingerichtet, mit viel Liebe zum Detail. Helene lächelte Swantje an. Sie lächelte zurück.

Tammo fühlte sich in seinem Wagen frei – von einer unendlichen Last befreit. Er schaltete das Nordwestradio ein, hörte

»Fiera dell'Est« von Branduardi und fuhr nach Langendamm. Jetzt hatte die Sonne auch den westlichen Teil des Jadebusens erreicht. Es wurde warm. Gunnar Klöver war bei seinen Bienen. Tammo hielt Abstand. Er rief. Der Gerichtsmediziner kam.

»Ihr Kleid ist von Gucci.«

»Ist sie …?«

»Nein, sie ist eindeutig nicht vergewaltigt worden.« Gunnar Klöver nahm die Netzkappe ab.

»Gibt es sonst noch Spuren?«

»Vielleicht. Ich muss noch mal ran. Eine DNA-Probe ist auf jeden Fall schon unterwegs nach Oldenburg.«

»Ich denke, die sind voll.«

»Mein Schwager Jan ist da Gerichtsmediziner. Kurzer Dienstweg.« Sie gingen auf das Haus zu. Gunnar Klöver zögerte einen Moment.

»Sie hat geschossen.«

»Was?«

»Sie hat geschossen. Sie hat Schmauchspuren an der rechten Hand.«

»Sie hatte eine Waffe und ist trotzdem erwürgt worden?«

»Wann Sie geschossen hat, kann ich nicht mit Sicherheit sagen. Auf jeden Fall hat sie sich danach nicht mehr die Hände gewaschen.«

Sie erreichten Gunnars Haus. Den Resthof hatte er sich vor einigen Jahren gekauft, weil er meinte, dass er in seiner Seele mehr Bauer als Mediziner sei. Zuerst kaufte er sich einige Schafe – Moorschnucken. Später kamen dann die Bienen hinzu. An dem Haus hatte er nur wenig verändert. Wo einst die Einfahrt zur Tenne war, zierte jetzt ein großes Bogenfenster den Eingang.

»Hast du sie fotografiert?«, wollte Tammo wissen. Gunnar verschwand kurz im Haus. Ohne ein Wort reichte er Tammo vier Bilder. Genauso wortlos steckte sie Tammo ein. Im Auto überlegte er kurz, was er als Nächstes unternehmen wolle. Er entschied sich nach Dangast zu fahren, kam aber nur gut 500 Meter weiter. Er entdeckte Schorsch vor dem Vereinshaus des Spielmannzugs »Vorwärts«. Schorsch strich gerade einige Fenster und genoss dabei die Sonne. Schorsch war handwerklich begabt, pensionierter Lehrer und seither ein gefragter Schwarzarbeiter. Schwarzarbeit fiel nicht in Tammos Zuständigkeit und deshalb war es ihm egal. Tammo kannte Schorsch seit seiner Kindheit. Als er neun Jahre alt war, baute ihm Schorsch auf seinen Wunsch hin eine Hundehütte, obwohl er gar keinen Hund hatte. Weil Tammo aber gerne selber Hund spielte, schien ihm eine eigene Hütte angebracht. Die Hütte wurde so schön, dass Tammos Eltern nicht umhin kamen, ihm einen Hund zu schenken. Den Hund nannte er Fiete. Damals lernte Tammo, dass nicht unbedingt ein gerader Weg zum schnellen Ziel führt.

»Kennst du die Frau?« Tammo hielt Schorsch eines der Fotos hin. Schorsch legte den Pinsel beiseite und sah das Foto genauer an.

»Kenne ich nicht.«

Nun hätte Tammo weiter fragen können, ließ es aber sein, um Schorsch Zeit zu geben, seine Gedanken zu sammeln.

»Vor zwei oder drei Tagen hab ich sie in einem Auto gesehen. Toller Wagen.« Schorsch konzentrierte sich weiter.

»War in Moorhausen. Sie kam von Oles Hof.«

»Was war das für ein Wagen?«

»Porsche. Geländewagen mit Hamburger Nummer. Schwarz.«

»Wo ist sie hingefahren?«

»Richtung Varel.«

»Sonst noch was?« Tammo steckte das Foto wieder in seine Jackentasche.

»Vor ein paar Monaten hab ich sie schon mal gesehen. Da fuhr sie auf den Hof von Hinnerk Paulsen. Dann noch mal abends. Hinter den Kasernen in Varel.«

Tammo nickte. Schorsch nahm wieder seinen Pinsel.

»Damals mit einem Jaguar, auch mit Hamburger Nummer.«

Also Mietwagen, dachte Tammo und stieg in sein Auto. Kaum war er wieder auf der Straße, sah er Swantje, die ihm entgegen kam. Er überlegte kurz, ob er einfach weggucken sollte, aber da hatten sie schon Blickkontakt. Sie stieg auf die Bremse, er auch.

»Der Tipp mit der Pension war gut. Sollen wir gemeinsam weiterfahren?«

Was sonst, dachte er und nickte. Sie parkte ihren Wagen und stieg zum ihm ein. Swantje hatte sich umgezogen. Eine enganliegende Jeans, eine hellblaue karierte Bluse (irgendwie sah die teuer aus) und bequeme Turnschuhe, wie man sie in den siebziger Jahren trug. Und sie duftete! Die Beifahrertür war noch nicht geschlossen, da sprudelte es auch schon aus ihr heraus.

»Wir müssen den Fall systematisieren. Ich habe da ein Programm in meinem Laptop entwickelt. Ein ähnliches gibt es auch in Amerika, also USA.«

Soso, dachte Tammo, meine Kollegin klaut Computerprogramme. Von wegen ähnlich! Swantje sprudelte weiter: »Die sind damit unheimlich erfolgreich. Hervorragend, sag ich Ihnen. Alle Informationen, die wir bekommen, werden nach streng logischen Kriterien ständig miteinander abgeglichen und in einen Kontext gesetzt. Besser als jeder Profiler! Wo fahren wir eigentlich hin?«

»Zu Ole!« Tammo seufzte. Jetzt musste er erzählen, wo er doch gar keine Lust hatte etwas zu erzählen. In möglichst kurzen Sätzen berichtete er, was er in der letzten Stunde herausgefunden hatte. Zum Glück stellte sie keine Zwischenfragen, die ihn aus dem Rhythmus gebracht hätten. Kurz bevor sie den Hof von Ole Franke erreichten, war Tammo mit seinem Bericht fertig. Eine breite Birkenallee führt zu dem Hof. In einem Rhododendronpark lag das herrschaftliche Wohnhaus mit Reet gedeckt. Im hinteren Teil der Hofanlage standen zwei moderne Boxenlaufställe für jeweils mindestens 150 Kühe. Ole war auf dem Hof. Er trug einen grünen Overall, hatte ein kantiges Gesicht, das in eine hohe Stirn mit folgender Glatze überging. Gut 50 Jahre mochte er alt sein. Einer seiner Schlepper hatte den Geist aufgegeben.

»Moin!« Tammo und Swantje gingen auf den schlechtgelaunten Ole zu.

»An den Scheißdingern kannste nichts mehr selber machen«, war Oles Antwort.

Tammo zog eines der Fotos aus seiner Jacke und hielt es Ole hin.

»Kennst du die Frau?«

Ole schaute nur kurz auf das Bild.

»Nie gesehen!«

»Sie soll auf deinem Hof gewesen sein.«

»Es kommen laufend Touristen auf meinen Hof. Städter, die Milch kaufen wollen. Die spinnen doch.«

»Ist doch schön, wenn die Leute gleich die frische Milch vom Bauern kaufen wollen«, meinte Swantje. Ole sah sie an, als wäre der Schwachsinn gerade über sie hergefallen.

»Wer ist die denn?«, fragte er.

»Eine Kollegin aus Oldenburg!«

»Merkt man!«

Tammo hielt Ole das Foto direkt unter die Nase.

»Sie war hübsch!«

»Stimmt!«

»Und du hast sie nicht bemerkt?«

»Nö!«

»Sie war mit einem Porsche hier«, beharrte Tammo.

»Dafür kann ich doch nichts!«

»Und deine Frau?«

»Die fährt keinen Porsche!«

»Lass den Blödsinn. Ich will wissen, ob deine Frau die Frau vielleicht gesehen hat.«

»Welchen Schlüpfer hat deine Kollegin an?«

Tammo starrte Ole an und verstand nicht. Ole grinste breit.

»Wie soll ich dir eine Frage beantworten, die nur meine Frau beantworten kann? Machst du deine Ermittlungen immer so schlampig?«

Ole widmete sich wieder seinem Schlepper. Tammo spürte, wie das Blut in seinen Kopf stieg. Zum Glück sagte Swantje nichts. Sie gingen zum Haus und klingelten. Oles Frau war groß und ungewöhnlich stark bemuskelt. In ihrem Gesicht hing eine übergroße Nase, die zwei enganliegende Augen bewachten. Die Mimik schien seit Jahren eingefroren. Tammo wusste, dass sie einst niedersächsische Diskusmeisterin war. Als ihr Trainer sie mit Anabolika zu dopen versuchte, stieg sie aus. Der Trainer zog, weil ihm nichts nachzuweisen war, nach Süddeutschland und sie zu Ole. Tammo hielt ihr eines der Fotos hin.

»Haben Sie die Frau schon einmal gesehen?« Ihr Gesicht verdunkelte sich. Automatisch sah sie in Richtung ihres Mannes.

»Sollte ich?«

»Jemand hat diese Frau gesehen, als sie mit ihrem Porsche den Hof verließ.«

»Bei mir war sie nicht!«

»Ich will ja auch nur wissen, ob Sie die Frau schon mal gesehen haben.«

»Hab ich nicht!«, und damit fiel die Tür zu.

Tammo und Swantje stiegen in den Wagen.

»Der hält mich für 'ne blöde Kuh!« Swantje war wütend. Tammo zog es vor, nichts zu sagen.

»Warum sollen die Leute auf dem Land nicht vom Bauern Milch kaufen?« Swantje musste ihrem Ärger Luft machen. »Frischer geht es doch gar nicht. Wenn ich auf dem Land leben würde, nur theoretisch gedacht, würde ich alles frisch bei den Bauern kaufen. Sonst braucht man doch gar nicht auf dem Land zu leben. Ich meine, wenn man sich das so richtig überlegt, dann macht es doch erst richtig Sinn.«

Tammo konnte das so nicht stehen lassen. Außerdem befürchtete er, dass er für Stunden das Gerede ertragen müsse.

»Was wollen Sie denn auf dem Land frisch kaufen?« Er hielt seine Stimme bewusst bedeckt. Swantje sah ihn mit großen Augen an.

»Alles! Milch, Fleisch, Gemüse und Obst.«

»Wo wollen Sie denn hier Gemüse und Obst herbekommen?«

»Aus den Bauerngärten natürlich.«

»Wo gibt's denn hier noch Bauerngärten?«

»Es gibt keine Bauerngärten?«

»Ich kenne keinen!«

»Es gibt keine Bauerngärten mehr?«

»Mir fällt keiner ein.«

»Die Bauern haben doch viel Land. Dann müssen die doch auch einen Garten haben.«

»Warum?«

»Die kaufen ihr Gemüse im Supermarkt?« Swantjes Gesicht war voller Zweifel.

»Klar! Wie alle anderen auch.«

»Aber Milch! Es gibt überall Kühe und damit auch Milch. Frisch vom Bauernhof!« Als hätte sie gerade einen Werbeslogan entwickelt, unterstrich sie den letzten Satz mit einer weiten Geste.

»Ist verboten!«

»Milch kaufen ist verboten?«

»Jo!«

»Sie wollen mich verarschen?«

»Nö!«

»Aber ich kann doch überall Milch kaufen!«

»Im Supermarkt ja, auf dem Hof nicht!«

»Was soll denn der Quatsch?«

»Kein Quatsch – Hygiene. Muss erst homogenisiert und sterilisiert werden.«

»Ist ja ekelig!« Swantje schwieg und dachte nach. Tammo atmete durch. Er hatte Moorhausen verlassen und war auf dem Weg zu Hinnerk Paulsen, der zweite Name, den Schorsch erwähnt hatte. Sein Handy klingelte.

»Moin!« Dann schwieg er und hörte zu. Es war Kollege Onno aus der Zentrale.

»Höhensieb liegt tot auf einer Sandbank beim Angaster Leuchtturm!«

»Der Höhensieb?«, fragte Tammo.

»Genau! Futtermittel Höhensieb. Zwei Fischer haben ihn gefunden. Die warten auf euch.«

Der Wagen wurde langsamer, bis er schließlich stand. Tammo beendete das Gespräch ohne Gruß.

»Wieder ein Toter. Wird allmählich inflationär.« Er drehte den Wagen und fuhr Richtung Dangast.

»Wissen Sie schon, wer der Tote ist?« Swantjes Wut war verflogen.

Tammo nickte. »Harald Höhensieb. Futtermittelhändler und Arschloch.«

Zehn Minuten später waren sie im Dangaster Hafen und auf dem Boot der Wasserschutzpolizei.

»Sollten wir nicht auf die SpuSi warten?«, fragte Swantje eher vorsichtig.

»Die Leiche liegt auf einer Sandbank, die bei Flut unter Wasser steht. Der Tote ist angeschwemmt worden. Da gibt es keine Spuren.« Tammo machte eine Pause. »Es sei denn, eine Möwe hat ihm …« Nein, das war gemein, was er sagen wollte und er schwieg. Swantje wollte auch nichts Genaueres wissen. Der Motor wirbelte das Wasser auf und sie verließen den Hafen. Das Boot hielt sich in Richtung Arngaster Leuchtturm. Links lag Wilhelmshaven, aber dafür interessierte sich im Moment niemand. Von Ferne sahen sie schon die Leiche und die beiden Fischer, die sie gefunden hatten. Tammo verließ als Erster das Schiff.

»Wann habt ihr ihn gefunden?«

»Vor einer halben Stunde. Können wir jetzt fahren? Die Ebbe kommt.« Tammo ließ sie ziehen. Swantje hatte sich die Leiche in der Zwischenzeit genauer angesehen. Tammo ging auf sie zu.

»Genau ins Herz. Ich vermute, dass er das Opfer ist, das die schöne Tote hinterlassen hat.«

Swantje zog sich die Handschuhe aus. »Hatte er Feinde?«

»Wenn Gläubiger Feinde sind, hatte er jede Menge.«

»Er hat Geld verliehen?«

»Auch, soweit ich weiß. Aber die meisten standen wegen der Futtermittel bei ihm in der Kreide. Die Milchpreise sind seit fast einem Jahr im Keller. Da gibt es oft Engpässe.«

Gunnar Klöver tauchte mit seinem Boot auf. Mehr als ein »Moin« sagte er nicht. Er sah sich die Leiche nur kurz, aber intensiv an. Dann gab er den Polizisten Zeichen, dass sie die Leiche aufs Schiff bringen sollten.

»Wie sieht es bei Kühn aus?«, fragte er Tammo.

»Frei!«

»Gut, dann dahin. Die andere auch.«

Gunnar Klöver bestieg sein Boot und fuhr ab.

»Sie wollen die Leichen tatsächlich zum Schlachter bringen?« Swantje war empört.

»Der Laden ist seit gut vier Jahren zu. Das Kühlhaus funktioniert noch.«

»Aber die Hygiene!!!«

»Ist wie bei der Milch. Man muss nur dafür sorgen, dass die Keime wegbleiben.«

Als sie wieder im Dangaster Hafen waren, ging die Sonne unter. Wie die Pilger zog es die Touristen zum Strand. Die meisten suchten Platz am alten Kurhaus oder auf der Terrasse der Klause. Die Ebbe hatte den Jadebusen in eine faszinierende Mondlandschaft verwandelt. Die untergehende Sonne glitzerte in den Prielen und im feuchten Sand. Reichlich Platz zum Träumen. Tammos Sinn stand allerdings woanders – zumal er Swantje an seiner Seite hatte, die ihn immer noch für einen Dorftrottel hielt. Zum Glück hielt sie die Klappe. Außerdem hatten sie eine schlechte, eine Todesnachricht zu überbringen. Tammo und Swantje fuhren nach Varel. Das Haus der Höhensiebs lag in einem Neubauviertel. Villen im mediterranen Stil standen hinter Rhododendren und Betonputten. Welcher Schwachkopf ist nur auf die absurde Idee gekommen, in Friesland Villen im mediterranen Stil zu bauen, dachte Tammo.

»Sieht doch irgendwie völlig beknackt aus, dieser mediterrane Stil«, sagte Tammo. »Ich finde, sieht richtig schick aus«, sagte Swantje. Tammo verdrehte nur die Augen.

»Ich finde, diese Häuser haben etwas Großzügiges, sie sind hell und nicht so düster wie die Backsteinbauten.« Swantje sah sich neugierig dabei um. »Man kann durchaus von anderen Kulturen lernen.«

Sie fanden das Haus der Höhensiebs. Tammo räusperte sich mehrere Male, während sie den gepflasterten Weg zur Haustür entlang gingen. Swantje drückte die Klingel. Es dauerte eine Weile, bis das Flurlicht anging. Frau Höhensieb öffnete. Tammo hatte sie noch nie gesehen und war erstaunt. Sie war so anders als Harald Höhensieb. Schlank, fast grazil. Brünette Haare, kurzgeschnitten und helle Augen. Sie war mindestens zehn Jahre jünger als Höhensieb. Im Gegensatz zu dem Haus, in dem sie wohnte, war sie ausgesprochen geschmackvoll gekleidet.

»Wir haben eine ganz schlimme Nachricht Ihnen zu … Solveig?«

»Swantje?«

Die beiden Frauen sahen sich eine Weile ungläubig an. Swantje löste sich zuerst aus der Starre.

»Solveig, dein Mann ist tot. Wir haben ihn im Jadebusen gefunden.«

Solveig Höhensieb starrte Swantje an, öffnete dabei die Tür und ließ die beiden eintreten. Swantje zögerte einen Moment, dann nahm sie Solveig in die Arme. Tammo sah in das Gesicht von Frau Höhensieb. Sie weinte nicht. Sie war ratlos. Tammo ging vor. Er vermutete am Ende des Flurs das Wohnzimmer und hatte recht. Die Wohnung sah aus, als wäre es die Auslage eines Möbelhauses. Alles schien seinen festen, unverrückbaren Platz zu haben. Steril, fiel Tammo ein, hygienisch einwandfrei, aber großzügig – mindestens 50 qm, schätzte er. In diesem Haus wurde nicht gelebt, sondern präsentiert. Die beige Ledercouch schien ungebraucht. Tammo sah sich in dem Raum um und suchte nach Lebenszeichen. In der Nähe der Terrassentür entdeckte er einige Krümel, vielleicht Sandkörner, die irgendwer von draußen mit hereingebracht hatte. Der teilweise Abdruck eines Schuhs mit grober Sohle war zu erkennen. Sandkörner oder was sie sonst auch immer waren, waren ein Lebensbeweis. Es dauerte, bis die beiden Frauen folgten.

»Und jetzt?«, fragte Frau Höhensieb.

»Können wir dir einige Fragen stellen?«, wollte Swantje wissen.

»Wann hast du deinen Mann zum letzten Mal gesehen?«

»Gestern. Gestern Morgen. Er wollte wieder wegfahren.«

»Wohin?«

»Ich weiß es nicht. Er hat mir in der letzten Zeit nie gesagt, wohin er fuhr.«

Tammo war irritiert. »Sie wussten nicht, wohin Ihr Mann fährt?«

»Früher, vor einigen Jahren, hat er mich manchmal mitgenommen. Wir waren zusammen in Kiew, Prag und Budapest. Es wurde immer weniger. Er ging seine Wege, ich die meinen.«

»Wie lange wollte er wegbleiben?«

»Weiß ich auch nicht. War es ein Unfall?«

»Nein, er ist erschossen worden.«

Zuerst starrte Solveig Swantje an, dann Tammo.

»Erschossen?«

Tammo zog ein Bild von der Toten aus seiner Tasche.

»Kennen Sie diese Frau?«

Ihre Augen füllten sich jetzt mit Tränen. Sie starrte auf das Foto.

»Hatte er ein Verhältnis mit ihr?«

Swantje streichelte Solveigs Haar.

»Das wissen wir nicht. Aber es ist wahrscheinlich, dass sie deinen Mann erschossen hat.«

Solveig drehte sich erstaunt zu Swantje um.

»Aber ist sie nicht auch tot? Sie sieht so tot auf dem Bild aus.«

»Ja, sie ist auch tot. Kanntest du sie?«

Solveig schüttelte den Kopf.

»Was seine Verhältnisse anging, war er immer diskret.«

Sie machte eine Pause.

»Nicht wegen mir. Er wollte nicht, dass über ihn geredet wird.« Jetzt weinte sie und es schienen Tränen voller Selbstmitleid zu sein. Tammo räusperte sich. »Ich muss die Frage stellen: Wo waren Sie gestern?«

»Ich war im Betrieb – ausnahmsweise. Normalerweise bin ich nur selten im Betrieb, aber mein Mann wollte, dass ich mit Frau Tomaszewski die Weizenlieferungen aus der Ukraine kontrolliere.«

»Wer ist Frau Tomaszewski?«

»Die Sekretärin meines Mannes.« Solveig Höhensieb schwankte etwas.

»Soll ich heute Nacht bei dir bleiben?«, fragte Swantje.

Solveig schüttelte den Kopf.

Im Wagen war es Tammo, der zu fragen begann.

»Ihr kennt euch?«

»Solveig und ich sind zusammen in ... äh, zur Schule gegangen. Wir waren eine Zeit lang Freundinnen.« Swantje unterbrach sich. »Naja, sagen wir, sie lief halt so mit. Als ich mit dem Studium begann, haben wir uns aus den Augen verloren. Ich wusste nicht, dass sie hierher gezogen ist.«

»Was ist sie für ein Typ?«

»Sie tat immer, was man ihr sagte. Ihre Eltern, ihre Lehrer, ihre Freunde. Solveig lief hinterher, kam nie auf die Idee Initiative zu ergreifen. Sie hat ihre Unsicherheit immer durch ... Ordnung, ja, durch Ordnung kompensiert. Richtige Freundinnen hatte sie nie. Ihre Traumwelt suchte sie in Büchern und später in der Theatergruppe an unserer Schule. Als Schneewittchen war sie wirklich gut. Den Lehrer, der die Theatergruppe leitete, himmelte sie an. Ich glaube, sie hat sich immer Stärkere gesucht, an denen sie sich anlehnen konnte. Wenn Sie so wollen, ein braves Mädchen. Schneewittchen eben.«

»Hübsch und langweilig?«

»Ich denke, dass sie nicht einmal wusste, wie schön sie war oder ist.«

»Was hat sie später, nach der Schule gemacht?«

»Ich weiß es nicht. Wir haben uns schnell aus den Augen verloren. Viel später habe ich – mehr als Gerücht – gehört, dass sie ein Verhältnis mit dem Theaterlehrer gehabt haben soll. Der Lehrer soll daraufhin zwangsversetzt worden sein.«

Von Varel fuhren sie wieder Richtung Dangast, bogen aber bald links ab.

»Eigenartig, ich habe sie nie in Varel gesehen. Ich kannte Frau Höhensieb bis vorhin nicht.«

»Das wundert mich nicht. Sie hat sich bestimmt nach Oldenburg oder Bremen orientiert. In der Anonymität der Stadt konnte sie sich besser verstecken. Wo fahren wir eigentlich hin?«

Im Wohnhaus von Hinnerk Paulsen brannte Licht. Tammo sah auf die Uhr. Es war kurz vor acht. Paulsens Kühe waren gemolken.

»Moin, wir haben gerade Harald Höhensieb aus dem Jadebusen gefischt.«

»Und?« Hinnerk machte die Tür frei, was so viel bedeutete, wie kommt herein. Seine mittelblonden Haare standen wild vom Kopf, als sei er an ein defektes Kabel der Melkmaschine geraten. Swantje schätze ihn auf Mitte dreißig. Alle Bauern schienen Overalls zu tragen. Er ging zur Küche vor. Es roch nach Milch und Putzmittel. Er hat also gerade den Melkstand sauber gemacht, dachte Tammo. Der Flur war eher eine Eingangshalle. Geweihe hingen an den Wänden. Die Küche war reinstes Ikea. Sie setzten sich.

»Hattest du Schulden bei Harald?«

»Wer nicht? Wollt Ihr Tee?«

Tammo nickte. Swantje schwieg. Hinnerk stand auf und setzte Wasser auf.

»Wie viel?« fragte Tammo.

»Was wie viel?«

»Schulden?«

»So um die 10 oder 20.«

»Tausend?«

»Millionen bestimmt nicht.«

Hinnerk gab den Tee in ein Teesieb.

»Ist doch jetzt gut für dich!«

»Dass er tot ist?« Das Wasser kochte. Hinnerk goss den Tee auf, suchte Tassen, stellte sie auf den Tisch. »Nö! Hab ich nichts von. Er hat eine Alte. Die kriegt bestimmt alles.«

»Woher wollen Sie das wissen?«, mischte sich Swantje ein.

»Wer ist die denn?«

»Kollegin aus Oldenburg.«

»Mit dem Aussehen hätteste doch was Besseres werden können, Mädchen – oder fehlt's in der Birne?«

»Ich bin nicht ihr Mädchen! Ich habe studiert und sogar promoviert.« Das Erdbeben war schon zu spüren, aber der Vulkan spie noch kein Feuer.

»Schon gut. Sollte ein Kompliment sein.«

»Solche Komplimente machen schnell einsam!«, zischte Swantje zurück.

»Stimmt!«, kam trocken zur Antwort. Hinnerk goss Tee ein. Tammo zog ein Foto der Toten aus seiner Tasche.

»Kennst du die?«

Hinnerk sah sich das Foto genau an.

»Am Liebsten würde ich ›nö‹ sagen.«

»Aber?«

»Die war hier. Sie sei von der EU hat sie gesagt. So 'ne Frau pupst nicht in 'nen Sessel. Da kenn ich mich aus.«

»Erstaunlich!«, fuhr es Swantje über die Lippen. Einen Moment war es still, ganz still.

»Und was wollte sie?«

»Wissen, wie es so steht. Preise, Leistung beim Vieh und so.«

»Mehr nicht?«

»Bestimmt! Davon hat sie aber nichts gesagt. Wollte morgen wiederkommen. Geht ja nun nicht mehr.«

»Seit wann weißt du, dass sie tot ist?«

»Seit gerade!« Dabei deutete Hinnerk auf das Bild.

»Hat sie ihren Namen genannt?«, fragte Swantje.

Hinnerk stand auf, zog eine Schublade auf und kramte eine Visitenkarte hervor.

»Anna Buerger. Agrarinspektorin in Brüssel«, las Swantje vor.

»Von wegen Anna Buerger – eher Olga oder Swetlana. Die ist – die war nie eine Deutsche. Als ich die Tür aufmachte, roch ich Beschiss. Hat 'se jetzt davon.«

»Kannst du dir vorstellen, was sie wirklich wollte?«

Hinnerk trank seinen Tee.

»Schwer zu sagen. Manchmal kommen Leute von großen Molkereien und wollen Milch aufkaufen. Versprechen immer gute Preise und haben auch ganz tolle Visitenkarten. Ist alles Beschiss.«

»Aber warum dann die Geschichte mit Brüssel?«

Hinnerk schüttelte seine Struppelhaare. »Ne, die wollte keine Milch. Da steckte was anderes dahinter!« Tammo stand auf. »Wenn dir noch etwas einfällt ... Du weißt ja!«

Als sie die Haustür erreichten, ergriff Hinnerk Swantjes Arm.

»War blöd von mir! Vorhin!«

»Morgen hab ich's vergessen.« Sie lächelt und Tammo fand sie zum ersten Mal schön.

»Und jetzt?«, fragte sie ihn am Wagen.

»Wenn wir schon hier in der Gegend sind, fahren wir noch schnell bei Harm Fischer vorbei. Biobauer seines Zeichens.«

»Was sollte die Tote denn bei einem Biobauern?«

Tammo fuhr los. Der Biohof lag gut einen Kilometer weiter. Harm Fischer war genau das Gegenteil von dem, was man sich unter einem Biobauern vorstellte. Gescheitelte, braune Haare, ein gebügeltes Hemd und Jeans. Kein Overall. Er war 46 Jahre alt und seit zwei Jahren geschieden. Tammo kannte ihn von seinem Marktstand.

»Kennst du diese Frau?« Tammo hielt das Bild der Toten hoch. Harm nahm es und schaute es eine Weile an.

»Es kann sein, dass ich sie mal in Varel gesehen habe. Ich bin mir aber nicht sicher.«

»Kannst du dich erinnern, wann es war?« Tammo nahm das Bild wieder entgegen.

»Ne, kann ich dir nicht sagen.«

Tammo sah sich um.

»Sieht gut aus, dein Betrieb.«

»Bin zufrieden.«

»Hattest du bei Höhensieb Schulden?«

»Warum sollte ich?«

»Er handelt mit Futtermitteln.«

»Aber kein Bio. Das Zeug, das er verkauft, darf ich nicht einmal auf dem Hof lagern.«

»Wie viele Kühe melkst du?«

»Um die hundert.«

»Ganz schön viel für einen Biohof.«

Harm lachte. »Die Zeiten, wo die Bios aus Berlin Kreuzberg einen Resthof im Wendland mit zwei Kühen bewirtschafteten, sind längst vorbei. Wir sind ein Wirtschaftsunternehmen.«

Swantje hatte die ganze Zeit geschwiegen. Erst als sie wieder zum Wagen gingen, fand sie zur Sprache zurück.

»Ein sympathischer Typ. Völlig klar im Kopf.«

»Mir zu glatt!«

»Er ist Biobauer!«, empörte sich Swantje.

»Na und? Einen Heiligenschein habe ich nicht gesehen!«

»Ich finde ihn nett!«, beharrte Swantje. »Was machen wir jetzt?«

»Schlafen. Ich fahre Sie zu Ihrem Wagen.«

»Sollten wir nicht …?«

»Ich bin platt. Morgen um 7 Uhr?«

Sie nickte.

Der Dorfkrug in Dangast lag auf seinem Heimweg. Tammo wohnte in Dangast, wollte aber eine weitere Begegnung mit Swantje vermeiden. Um zu seinem Haus in der Störtebeker Straße zu kommen, musste er an der Reethauspension vorbei und damit an dem Fenster von Swantjes Zimmer. Dies wollte er vermeiden. Er nahm an, dass Swantje nicht in den Kral der biertrinkenden Ureinwohner einfallen würde. Außerdem hatte er noch nichts gegessen. Schorsch und Gunnar saßen an der Theke. Ralf, der Wirt, und Gisela, wie so oft, standen dahinter.

»Ein großes Bier, und was Essbares!«

Ralf zapfte das Bier. Später würde Gisela in die Küche gehen, um Tammo etwas zu essen zu machen.

»Neun Millimeter und mindestens fünf Meter Schussdistanz«, sagte Gunnar zur Begrüßung.

»Die Dame, wenn sie es war, konnte schießen.« Tammo wartete auf sein Bier.

»Oder ein Glückstreffer.«

»Sonst noch was?«

»Er hatte Fischstäbchen gegessen!«

»Fischstäbchen?«

»Genau! Fischstäbchen. Die muss er kurz vor seinem Tod gegessen haben. Kaum verdaut.«

»Fischstäbchen sind ekelig«, bemerkte Ralf angewidert.

Tammo überlegte, ob die Fischstäbchen dem Fall eine völlig neue Wendung gaben, kam aber zu dem Resultat, dass sie im Moment unbedeutend waren. Obwohl ...

»Wo kann man denn hier Fischstäbchen essen?«, fragte er Schorsch, der die Vareler Gastronomie hervorragend kannte.

»Bei mir bestimmt nicht!« Ralf wurde grundsätzlich, was aber kaum jemand beachtete.

»Gibt's eigentlich nur als Kinderteller. Fischstäbchen an sich sind nicht für Erwachsene gemacht. Man kann sie sich aber auch privat braten.«

Ralf stellte Tammo das Bier hin. Er trank genüsslich.

»Bei mir gibt's keine Fischstäbchen!«, fügte Ralf hinzu.

»Waren die Fischstäbchen in Öl oder in Butter gebraten?«, fragte Gisela.

»In Öl – warum?«, antwortete Gunnar.

»Merkwürdig. Fischstäbchen schmecken nur in Butter gebraten.«

»Apropos merkwürdig. Es war keine Beilage dabei. Nur Fischstäbchen«, ergänzte Gunnar noch.

»Fischstäbchen ohne Beilage? Dann sieht die Geschichte völlig anders aus. Fischstäbchen alleine gibt es in keinem Restaurant. Wer Fischstäbchen ohne Beilage bestellt macht sich doch irgendwie verdächtig.« Schorsch nickte, um seine Worte zu unterstützen.

»Das lässt vermuten, dass er die Fischstäbchen zu Hause gegessen hat. Es lässt weiter vermuten, dass er gerne Fischstäbchen aß.«

»Wie kommst du darauf?«, wollte Gunnar wissen.

»Die Höhensiebs haben keine Kinder.« Tammo hob den Zeigefinger. »Hätten sie Kinder, könnte man annehmen, dass wegen der Kinder immer Fischstäbchen im Kühlfach sind. Ohne Kinder ist der Kauf von Fischstäbchen eine ganz bewusste, für den Eigenverzehr ausgelegte Handlung.«

»Donnerwetter, toll kombiniert!« Schorsch bestellte eine weitere Runde.

Swantje war auch nicht gleich ins Reethaus gefahren. Es war noch hell, aber der Abend schickte schon seine Farben über den Jadebusen. Sie bog in die Sielstraße ab, parkte den Wagen am Hafen und ging hinauf zum Deich. Nach 100 Metern setzte sie sich ins Gras. Was sie roch, war der Duft ihrer Kindheit. Bezaubernd und beängstigend zugleich. Das Wasser kräuselte sich. Wind – eher eine kleine Brise – kam von Nordost. Swantje fröstelte es. Sie umschloss mit ihren Armen ihre Schultern, wippte ein wenig und sah in die untergehende Sonne. Wie kam Solveig, das Schneewittchen, von Bad Soden Allendorf nach Varel, fiel Swantje ein. Immerhin, der Vorname ließ eine gewisse Affinität der Eltern zum Norden zu. Solveig Meier hieß sie in Bad Soden Allendorf. Ihre Eltern hatte Swantje nie kennengelernt. Soveig war immer irgendwie da, aber nicht wirklich. Wenn die anderen im Schwimmbad ins Wasser gingen, blieb sie auf ihrem Handtuch liegen, wenn sie in der Tanzstunde aufgefordert wurde, rannte sie zur Toilette. Sie tanzte nur unter Anweisung des Tanzlehrers. Solveig schien immer vor einer Mauer zu stehen, bei der sie nicht wusste, ob sie darübersteigen solle.

Die Sonne stand jetzt am Horizont und schien das Wasser aus dem Jadebusen zu saugen. Die Ebbe kam. Swantje stand auf. Langsam, ganz langsam ging sie zu ihrem Auto zurück. Vor dem Reethaus bremste sie kurz ab, dann fuhr sie weiter. Vor dem Dorfkrug sah sie Tammo Poppingas Wagen. Typisch, dachte sie kurz, aber es interessierte sie wenig. Sie bog in die Straße »Zum Jadebusen« ab. Wie oft war sie als Kind hier unbekümmert entlanggelaufen – bis zu jenem Tag. Swantje fuhr ganz langsam. Sie ließ den Wagen ausrollen. Noch immer gab es keinen Bürgersteig. Sie spürte jeden Atemzug. Hier muss es gewesen sein. Ein Pferd war durchgegangen. Nein, es war nicht ein Pferd, korrigierte sie sich – es war »Kuddel«. Jedes Jahr, wenn sie kam, ging sie gleich zu »Kuddel«. »Kuddel« war ihr Freund, ihr Vertrauter, ein Stück ihrer Seele. »Kuddel« war ein großer Brauner mit sanften Augen. Morgens setzte sie sich zu ihm auf den Futtertisch, streichelte seine Blesse und genoss den warmen Dampf aus seinen Nüstern. Mit »Kuddel« konnte sie über alles reden und manchmal schnaubte »Kuddel« dazu. Dann war »Kuddel« durchgegangen.

2. Tag

Samstag, 4. Mai

Tammo war um 5 Uhr aufgestanden, hatte sein Kopflicht aufgesetzt und war die übliche Runde um Dangast gejoggt. Er lief gerne im Dunkeln mit seinem Kopflicht. So begegnete er niemandem und brauchte nicht zu reden. Kurz vor 7 Uhr traf er geduscht, mit einem frischen Hemd in der Reethauspension ein. Swantje saß beim Frühstück. Sie trug ein rotes Sommerkleid, helle Sandalen, die Haare zu einem Pferdeschwanz gebunden und schlug rhythmisch mit einem Löffelchen auf ihr Frühstücksei ein. Er bekam einen Becher Kaffee.

Sie kommentierte sein frisch gebügeltes Hemd mit »alle Achtung«. Es freute ihn ein wenig, musste er sich eingestehen.

»Ich habe gestern noch alle Daten in meinen Laptop gegeben.«

»Und?«

»Es sieht so aus, dass die Unbekannte Höhensieb erschossen hat!«

»Donnerwetter! Ein tolles Programm, das Sie da haben.«

»Abwarten!«, sagte sie und lächelte dabei. »Was machen wir zuerst?«

»Mich würde interessieren, ob Höhensieb gerne Fischstäbchen gegessen hat.«

»Er hatte Fischstäbchen im Magen?«

»Ohne Beilage!«

»Ohne Beilage?«

»Interessant.«

Tammo stoppte an der Post in Varel.

»Ich muss noch einige Überweisungen machen und Geld abheben.«

»Du machst kein Online-Banking?« Swantje sah ihn an, als wäre sie gerade einem Höhlenmenschen begegnet. Sie stieg auch aus und folgte Tammo. Er hatte das Gefühl, sich rechtfertigen zu müssen.

»Ich mag den persönlichen Kontakt. Ein kleines Schwätzchen.«

»Völlig unökonomisch!«

»Kein Computerprogramm kann mir Frau Baumeister ersetzen. Wenn es dringend ist, ruf ich sie an und alles ist vorbereitet, wenn ich komme.«

»Zeitvergeudung.«

Frau Baumeister strahlte Tammo an. Er gab ihr die Überweisungen und sie ihm das geforderte Geld. Swantje sah auf die Uhr.

»Vier Minuten dreißig.«

»Nächste Woche heiratet ihre Tochter. Ich bin eingeladen.«

Sie fuhren wieder zu Solveig Höhensieb. Verweinte Augen hatte sie nicht, als sie ihnen die Tür öffnete.

»Hat Ihr Mann gerne Fischstäbchen gegessen?«

»Fischstäbchen?«

»Ja, Fischstäbchen!«

»Ich habe nie gesehen, dass er Fischstäbchen gegessen hat. Er war – in gewisser Weise – ein Gourmet.«

»Was heißt ›in gewisser Weise‹?«

»Naja. Eher gute Hausmannskost als Exotisches. Exotisch war für ihn schon die italienische Küche.« Dabei verdrehte Solveig leicht die Augen. »Fischstäbchen gehörten für ihn aber nicht zu guter Hausmannskost.«

»Darf ich fragen, wo Sie waren, als Ihr Mann ermordet wurde?«

»Ich war hier zu Hause und dann in der Firma. Das hatte ich Ihnen doch schon gesagt. Mein Mann hat wie jeden Morgen das Haus um 7 Uhr verlassen.«

»Interessant. Wo ist die Firma deines Mannes?«, wollte Swantje wissen.

»Sein Betrieb ist in Bockhorn.«

»Können wir uns da mal umsehen?«

»Natürlich. Soll ich euch begleiten?«

Swantje streichelte Solveig über den Arm.

»Nicht nötig. Wenn wir noch Fragen haben, melden wir uns.«

Solveig ging zu einer Anrichte, zog eine Schublade auf und einen Schlüssel hervor.

»Im Büro ist in der linken Wand ein Safe eingelassen. Das ist der Schlüssel dazu.« An der Haustür drehte sich Tammo noch einmal zu Solveig Höhensieb um.

»Wo ist der Wagen Ihres Mannes?«

»In der Garage. Wenn mein Mann auf Reisen geht, nimmt er den Zug und den Flieger.«

»Kann ich den Wagen mal sehen?«

Sie gingen zur Garage. Ein Mercedes SL stand dort und war so blank gewienert, als sei er gerade aus der Fabrik gekommen.

»Mein Mann hatte einen Putzfimmel. Ich glaube, es war

schon fast zwanghaft«, entschuldigte sich Solveig. Tammo schaute sich um. Ein Motorrad stand im hinteren Teil der Garage.

»Ihr Mann fuhr Motorrad?«

Solveig lächelte. »Der doch nicht! Harald war ein Angsthase. Ich bin Motorrad gefahren. Es war ein Stück Freiheit für mich.«

»Wieso ›bin gefahren‹?«

»Vor fast einem Jahr habe ich mich auf die Nase gelegt. Harald hat mir dann das Motorradfahren verboten.«

Wie bei einer Futtermittelfirma üblich, standen diverse Silos in der Anlage. Das Geschäftshaus war aus rotem Backstein. Überall lag feiner Staub, nur nicht in den Büros.

»Nicht dass Sie mir hier Unordnung schaffen!« Frau Tomaszewski, die Sekretärin, hager, groß und blondiert, hatte wässrige Augen. Sie stand wie eine Säule in dem Büro und war nicht geneigt das Feld zu räumen. Tammo setzte sich an den Schreibtisch. Swantje widmete sich dem Safe.

»War Ihr Chef in letzter Zeit anders als sonst?«

»Er war mehr auf Reisen. Der Futtermittelmarkt verändert sich laufend, da muss man am Ball bleiben.« Swantje sah Tammo kurz an. Beide dachten anscheinend das Gleiche: Sie ist zickig, die Frau Tomaszewski.

»Und wohin ist er gereist?«, wollte jetzt Tammo wissen.

»Ostblock!«

»Den gibt's nicht mehr.«

»Ukraine, Ungarn und so!«

Tammo zog das Foto der Toten aus seiner Jacke. »Kennen Sie diese Frau?«

Frau Tomaszewski ging zum Schreibtisch. »Sieht ziemlich tot aus!«

»Haben Sie sie schon einmal gesehen?«

»Bestimmt nicht!«

»Könnten Sie sich vorstellen, dass Herr Höhensieb diese Frau kannte?«

»Herr Höhensieb mochte Hausmannskost – und die war meistens blond!«

Für einen winzigen Moment glaube Tammo den Anflug eines Lächelns auf Frau Tomaszewskis Gesicht zu sehen. Der Moment war zu kurz, um in seinem Gedächtnis zu bleiben. Er wurde abgelenkt.

Swantje pfiff leise. Sie hatte den Safe geöffnet und hielt jetzt einige Bündel Banknoten in ihren Händen. Frau Tomaszewski starrte auf das Geld. Ihre beleidigte Trauer war aus ihrem Gesicht verschwunden.

»Damit habe ich nichts zu tun!«, tönte sie theatralisch mit etwas übertriebener Pose.

»Hatte Herr Höhensieb öfter größere Summen Bargeld hier im Geschäft?« Swantje schätzte die Summe ab.

»Nie! Das ist doch viel zu gefährlich! Ich habe damit nichts zu tun!«, wiederholte sie sich.

»Welche Geschäfte wurden denn in bar abgewickelt?«

Die Frage passte Frau Tomaszewski gar nicht. Sie wechselte die Blicke zwischen Tammo und Swantje. Ihr Gesicht bekam eine leicht rötliche Färbung.

»Also damit habe ich eigentlich nichts zu tun, aber Harald, also mein Chef, hat dann und wann, vermutlich wegen der Steuer, die ein oder andere Lieferung, natürlich nicht alles, aber die ein oder andere Tonne, wie soll ich sagen, sich direkt bezahlen lassen. Das Geld hat er aber gleich immer mitgenommen.« Sie zeigte auf die Geldbündel. »So viel war es nie. Bestimmt!«

»Es sind Dollar und Euronoten. Alle noch mit Banderole.«

Tammo stand auf. »Steht darauf von welcher Bank sie stammen?«

Swantje drehte ein Bündel um. »Irgendwas mit Budapest!«

»Damit habe ich nichts zu tun!«, kreischte Frau Tomaszewski. Tammo ging auf sie zu. »Sie haben eine ganze Menge damit zu tun. Als Erstes werden Sie uns eine Liste zusammenstellen, wo und wann ihr Chef unterwegs war. Dann werden Sie uns eine Liste erstellen, wer alles Kunde bei ihrem Chef war – alle! Und schließlich will ich Einblick in alle Konten – alle!«

»Wer hat einen Schlüssel zum Tresor?« Swantje packte das Geld wieder in den Safe.

»Nur der Chef!«

Bevor Swantje die Tür verschloss, nahm sie ein Bündel wieder heraus und steckte es in eine Plastiktüte, die sie aus ihrer Tasche zog. »Mich interessieren die Fingerabdrücke.«

»Dafür will ich aber eine Quittung!«, polterte Frau Tomaszewski los.

»Ich denke, Sie haben damit nichts zu tun!«

»Hab ich auch nicht, aber Ordnung muss sein.«

Swantje zählte das Geld, Tammo kritzelte so etwas wie eine Quittung. Er stand auf, gab den Zettel Frau Tomaszewski und sah sich weiter um. Neben dem Büro war eine Küche. Sie schien kaum benutzt.

»Gehen Sie mittags zum Essen nach Hause?«

»Das lohnt sich nicht. Ich wohne in Varel. Der Weg bei einer halben Stunde Mittagspause ist zu lang.« Sie schien wegen der Frage irritiert.

»Machen Sie sich hier etwas zu essen?«

»Manchmal. Das war mit dem Chef so abgesprochen. Er hatte nichts dagegen.«

»Essen Sie gerne Fischstäbchen?«

»Aus dem Alter bin ich wohl raus!«

Swantje und Tammo verließen den Futterhandel. Tammo schaute in die Mülltonnen, die neben dem Haus standen.

»Keine Fischstäbchenverpackung. Schade!« Sie fuhren nach Varel.

»Ich vermute, du vermutest das Gleiche wie ich.« Tammo hatte gar nicht bemerkt, dass er jetzt beim Du war.

»Es wäre der erste Beweis.«

Im Kühlhaus von Schlachter Kühn trafen sie Gunnar. Er nahm Fingerabdrücke von der Toten. Swantje reichte Gunnar die Banknoten. Unter dem Mikroskop, das auf einem Edelstahltisch stand, verglichen sie die Abdrücke. Passt! Die Tote hatte die Banknoten auch in der Hand gehabt.

»Übrigens«, Gunnar richtete sich auf, »die Tote hat auch Fischstäbchen gegessen.«

»Die haben zusammen Fischstäbchen gegessen«, kombinierte Tammo.

»Die essen zusammen Fischstäbchen und dann erschießt sie ihn? Etwas absurd, findet ihr nicht?«

»Es sind schon Menschen in ganz anderen Situationen zu Tode gekommen«, philosophierte Gunnar.

»Trotzdem sollten wir die Fischstäbchen als auslösendes Moment für den Mord erst einmal außer Acht lassen.« Tammo konzentrierte sich. »Die beiden, das steht jetzt fest, hatten miteinander Verbindung. Es ist viel Geld geflossen, es gab Streit, Höhensieb wurde von der unbekannten Toten erschossen. Wenig später wurde sie erwürgt. Was schließen wir daraus?«

Swantje und Gunnar sahen Tammo neugierig an.

»Uns fehlen der Tatort und der Mörder!«

Die Anspannung bei Gunnar und Swantje ließ schlagartig nach. Sie hatten etwas mehr erwartet. Swantje klappte ihren Laptop auf.

»Wir haben mehr: Sie hat Mietwagen mit Hamburger Nummern gefahren. Sie muss hier irgendwo geschlafen haben. Sie hat Landwirte besucht – zumindest zwei. Beide Bauern haben Kuhbauernhöfe.«

»Grünlandbetrieb, heißt das.« Tammo verdrehte dabei die Augen.

»Wieso Grünland, wenn da Kühe rumstehen?«

»Heißt eben so!«

»Die Kühe sind doch nicht grün. Und mit Land hat das doch auch nichts zu tun, wenn die den ganzen Tag im Stall rumstehen.«

Tammo wollte gerade grundsätzlich werden, als Gunnar dazwischen fuhr.

»Milchviehbetrieb. Einigt euch doch auf Milchviehbetrieb!« Gunnar war um Ausgleich bedacht. Er schaute in sein Mikroskop. »Da ist noch etwas eigenartig: Auf den Geldscheinen gibt es keine Fingerabdrücke von Höhensieb.«

»Tammo und Swantje gingen zu Gunnar. „Bist du sicher?«

»Ganz sicher. Wie hat der die Banknoten in den Safe bekommen, ohne sie anzufassen?«

»Gibt es noch andere Fingerabdrücke, außer von der schönen Toten?«

»Jede Menge. Wir werden sie abgleichen.«

»Und wie gehen wir jetzt weiter vor?«

Tammo schlug vor, dass er einige Milchviehbetriebe abklappern wolle, während sich Swantje um die Mietwagen kümmert. Er setzte sie am Polizeipräsidium in Varel ab. Tammo ging der Tatort nicht aus dem Kopf. Trotzdem fuhr er zuerst zu einigen Landwirten. Olaf Bruns mit dem größten Milchviehbetrieb der Region stand als Erster auf seiner nicht vorhandenen Liste.

»Wollt ihr uns Landwirten den Mord in die Schuhe schieben?«, begrüßte ihn Olaf.

»Was soll denn der Blödsinn.«

Olaf hatte den Futterwagen nur kurz abgestellt. Jetzt gab er wieder Gas. Tammo trottete hinterher, den ganzen Boxenlaufstall entlang. Schließlich gab Olaf nach.

»Was willst du? Bei mir war keine Frau im Porsche.« Der Nachrichtendienst unter den Landwirten funktionierte.

»Von wem beziehst du die Futtermittel?«

»Von einem Toten, wie die meisten anderen auch.«

»Warum bist du eigentlich so sauer? Ich stell dir doch bloß ein paar harmlose Fragen.« Olaf war etwa so groß wie Tammo, aber mindestens doppelt so breit. Der blaue Overall war prall gefüllt.

»Ich bin nicht sauer. Warum soll ich sauer sein?«

»Natürlich bist du sauer. Seh ich doch.«

»Ich entscheide gefälligst, wann und wo ich sauer bin.« Jetzt wurde Olaf richtig sauer. Tammo hatte sich den Verlauf der Befragung irgendwie anders vorgestellt. Er wollte zurück zur Normalität.

»Ich wollte von dir nur wissen, ob die Frau auch bei dir war.«

»Hast du mich schon mal erlebt, wenn ich richtig sauer bin?«

Dabei stieß Olaf Tammo mit dem Zeigefinger gegen die Brust. »Dann raste ich aus. Bei mir bekommt ein Bulle Panik, wenn ich ausraste.«

»Was meinst du mit ›Bulle‹?« Ganz allmählich, aber nur ganz allmählich begann Tammo sauer zu werden. Der blöde Zeigefinger, der wie ein Morsesignal auf seine Brust einhämmerte, störte ihn.

»Nimm sofort deine Greifer weg, sonst passiert was!« Tammos Stimme war gefährlich leise. Olaf warf sich in die Brust.

»Bullenei!«

»Kuhficker!«

Tammo traf der Schlag an die Nase. Seine Reaktion war schnell genug, dass die Nase nicht brach, aber blutete. Aus seiner Abwehrhaltung schlug er zu. Seine beiden Fäuste trafen präziser. Olaf riss seine Arme hoch und hielt die Hände vor seine Augen. Er strauchelte, fiel aber nicht. Wankend versuchte er den Schmerz zu unterdrücken. Langsam ließ er die Hände sinken. Seine Augen schwollen in erstaunlicher Geschwindigkeit zu.

»Versuch das nie wieder, Olaf. Das nächste Mal hau ich dich ins Krankenhaus.« Obwohl die Nase blutete, konnte Tammo den Zwischenfall als kleinen Sieg verbuchen. Er drehte sich um, wäre beinahe über eine Mistgabel gefallen, hob sie stattdessen auf und stellte sie in aller Ruhe beiseite. Eine Geste, die seinen Sieg noch einmal unterstrich. Olaf würde die nächsten Tage Sonnenbrille tragen. Das Gespräch war beendet und Tammos Nase wuchs zur Gurke. Auf weitere Gespräche wollte er an diesem Tag verzichten. Er fuhr an den Jadebusen. Das kühle Salzwasser tat seiner Nase gut. Trotzdem würde sie in den nächsten Tagen in allen Regenbogenfarben erstrahlen. Ohne es geplant zu haben, war er in die Nähe des Fundorts der Frauenleiche gefahren. Schiff, dachte er und wählte die Telefonnummer von Solveig Höhensieb.

»Hallo, Frau Höhensieb. Hier ist Tammo Poppinga. – Nein, ich habe keinen Schnupfen, meine Nase ist nur etwas verstopft. Sagen Sie, haben Sie ein Boot oder Schiff? – Wo? – Im Vareler Hafen. – Heißt Anakonda? – Danke!«

Swantje stand in der Wache. Sie hatte das Gefühl, dass Onno sie misstrauisch bis ablehnend beobachtete.

»Wo kann ich arbeiten?«, fragte sie.

»Haben Sie kein Büro in Oldenburg?«

Swantje ging auf Onno zu. »Ich kann auch anders!«

»Suchen Sie sich einen Schreibtisch. Vielleicht der dahinten. Der neben Tammos. Das Passwort für den Computer heißt ›Mordsgaudi 1‹. Wenn Sie telefonieren wollen, müssen Sie die Null vorwählen.«

Freundlich war anders, aber die Fronten waren geklärt. Swantje setzte sich an den Schreibtisch, strich mit der flachen Hand darüber, holte ihren Laptop hervor und legte Stift mit Papier daneben. Menschen, dachte sie, sind doch noch Tiere, die ihr Revier abstecken – markieren, sozusagen. Jetzt hatte sie ihr Revier in der Wache. Im Internet suchte sie die Autoverleiher am Hamburger Flughafen. Mehr als eine Stunde telefonierte und mailte sie. Jetzt war sie in ihrer Welt, präzise, konzentriert, alle Sinne eingeschaltet.

Tammo wählte Swantjes Nummer.

»Hallo Swantje, hier ist Tammo. – Nein, ich habe keinen

Schnupfen, meine Nase ist nur etwas verstopft. Schick die SpuSi mal in den Vareler Hafen. Die Yacht heißt Anakonda und gehört den Höhensiebs. Ich fahre auch gleich hin!«

Tammo überlegte, ob es wohl sinnvoll sei, seine Nase zu schminken. Er sah sie sich im Rückspiegel seines Autos an. Ein Fremdkörper, ein gurkenähnlicher Fremdkörper, der völlig unvermittelt in seinem Gesicht herumhing. Mit Schminke war da auch nicht viel zu machen. Er fuhr zum Vareler Hafen. Die Anakonda war mit Abstand die größte Yacht im Hafen. Die SpuSi war noch nicht da. Vor dem Kuriositätenmuseum Spijöök stand eine Bank. Tammo wartete. Zehn Minuten später kam die SpuSi. Swantje war auch mit dabei.

»Was ist denn mit deiner Nase passiert?«, bestaunte sie das Monster in Tammos Gesicht.

»Es hat eine kleine Auseinandersetzung gegeben.«

»Ist sie gebrochen?« Swantje wollte reflexartig den Fremdkörper in Tammos Gesicht anfassen. Er wich zurück.

»Ne, nur dick.«

»Du solltest ihn anzeigen!«

»Wegen so was zeigt man doch keinen an.«

»Ich verstehe: Männersache!« Da lag etwas Verachtung in ihrer Stimme. »Und der andere?«

»Trägt für ein paar Tage eine Sonnenbrille. Und wie ist es bei dir gelaufen?«

»Die Dame hatte wohl mehrere Pässe. Sie hat die Wagen bei unterschiedlichen Mietwagenfirmen angemietet und jeweils unter einem anderen Namen. Ich habe die Fotos von ihr den Firmen zugemailt und man konnte sich an sie erinnern. Einmal hieß sie Tatjana Blonski aus der Ukraine und das andere Mal Sonia Kuwasz aus Ungarn. Sie hatte die Wagen jeweils für eine

Woche gemietet. Unter den Namen gibt es aber zu den fraglichen Terminen niemand auf den Fluglisten. Ich vermute, dass sie unter ihrem richtigen Namen geflogen ist. Die Passkontrolle auf den Flughäfen ist wahrscheinlich zu gefährlich, um einen falschen Pass vorzulegen.«

»Sie muss doch irgendwo übernachtet haben. Ich werde mal alle Hotels und Pensionen in der Gegend abfahren. Bleibst du bei der SpuSi?«

Sie nickte. »Sehen wir uns heute Abend noch?«

»Ich komme gegen 8 Uhr ins Reethaus. Wir können ja was zusammen essen.« Ob die Idee so gut war, ließ Tammo erst einmal dahin gestellt.

Er fuhr los. Zuerst durchkämmte er Dangast. Neben der Toten war seine Nase Hauptthema. Alle kannten ihn, aber niemand die Tote. Er fuhr weiter nach Varel. Die gleiche Enttäuschung. Auf dem Markt ging er zum Stand von Harm Fischer.

»Quark!«, sagte Harm.

»Was?«

»Sie sollten sich Quark auf die Nase schmieren. Das soll helfen!« Harm grinste. Tammo wusste, warum er ihn nicht mochte.

»Haben Sie sich erinnert, wann Sie die Tote gesehen haben?«

»Letzte Woche, schätze ich.«

»Und wo?«

»Hier in Varel. Sie fuhr Richtung Bockhorn.«

»War sie alleine?«

»Nö!«

»Mann oder Frau?«

»Mann, würde ich sagen. Sicher bin ich aber nicht. War ja nur kurz.«

Schorsch kam vorbei. Tammo verabschiedete sich von Harm Fischer. Er ging mit Schorsch Richtung Fußgängerzone.

»Ich suche noch immer nach dem Schlafplatz der Toten.«

»Da hast du wohl nicht den richtigen Riecher«, ulkte Schorsch. Sie gingen zu Tchibo einen Kaffee trinken.

»Wusstest du, dass Höhensieb eine Yacht hat?«, fragte Tammo.

»Wusste hier eigentlich jeder. Stand sogar mal in der Zeitung.«

»In der Zeitung?«

»Irgendein hohes Tier aus Brüssel war hier und Höhensieb hat mit ihm eine Tour über den Jadebusen gemacht.«

»Da hätte ich doch was von wissen müssen!«

»Du warst in Italien oder so.«

»Er hatte Kontakt zur Politik?«

»Leute in solchen Positionen haben immer Kontakt zur Politik.«

Tammo nahm einen Schluck Kaffee. »Kennst du Frau Höhensieb?«

»Sie lässt sich kaum in Varel blicken. Ich hab sie mal in Bremen gesehen. Mächtig aufgedonnert.«

»Die war aufgedonnert? Passt doch gar nicht zu ihr.«

»Wieso, der Alte hatte immer Verhältnisse. Warum soll sie nicht auch ihren Spaß haben.«

»Sie war nicht alleine?«

»Dann hätte sie ja keinen Spaß gehabt.«

»Was war das für ein Typ?«

»Ein Typ eben. Ich hab ihn mir nicht so genau angesehen. Die Höhensieb sah spannender aus.«

Der Kaffee war ausgetrunken. Schorsch wollte wieder nach

Langendamm. »Warst du schon hinter den Kasernen? Du weißt, wo ich die Tote noch ziemlich lebendig gesehen habe.«

Richtig! Tammo hatte es vergessen. Es war nicht gut, dass er es vergessen hatte. Vielleicht sollte er sich doch einen Hund mit Namen Fiete zulegen. Er fuhr los. Bei den Kasernen stellte er den Wagen ab. Es waren kaum Menschen auf der Straße zu sehen, seit die Kasernen geschlossen waren. Tammo fand am nördlichen Ende der Kaserne einige langgezogene Schuppen. Ein junger Mann bastelte an einem Auto.

»Moin, haben Sie die Frau schon einmal gesehen?« Er hielt das Foto der Toten hoch.

»Porsche?«

»Wie?«

»Fuhr die einen Porsche?«

»Auch!«

»Sie ist dahinten um die Ecke gefahren. Morgens auch, dann aber anders herum.«

»Wie anders herum?«

»Na, da kam sie um die Ecke und fuhr hier entlang. Richtung Stadt.«

»Und abends kam sie wieder zurück?«

»Klar, sonst hätte sie doch nicht am nächsten Morgen wieder um die Ecke kommen können.«

Das hatte Logik.

»Sie reparieren Autos?«

»Nur Oldtimer.«

Tammo ging die 150 Meter an den verschiedenen Schuppen entlang und bog dann um die Ecke. Ein niedriges Backsteingebäude mit angrenzender Garage stand etwas versteckt hinter einer Hecke. Es sah verlassen aus. Tammo klopfte an die Tür.

Nichts. Er drückte die Klinke. Die Tür war verschlossen. Er umrundete das Haus, sah in die Fenster. Alles schien seit Jahren verlassen. Tapeten hingen von den Wänden, einige staubbedeckte Möbel standen noch herum. Schließlich rüttelte er am Garagentor. Es gab nach. Da stand er, der Porsche, blankgeputzt – irgendwie zu blankgeputzt. Er sah sich um, umkreiste den Wagen. Durch die Windschutzscheibe sah er ins Innere. Blitzblank. Es roch überall nach Putzmittel. Gerne hätte er die Tür geöffnet, aber das war ein Fall für die SpuSi. An der linken Seite der Garage führte eine Tür ins Haus. Sie stand offen. Vorsichtig schob sich Tammo in den halbdunklen Flur. Es roch auch hier nach Putzmittel. Der Geruch wurde intensiver. Rechts stand eine weitere Tür offen. Ein kleiner Raum, ein Feldbett, ein Campingstuhl und ein Tisch. Gegenüber dem Zimmer ein kleines Bad. Alles war geschrubbt. Tammo griff zu seinem Handy. Er erreichte Swantje, gab ihr die Adresse durch und wollte wissen, ob sie was auf der Yacht gefunden hatten.

»Die Yacht ist von oben bis unten sauber gemacht worden. An Putzmittel hat derjenige nicht gespart.«

»Ein Mörder mit Waschzwang – mal was Neues! Hat Solveig Höhensieb nicht gesagt, dass ihr Mann einen Putzfimmel hatte?«

»Hat sie gesagt, aber warum soll ein Ermordeter vor dem Mord Spuren verwischen? Macht nicht viel Sinn!«

»Stimmt! Wir sollten es trotzdem im Hinterkopf behalten.«

»Gilt noch unsere Verabredung für heute Abend?« Ihre Stimme war angenehm.

»Natürlich!« Tammo wunderte sich über sich selbst.

Bis die SpuSi eintraf, ging er wieder zu dem Autoschrauber.

»Wie oft haben Sie den Porsche gesehen?«

»In den letzten fünf Tagen immer. Morgens und dann wieder abends. Tagsüber nicht. Heute aber nicht.«

»Ist Ihnen sonst noch etwas aufgefallen?«

»Manchmal war sie nicht alleine.«

»Beifahrer oder Beifahrerin?«

»War nicht richtig zu erkennen. Trug eine fette Sonnenbrille. Getönte Windschutzscheibe und Sonnenbrille.«

»Dick oder dünn?«

»Keine Ahnung! War doch nicht richtig zu erkennen.« Er überlegte einen Moment. »Ich glaube eher dick!«

»Ist Ihnen sonst noch etwas aufgefallen? Kamen andere Autos?«

»Sie sind Bulle?«

Tammo nickte. Der Schrauber überlegte. »Naja, ist eben ein Schuppen, den ich gemietet habe. Pennen verboten. Steht im Mietvertrag.«

»Sie haben aber so viel gearbeitet, dass Sie völlig übermüdet hier eingeschlafen sind ...«

»Übermüdet, eingeschlafen ...?« Er glotzte Tammo verständnislos an, dann begriff er. »Ja, genau. Ich war völlig platt. Kommt sonst ja nicht vor. Also, vorgestern Nacht ist ein Wagen hier vorbeigefahren. Kommt sonst nie vor. Nachts ist hier tote Hose. Ist also ein Wagen vorbeigefahren und etwa 3 bis 4 Stunden später ist er zurückgekommen.«

»Haben Sie den Wagen gesehen?«

»Ne, war aber ein 7er BMW. So was hör ich. War getunt, und zwar bei Bollwiese in Bockhorn.«

Tammo kannte Tuning Bollwiese in Bockhorn. Der Laden hatte einen guten Ruf und war weit über Friesland bekannt. Der Schrauber sah Tammo unsicher an. »Bleibt die Geschichte mit dem hier pennen unter uns? Meine Alte hat mich rausgeschmissen. Ich wäre ihr zu ölig, hat sie gesagt.«

»Wer ist der Vermieter von dem Schuppen?«

»Benno Klöwitz. Dem gehört hier fast alles. Mein Schuppen auch.«

Die SpuSi kam. Tammo ging noch einmal mit zu dem Backsteingebäude. Gunnar war auch dabei.

»Was machst du denn hier? Es gibt keine Toten!«

»Ich habe gehofft, dich hier zu treffen. Die Untersuchungsergebnisse der beiden Toten sind angekommen. Auf ihrem Kleid und auf ihren Händen haben sie ein Hormon – ein Rindvieh Hormon gefunden.«

»Und?«

»Um es genauer zu formulieren: Es ist ein ganz bestimmtes Hormon. BST – Bovines Somatotropin – ein Hormon, das für die Milchleistung bei den Kühen zuständig ist.«

Tammo pfiff leise. Gunnar sprach weiter: »Das Hormon ist in den USA nachgebaut worden, um die Milchleistung bei den Tieren zu steigern. In der EU war es immer verboten. Wurde aber in Tschechien produziert. Der Hersteller in den USA hat es mittlerweile auch vom Markt genommen. Das Zeug steht im Verdacht, Brustkrebs bei Frauen zu fördern, die längere Zeit solche Milch- oder Milchprodukte gegessen oder getrunken haben. Ich habe mit einigen Kollegen telefoniert. Sie vermuten, dass das Zeug noch auf dem Schwarzmarkt gehandelt wird. Immerhin geht es um bis zu 15 % mehr Milchleistung. Bei 100 Kühen ist das schon ’ne Menge.«

»Und bei Höhensieb? Hast du da auch das Hormon gefunden?«

»Nichts! Eigenartigerweise nichts. Er ist mit dem Zeug nicht in Berührung gekommen.«

»Die Geschichte bekommt allmählich ein Bild – fehlt nur noch der Mörder.«

»Was hast du jetzt vor?«

»Ich fahre nach Bockhorn. Tuning Bollwiese.«

Gunnar wollte nicht mehr wissen.

Tammo rief die Zentrale an und bat um die Telefonnummer von Benno Kröwitz, dem Schuppenvermieter.

»Moin Herr Kröwitz. Tammo Poppinga, Kripo Varel. Wer hat von Ihnen den Schuppen am hinteren Ende bei den Kasernen gemietet?«

»Ich muss Ihnen sagen, da bin ich sehr enttäuscht«, polterte Kröwitz los. »Diese Frau Buerger hat zwar gleich die Miete für ein Jahr bezahlt, aber nicht gemacht, was sie versprochen hat. Sie wollte den Schuppen renovieren und zu einem Lager ausbauen. Kann man da juristisch was machen?«

»Jetzt bestimmt nichts mehr«, antwortete Tammo kurz.

»Warum? Sie hat es zugesagt!«

»Sie ist tot!« Tammo beendete das Gespräch.

Mindestens 30 Autos standen bei Bollwiese in den verschiedenen Hallen. Tammo kannte Günther Bollwiese. Sie waren zusammen zur Schule gegangen, hatten aber immer verschiedene Interessen. Günther Bollwiese trug Anzug und Krawatte. Seit sein Betrieb so gut lief, hatte er den Blaumann gegen den Anzug eingetauscht, seine Haare albern nach oben gegelt und sich eine Rolex gekauft. Seine Freundinnen waren meist etwas zu blond und kicherten immer an der falschen Stelle. Dafür trugen sie kurze Röcke, kauten Kaugummi und nutzten oft die Wortschöpfung »äj«. Wie beispielsweise: Geiles Auto, äj! Günther Bollwiese hielt sich sprachlich in den gleichen Gefilden auf.

»Moin, Günther.«

»Du willst doch die Kutsche da nicht etwa tunen lassen, oder äj?« Günther zeigt zu Tammos Opel und guckt etwas angewidert.

»Nein, nein. Der bleibt so. Ich bin dienstlich hier.«

»Ich habe damit nix zu tun!«

»Womit?«

»Mit allem!«

»Du hast mit allem nichts zu tun?«

»Ich bin doch nicht blöd, äj. Ich halt' mich da raus.«

Gerne hätte Tammo etwas dazu gesagt, er hielt aber diesbezüglich den Mund. Stattdessen fragte er: »Wie viele 7er BMWs aus der Gegend hast du getunt?«

»Vielleicht acht.«

»In welchem Zeitraum?«

»In den letzten zwei Jahren.«

»Ich wusste gar nicht, dass es hier so viele 7er BMWs gibt.«

»Sind Bauern. Mercedes Diesel ist out.«

»Ich brauch eine Liste mit Namen und Adressen.«

»Fällt das nicht unter Schweigepflicht?«

»Bist du Arzt oder Anwalt?«

»Nö. Und was ist mit Datenschutz?«

»Willst du mich nerven?«

»Was ist denn mit deiner Nase los. Sieht aus wie angeklebt!«

»Fühlt sich auch so an. Was ist mit der Liste?«

Sie gingen in Günthers Büro. Einige Minuten später hatte Tammo die Liste. Alle Großbauern schienen BMW zu fahren.

Höhensieb stand nicht auf der Liste. Als Tammo wieder im Auto saß, verspürte er Hunger.

Es war kurz nach 18 Uhr, als Swantje die Wache verließ. Sie wollte zum Reethaus, sich umziehen. Als würde sie von einer unsichtbaren Hand geführt, bog sie wieder in die Straße »Zum Jadebusen« ab. Wieder ließ sie den Wagen ausrollen. Genau an der Stelle, wo sie damals stand, blieb der Wagen stehen.

Sie kam gerade vom Schwimmen. »Kuddel« raste wie von Sinnen die Straße hinunter. Ein Auto kam aus dem Moorweg. Swantje wollte schreien. Ihr Atem stockte. »Kuddel« flog durch die Luft, schrie und krachte auf die Straße. Unfähig sich zu bewegen, stand Swantje keine 20 Meter entfernt. Menschen kamen, ein Polizeiauto kam. Alles dauerte entsetzlich lange. Niemand kümmerte sich um Swantje. Sie stand da und rang nach Luft. Ein Bauer nahm einem weinenden Polizisten die Pistole aus der Hand und erschoss »Kuddel«. Noch am selben Nachmittag holten Swantjes Eltern sie ab. Das war das letzte Mal, dass sie in Dangast war.

Swantjes Atem ging schwer. Es hatte Jahre gedauert, bis sie die Bilder los war. Ihre Eltern hatten versucht, den Unfall mit »Kuddel« zu überspielen. Kein Wort, keine Geste, kein In-den-Arm-nehmen. Nachts weinte sie sich in den Schlaf. Vielleicht, dachte sie jetzt, wäre es besser gewesen, wenn sie damals bei Onkel Heini geblieben wäre. Er hätte sie in den Arm genommen und versucht, ihr alles zu erklären. Onkel Heini konnte gut erklären. Tante Gerda weniger. Die konnte aber lecker kochen. Der Hof von Onkel Heini und Tante Gerda war ihr Ferienparadies. Es zerbrach in wenigen Minuten. Dahinten lag der Hof.

Vielleicht 300 Meter entfernt. Swantje sah das Dach. Sollte sie hinfahren? Sollte sie klingeln und »moin Onkel Heini« sagen – und – »ich bin's, Swantje!«? Sie drehte um und fuhr zum Reethaus.

Es war kurz vor 19 Uhr. Er rief Swantje an. Sie verabredeten sich in einem Restaurant in Dangast. Beide trafen zur gleichen Zeit ein. Während sie das Essen bestellten, berichteten sie gegenseitig, was sich wie entwickelt hatte. Swantje trank dabei zwei Gläser Wein, Tammo bevorzugte Wasser. Als das Essen kam, klingelte Swantjes Handy. Sie sagte kaum etwas, hörte nur zu, bis sie das Gespräch beendete.

»Ich muss weg. Es war das Krankenhaus in Oldenburg!« Sie starrte auf ihr Handy. Ihre Stimme klang abwesend.

»Woher haben die meine Nummer?«

»Was ist denn los?«, fragte Tammo. Swantje war noch immer verwirrt.

»Mein Onkel Heini ist in Oldenburg ins Krankenhaus gekommen. Er hat sonst niemanden. Aber ich weiß nicht, woher das Krankenhaus meine Nummer hat.«

»Na, von Onkel Heini wohl!«

»Woher hat er meine Nummer? Ich habe ihn ewig nicht gesehen.«

»Ich fahre dich. Du hast Wein getrunken.« Voller Sehnsucht sah Tammo auf den Fischteller. Er duftete verlockend.

Im Auto zeigte sich bereits die Wirkung des zu schnell getrunkenen Weins. Swantje bekam einen Schluckauf.

»Als Kind war ich immer bei Onkel Heini. Tante Gerda ist

vor vier Jahren gestorben und jetzt hat er einen Herzinfarkt bekommen.« Sie weinte leise und hickste dabei etwas lauter.

»Wie alt ist Onkel Heini?«, fragte Tammo.

»Knapp über 70 Jahre. Ich kann mir gar nicht vorstellen, dass er sich nicht mehr richtig bewegen kann. Onkel Heini hat sich immer bewegt. Woher hat er nur meine Nummer?«

»Die herauszufinden, ist ja wohl kein Problem!«

Onkel Heini lag im vierten Stock des Krankenhauses. Swantje ging zu ihm. Tammo blieb auf dem Gang. Sein Magen knurrte. Eine Krankenschwester kam vorbei.

»Gibt es hier irgendwo etwas Essbares?«, fragte er. Sie sah in mitleidig an. Vermutlich wegen der Nase, dachte er.

»Ich schau mal!«, sagte sie und verschwand. Es vergingen einige Minuten, bis sie wiederkam.

»Krankenhausessen!«, entschuldigte sie sich. »Ich habe es in der Mikrowelle etwas warm gemacht.«

Tammo hob den Plastikdeckel und sah etwas Verkochtes, das nach Nichts roch. Er hatte Hunger. Mit dem Löffel versuchte er die verschiedenen Dinge in Grautönen zu identifizieren. Der erste Löffel schmeckte breiig. Zu einem zweiten Löffel kam er nicht. Swantje stand vor ihm.

»Er kann sprechen. Ich musste ihm versprechen, dass ich mich kümmere. Können wir fahren?«

Tammo stellte den Teller ab. Sie verließen das Krankenhaus. Die Rückfahrt war schweigend. Er setzte Swantje am Reethaus ab. Sie verabredeten sich für den nächsten Morgen. Ihm war schlecht vor Hunger. Die einzige Chance, etwas Essbares zu bekommen, war die Schnitzelbude in Langendamm. Sie war noch geöffnet. Schnitzelbuden, fand Tammo, sind fettige Lebensretter in größter Not. Schnitzel mit Pommes, Mayo und Dosensalat. Dazu ein Bier. Göttlich. Tammo kostete jeden Bissen aus. Eine halbe Stunde später fuhr er wieder nach Dangast. Es war kurz nach 22 Uhr. Am Ortseingang kam ihm ein Wagen entgegen. Es war eindeutig Swantjes Wagen. Ob mit Onkel Heini …? Tammo war müde. Er fuhr nach Hause.

3. Tag

Sonntag, 5.Mai

Sie gähnte, als er ins Reethaus kam. Müde sah Swantje aus. Sie duftete nicht so angenehm wie die Tage zuvor. Sie roch irgendwie nach Stall.

»Ich habe die Fakten von gestern in meinen Computer eingegeben. Alles deutet darauf hin, dass wir es mit einem Schwarzmarktring zu tun haben, der ein Leistungshormon für Rinder an Landwirte verkauft.«

»Ist ja irre, was so ein Computer alles kann.« Tammo trank einen Schluck Kaffee. Swantje war nicht für Witze aufgelegt.

»In der Poebene, in Teilen von Österreich und in Bayern hat es ähnliche Fälle bereits gegeben. Immer war unsere Tote mit dabei. Sie konnte sich stets der Verhaftung entziehen.«

Jetzt war Tammo doch von dem Computer beeindruckt. Swantje fuhr fort.

»Es muss sich um einen ziemlich großen Ring handeln. Bisher wurden vier Laboratorien entdeckt, ausgehoben und geschlossen. Man weiß, dass die Geschäfte unvermittelt weiter laufen. Der Markt ist riesig.«

»Ob sie über Höhensieb versucht hat, an die Landwirte zu kommen?«

»Die Wahrscheinlichkeit ist hoch. Es waren auch andere Futtermittelhändler in die Fälle verwickelt. Sie kennen die Höfe und die Bauern meist besser als alle anderen.«

»Und meist auch die Kontostände!«, ergänzte Tammo. »Wie gehen wir jetzt vor?«

»Ich müsste noch einmal zu meinem Onkel.«

»Also grase ich schon mal einige Bauern ab.«

Es war natürlich ziemlich sinnlos, die Bauern zu fragen, ob sie ihre Kühe mit BST behandeln. Tammo rief Gunnar an.

»Kann man BST nachweisen – ich meine in der Milch?«

»Kann man, ist aber unheimlich aufwendig und teuer. Es ist ein natürliches Hormon, das man nachgebaut hat. Die Unterschiede sind äußerst gering.«

»Danke!«

Tammo beendete das Gespräch und entschloss sich statt zu den Bauern zu Solveig Höhensieb zu fahren.

»Moin, haben Sie einen Moment Zeit?«

Solveig führte ihn ins Wohnzimmer. Es sah nach Aufbruch aus. Sie trug ein schlichtes Kleid und war nicht geschminkt. Wie mochte sie »aufgedonnert« aussehen, so wie Schorsch sie in Bremen gesehen hatte?

»Sie verreisen?« Zwei Koffer und eine Tasche standen ordentlich aufgestellt neben der Wohnzimmertür.

»Nach der Beerdigung. Ich brauche Abstand und den finde ich hier nicht.«

»Ihr Mann hatte Verhältnisse mit anderen Frauen. Kannten Sie die Damen?«

Solveig sah Tammo eine Weile mit großen Augen an. Sie setzte sich ihm gegenüber.

»Nicht alle. Es waren ziemlich viele.« Sie weinte. »Carla Wiese. Mit der war er einige Monate zusammen. Jutta Zierl, sie war in letzter Zeit seine Angebetete. Er hat ein Schweinegeld für sie ausgegeben.«

»Wissen Sie, woher das Geld aus dem Safe im Büro kommt?«

»Frau Tomaszewski hat mich angerufen. Ich weiß auch nicht, wo das Geld herkommt. Es passt nicht zu meinem Mann. Er war ein ängstlicher Typ. Gerade was Geld anging.«

»Hatte Ihr Mann in diesem Haus auch ein Büro?«

Solveig stand auf und führte Tammo in das Büro.

»Darf ich mich umsehen?«

»Bitte!«

Tammo setzte sich an den Schreibtisch. Er zog die Schubladen auf und fand ein Adressbuch. Höhensiebs Liebschaften standen auch darin. Tammo steckte das Buch ein. Er fand Kontoauszüge von vier verschiedenen Banken. Ungewöhnliche Transaktionen konnte er nicht erkennen. Alles hatte eine gewisse Regelmäßigkeit. Solveig stand schweigend in der Tür.

»Man hat Sie in Bremen gesehen!« Tammo ließ den Satz wie nebenbei fallen.

»Wann?«

»Vor einiger Zeit!«

»Ich fahre öfter nach Bremen.«

»Sie waren nicht alleine.«

»Ich habe Verwandtschaft in Bremen.«

Jetzt log sie. Tammo konnte es nur nicht beweisen. Warum sollte sie ihm auch von ihren Verhältnissen erzählen? Er stand auf und ging zu den Aktenschränken.

»Wohin verreisen Sie?«

»Ich habe Mallorca gebucht.«

»Bleiben Sie hier wohnen?«

Sie zögerte einen Moment. »Mit Sicherheit nicht. Ich werde alles verkaufen und möglichst weit von dem ganzen Mist hier verschwinden.«

»Warum haben Sie sich nicht scheiden lassen?«

»Ich hatte Angst. Er konnte gewalttätig sein. Sehr sogar.«

»Waren Sie finanziell von ihm abhängig oder verdienen Sie auch Geld.«

»Ich war sein Paradegaul für öffentliche Auftritte. Nein, er wollte nicht, dass ich arbeite.«

»Was haben Sie früher gemacht.«

»Ich habe mal Chemielaborantin gelernt. So haben wir uns auch kennengelernt. Seit über zehn Jahren bin ich aber raus aus dem Geschäft.«

»Sie werden eine vermögende Frau ...«

»... die weiß, wie man mit Geld umgeht! Ich betrachte es als Wiedergutmachung!«

Tammo verabschiedete sich. Wenn Höhensieb nicht mit seiner Frau über die Geschäfte gesprochen hat, dann vielleicht mit einer seiner Freundinnen. Tammo holte das Adressbuch hervor. Jutta Zierl wohnte in Obenstrohe.

Das Fertighaus stand in einem Neubaugebiet. An der Klingel neben dem gemauerten Torboden stand: Wilfried und Jutta Zierl. Das roch nach Ehekrach. Tammo klingelte. Der Türöffner summte.

»Tammo Poppinga. Kripo Varel«, stellte er sich vor. Frau Zierl war eine hochgewachsene Brünette. Sie trug eine Jogginghose, was ihr anscheinend peinlich war. Auch der obere Teil ihres Körpers war noch nicht aufgearbeitet. Die Haare standen wild vom Kopf und die Schminke hatte in der letzten Nacht erheblich gelitten. Ihre grauen Augen sahen sich unruhig um.

»Kommen Sie herein!«

Schnell schloss sie die Tür hinter Tammo. Er sah sich um. Die

Wohnung hätte dringend einen Hausputz verdient, obwohl er sich in diesen Fragen für wenig kompetent hielt.

»Ich habe mit dem Tod von Harald nichts zu tun!« Ihre Stimme war unangenehm, zu hoch, etwas zu kreischend.

»Wann haben Sie Herrn Höhensieb das letzte Mal gesehen?«

»Hören Sie, mein Mann kommt gleich von der Arbeit. Können wir uns nicht woanders treffen?«

»In einer Stunde im Rathauscafé.«

»Ich werde da sein.« Er drehte sich zur Eingangstür und wäre beinahe über einen mit heißem Wasser gefüllten Putzeimer gestolpert.

Als Tammo wieder in seinem Wagen saß, rief Swantje an. Ihre Stimme war müde. »Ich brauch noch ein bisschen.«

»Wie geht es Onkel Heini?«, fragte Tammo.

»Onkel Heini? Oh, Onkel Heini ... besser, ja, es geht ihm etwas besser! Ich werde gegen 15 Uhr wieder in Dangast sein. Einverstanden?« Was sollte er sagen? Natürlich war er einverstanden.

»Das schaffe ich!«, sprach sich Swantje selber Mut zu. Auf die Hilfe von Tammo oder jemand anderem wollte sie verzichten. Bloß keine Schwäche zeigen! Sie stand vor dem Schweinekoben in Onkel Heinis Stall, betrachtete die grimmig dreinschauende Sau mit ihren Ferkeln. Zig mal hatte sie damals Onkel Heini geholfen die Schweine zu füttern. Sie hat vergessen, was Schweine fressen.

Was fressen Schweine?

Ob sie im Internet nachschauen sollte? Swantje drehte sich um. Irgendwo in der Nähe der Schweine musste doch das passende Futter zu finden sein! Sie fand einen Sack, auf dem ein angedeuteter Schweinekopf zu sehen war. Genau, sie erinnerte sich. Onkel Heini hatte damals immer gekochte Kartoffeln zerstampft und dieses Mehl darüber geschüttet und alles gut verknetet. Sie hatte mit ihren kleinen Fingern dabei geholfen. Matsche machen, sagte er lächelnd. Wo waren die Kartoffeln? Die Bilder der Erinnerung wurden konkreter. Nebenan. Nebenan in der Futterküche! Richtig! Nur – wie viel frisst so eine Sau pro Tag und fressen Ferkel auch schon Kartoffeln? Swantje schnappte sich eine Schubkarre, füllte sie mit Kartoffeln und schob sie zum Schweinekoben. Die Sau grunzte. Futtermehl darüber und etwas Wasser. Swantje machte Matsche. Die Sau wurde ungeduldig. Bis zu den Ellbogen klebte der Futterbrei an Swantjes Armen. Sie öffnete die Futterklappe. Die Sau begann zu schmatzen. Es ging weiter zu den Hühnern und Gänsen. Der Ganter biss sie in den Oberschenkel. Sie schrie und floh aus dem Stall. »Scheiße, Scheiße, Scheiße!«, brüllte sie vor Wut. Der Biss tat weh. Das Futter warf sie über den Zaun. »Seht doch zu, wie ihr klar kommt!«

Sie hatte die meiste Zeit der Nacht auf dem Hof von Onkel Heini verbracht und war bei Sonnenaufgang zurückgekehrt. Sie hatte versprochen, die Tiere zu versorgen. Schaff ich schon, hatte sie gedacht und jetzt kamen ihr Zweifel – erhebliche Zweifel. Die Rinder und das riesige Pferd standen zum Glück auf der Weide. Im Kuhstall deutete nichts auf eine Melkanlage hin. Sie ging noch einmal zur Weide, beugte sich tief, um sich die Euter der Rinder anzusehen. Die waren ganz klein. So was, schloss sie, wird nicht gemolken. Sie füllte die alte Wanne mit Wasser. Das hatte sie mit Onkel Heini früher schon gemacht. Während sie den Schlauch hielt, schnupperte sie an ihrem Arm. Kartoffeldunst mit leichter Mistnote wehte ihr entgegen. Sie kräuselte die Nase.

Im Rathauscafé saßen nur zwei ältere Damen. Tammo bestellte eine Suppe und einen Pott Kaffee. Er genoss die Ruhe und die Suppe. Als Frau Zierl kam, hatte er bereits den zweiten Pott Kaffee vor sich stehen. Jetzt trug sie keine Jogginghose. Sie hatte sich zurecht gemacht und das war zumindest für Varel auffällig. Sie trug ein grünes Kleid, das ihre Formen hautnah betonte. Silikon Mountains, fiel Tammo ein. Auch die Schminke hatte einen Neuanstrich erfahren. Ein leichter Hang zum Vulgären war nicht zu übersehen.

»Ich habe mit Haralds Tod nichts zu tun!«

»Das sagten Sie bereits. Wann haben Sie ihn zum letzten Mal gesehen, wollte ich vorhin wissen.«

»Vor vier Tagen. Abends. Wir waren in Oldenburg zum Essen verabredet.«

»Und was sagte ihr Mann dazu?«

»Das geht Sie nichts an.«

»Stimmt. War Herr Höhensieb anders als sonst?«

Sie überlegte eine Weile. »Er war nervöser als sonst. Er war immer nervös, aber an dem Abend war er noch nervöser.«

»Hat er was gesagt, warum er so nervös war?«

»Da wäre was Unglaubliches im Gang, hat er gesagt, aber nicht was.«

Jetzt überlegte Tammo eine Weile. Was sollte er mit der Information anfangen? Hinter was war Höhensieb her? War er hinter etwas her? Oder hatte Frau Zierl etwas falsch verstanden?

»Was für ein Mensch war Herr Höhensieb?«

»Er war sehr liebevoll, zärtlich. Ich kann nur mit Männern, die liebevoll sind.«

Männer! Was so ein Plural alles verrät, dachte Tammo. »Liebevoll und nervös? Er hatte mehrere Beziehungen.«

»Er suchte nach Liebe und Zuneigung. Die hat er ja von seiner Frau nie bekommen. Sie soll eiskalt sein!«

»Hat er das gesagt?«

»Mehrmals.« Sie kam ins Schwärmen. »Irgendwie war er immer wie ein kleiner Junge. Süß! Es freute ihn, wenn mir ein Schmuckstück gefiel. Er musste es dann sofort kaufen.«

»Wo haben Sie sich getroffen?«

Sie zögerte.

»Wir haben eine kleine Wohnung in Oldenburg. Nichts besonderes. Unser kleines Nest.«

»Über wen lief der Mietvertrag?«

»Er hat sie für mich gekauft.« Tiefe Trauer fiel plötzlich über sie her. »Ich werde sie verkaufen. Was soll ich mit einer Wohnung in Oldenburg? Die Erinnerung, verstehen Sie?«

»Wie viel Quadratmeter hat denn das Nest?«

»In solchen Sachen kenne ich mich gar nicht aus! Vielleicht – naja, vielleicht ein winziges bisschen größer als mein Haus.«

»Und das Nest hat er mal eben so gekauft?«

»Harald war immer großzügig.«

Tammo hielt sich auch für großzügig, hatte aber keine Wohnung in Oldenburg. Er hatte nicht einmal eine Geliebte, geschweige eine Freundin.

»Falls Ihnen noch etwas einfällt ...« Tammo gab ihr seine Karte.

»Ich will Ihnen ja nicht zu nahe treten«, sie zögerte einen Moment, »aber ich kenne einen wirklich guten Schönheitschirurgen.« Jetzt deutete sie auf Tammos Nase.

»Da lässt sich sicher was machen. Sie sind ja sonst ein ganz attraktiver Typ!« Tammo schnappte nach Luft, aber schwieg. Vor dem Café holte er das Adressbuch wieder hervor. Carla

Wiese, die andere Geliebte, wohnte in Rastede. Das nächste Frauenwunder stand bevor – fürchtete Tammo.

Sie war ein ähnlicher Typ wie Jutta Zierl – nur platinblond und nicht verheiratet.

»Das Arschloch ist für mich schon längst gestorben!«, geiferte sie los.

»Wieso? Hatten Sie keine gemeinsame Wohnung in Oldenburg?«

»Die Sau! Ihr hat er eine Wohnung gekauft, weil sie verheiratet ist und er in aller Ruhe mit ihr ficken wollte.«

Tammo wich etwas vor den fuchtelnden Armen zurück. Er hatte Angst um seine Nase.

»Und bei Ihnen?«, fragte er kleinlaut.

»Hier! Er ist immer hierher gekommen.«

»Was war er für ein Typ?«

»Ein Großkotz. Er hielt sich für unwiderstehlich, die Pfeife!« Sie saßen am Küchentisch. Sie sprang auf. »Wollen Sie einen Kaffee?«

»Nein, danke. Wie lange waren Sie mit Herrn Höhensieb zusammen?«

»Den Herrn können Sie sich schenken. Genau sechs Monate! Er hat gesagt, dass er sich scheiden lassen wolle. Alles Lüge. Seine Frau, da bin ich ganz sicher, hat im Hintergrund die Strippen gezogen.«

»Was für Strippen?«

»Die Kontakte. Höhensieb war ein bisschen doof. Er ist doch nur auf die Piste gegangen, weil seine Alte zu stark für ihn war. Er wollte Titten und keinen Kopf.«

Sie zog geräuschvoll die Nase hoch. »So doof wie ich – das passte – eigentlich. Aber die Neue hatte dann noch mehr Titte und war fünf Jahre jünger.«

Die beiden Gespräche mit den Frauen hatten Tammo erschöpft. Er war froh, als er wieder in seinem Auto saß. Langsam und nachdenklich fuhr er nach Dangast. Es war Zeit Swantje zu treffen.

Eine Parfümwolke schwebte ihm entgegen, als sie sich in den Wagen setzte. Er öffnete etwas das Fenster. Sie sah ihn mit müden Augen an. »Und?« Er berichtete kurz, was er alles erlebt hatte.

»Schreibst du dir nichts auf?«, fragte sie.

»Nö, nie!«

»Wie, du schreibst dir nichts auf? Du musst dir was aufschreiben. Das ist eine der ersten wichtigen Lektionen in unserem Job. Es gilt grundsätzlich, dass wir alle Informationen zu Papier bringen – oder besser – in den Laptop eingeben. Nur mit der Fülle aller Daten – und zwar in ihrer Gesamtheit – sind wir in der Lage, die Fälle zu lösen. Intuition ist schön und gut, aber eine präzise Datensammlung ist besser. Wir werden jetzt zuerst einmal einen Schreibblock für dich kaufen.«

Gerade fing er an sie sympathisch zu finden. Das war vorbei. Ein Tag voller Zicken und der Tag war noch nicht zu Ende. Er schloss das Fenster. Es roch irgendwie nach Stall hinter der Parfümwolke, obwohl weit und breit kein Stall zu sehen war. In Dangast kauften sie einen Notizblock und Stifte. Der kleine Lebensmittelladen von Jochen Pieper hatte in der Saison auch sonntags geöffnet, was Swantje »reizend« fand. Sie war der Ansicht, dass es besser wäre, gleich mehrere Stifte zu kaufen, weil sie vermutete, dass Tammo den einen oder anderen liegen lassen könnte. Er widersprach ihr nicht.

Sie fuhren zu Ole Frankes Hof. Er war noch immer mit seinem Schlepper beschäftigt und entsprechend guter Laune.

»Wie gut kannten Sie Harald Höhensieb?«, begann Swantje.

»Freunde waren wir nicht.«

»Wann haben Sie Herrn Höhensieb das letzte Mal gesehen?«

»Vor einer Stunde ist der Mechaniker vom Hof gefahren. Seit zehn Minuten ist das Scheißding schon wieder kaputt. Das sind meine Probleme!«

»Wann?«

Ole Franke ließ den Schraubenschlüssel sinken und sah Swantje wütend an. »Ein oder zwei Tage vor seinem Tod.«

»Und wo?«

»In seinem Büro. Ich war da, um eine Rechnung zu bezahlen.«

»In bar?«

»Wenn ich eine Überweisung geschrieben hätte, wäre ich damit zu meiner Bank gegangen.«

»Um wie viel Geld handelte es sich?«

»Es war ein Abschlag. 2.500 Euro.«

»Und warum zahlen Sie das in bar?«

»Mal so, mal so.«

»Ich kann Ihnen auch das Finanzamt auf den Hals hetzten …«

Er schnaubte, kämpfte mit sich.

»Also gut. Ich hab ihm etwas schwarz gegeben. Er kam mir im Preis entgegen. Macht man so.«

»Kennst du Frau Höhensieb?«, mischte sich Tammo ein.

»Wieso?« Ole war plötzlich unsicher.

»Falsche Antwort. Kennst du sie?«

»Klar. Ich hab sie ein paar Mal bei Veranstaltungen gesehen. Sieht gut aus.«

»Hattet ihr geschäftlich miteinander zu tun?«

»Nö, die hatte mit dem Geschäft nichts zu tun. In Varel hab ich sie auch nie gesehen. Nur auf Veranstaltungen.«

»Kennst du BST?«

»Jeder Milchbauer kennt BST!«

»Benutzt du es?«

»Tammo, es ist verboten und Schweinkram. Es geht den Tieren auf die Knochen. So was mach ich nicht.«

»Es bringt mehr Leistung.«

»Meine Tiere liegen bei durchschnittlich 10.000 Liter im Jahr. Damit komm ich gut hin.«

»Anscheinend ja wohl nicht. Sonst hättest du ja keine Schulden bei Höhensieb gehabt.«

»Landwirtschaft ist ein Saisongeschäft. Da kommt es mal zu Engpässen. Ist üblich.«

Swantje brachte sich wieder ein. »Könnten Sie sich vorstellen, dass Berufskollegen von Ihnen BST einsetzen?«

»Vorstellen kann ich mir alles.«

»Aber Sie haben natürlich noch nie von einem solchen Fall gehört!«

»Genau!«

»Welchen Wagen fährst du?«, wollte Tammo wissen.

»Einen 7er BMW. Wieso?«

»Bei Bollwiese getunt?«

»Klar.«

Tammo ging einen Schritt auf Ole zu. »Falls du BST einsetzt, sieh dich vor.«

»Soll das eine Drohung sein?«

»Keine Drohung, das ist eine Bedrohung. Da agiert eine internationale Gang. Zwei Tote haben wir schon. Schönen Tag noch!«

Tammo ging. Swantje folgte ihm. Sie verließen den Hof und fuhren zu Hinnerk.

»Glaubst du Ole?«, wollte Swantje wissen.

»Dass sein Trecker kaputt ist, ja! Beim Rest habe ich so meine Zweifel.«

»Wenn er mit BST etwas zu tun hat, wird er jetzt wahrscheinlich alle anderen Landwirte, die auch da mit drin hängen, anrufen.«

»Mit Sicherheit nicht. Da weiß keiner vom anderen. Des deutschen Landwirts größter Feind ist immer sein Nachbar. Keiner gönnt dem anderen das Schwarze unter dem Fingernagel. Wenn es einen Schwarzmarkt für BST hier oben gibt, dann sind es die Bauern, die nichts voneinander wissen.«

»Du hast dir wieder nichts aufgeschrieben!« Da war klarer Vorwurf in der Stimme.

»Was hätte ich mir denn aufschreiben sollen?« Die Frage war Angriff.

»Dass er einen 7er BMW fährt, als Beispiel.«

»Das weiß ich auch so!«

»Dass er Schwarzgeld gezahlt hat.«

»Ist für unseren Fall nicht wichtig!«

»Könnte aber wichtig sein!«

»Wenn es für den Fall – in Bezug auf die beiden Toten – wichtig wäre, hätte er es nicht erzählt.«

»Du hältst Ole ja für einen ganz Schlauen!«

»Er hat Agrarwissenschaften studiert!«

Der Hof von Hinnerk Paulsen tauchte auf.

»Und der da? Der Hinnerk Paulsen ist dann wohl auch ein studierter Schlaumeier!?«

»Agrarwissenschaften und Elektrotechnik.« Sie bogen in die Einfahrt. »Promoviert hat er auch!«, ergänzte Tammo noch. Swantje schwieg. Hinnerks Mutter öffnete die Tür. Nein, Hinnerk sei nicht da. Er sei auf dem Acker am Deich. Also zum Deich.

»Ist Hinnerk Paulsen verheiratet?« Swantje fand, wenn auch kleinlaut, die Sprache wieder.

»Hinnerks Frau hat eine Tierarztpraxis in Varel. Die beiden machen ihr Ding – leise und unauffällig. Bei den Frankes sieht das anders aus. Oles Frau hast du ja kennengelernt. Er sieht sich und seinen Hof als kleines Königreich. Seine Frau schuftet wie ein Gaul und er macht Politik.«

»Was macht eigentlich so ein Bauer, wenn er mal krank ist? Wer führt dann den Hof?«

»Da gibt es den Notdienst. Meist kommen dann ausgebildete Landfrauen auf den Hof.«

»Ist ja spannend!«

»Wieso?«

»Nur so!«

Hinnerk war mit der Drillmaschine unterwegs. Als er Tammo und Swantje sah, kam er mit seinem Schlepper auf die beiden zu. Tammo entschied sich zum Angriff.

»Moin Hinnerk. BST wird hier oben gehandelt. Nach unseren Recherchen steckt eine internationale Gang dahinter. Höhensieb und die Tote vom Deich sind die ersten Opfer.«

Hinnerk hatte die Kabinentür geöffnet und sah Tammo grinsend an. »Deine Nase sieht aus wie eine faule Salatgurke! Ich mein wegen der Farben.«

Dann stieg Hinnerk vom Schlepper. Sein Gesicht wurde ernst. »Die Frau aus Brüssel war also Schwarzmarkthändlerin?«

»Sieht so aus.«

»Auf meinem Hof gibt es kein BST.«

»Bist du sicher?«

»Meine Frau hat sich schon vor Jahren mit dem Zeug beschäftigt. Bringt nichts – jedenfalls nichts für uns Bauern. Da verdienen nur andere dran.«

»Oder sterben!«

»Genau!«

»Wer könnte von deinen Berufskollegen ...«

»Ne, Tammo, so was mach ich nicht. Ist einfach übel, andere zu verdächtigen.« Hinnerk machte eine Pause. »Die Preise sind im Keller und damit die Verführung groß. Und wenn die Milchquote ausgesetzt wird, geht das Hauen und Stechen erst richtig los. Mein Betrieb steht gut da!«

»Du hattest Schulden bei Höhensieb.«

»Alle hatten Schulden bei Höhensieb. Jedes Jahr.«

»Und einen Teil der Schulden habt ihr dann mit Schwarzgeld bezahlt!«

Hinnerk lachte: »Bäuerliche Tradition. War schon beim alten Höhensieb so!«

»Ich finde die Geschichte nicht komisch. Es riecht verdammt nach Ärger!« Tammo drehte sich zum Wagen. Swantje folgte ihm.

»Ich kann mich ja mal umhören, aber es wird nichts bringen! Du kennst die Bauern.« Hinnerk stieg wieder auf seinen Schlepper. »Übrigens, ich habe gestern Abend kurz Olaf Bruns gesehen. Den hast du ganz schön zugerichtet. Er sieht aus, als ob er einen Blindenhund bräuchte.« Hinnerk lachte wieder.

Tammo strich sanft über seine Nase. Er hatte von Landwirten erst einmal die Nase voll. Von Swantje und ihrem Ordnungswahn auch. Gleich würde sie sagen »du hast wieder nicht mitgeschrieben«. Was bildete sie sich ein? Sie hatte ja auch nicht mitgeschrieben. Wie kam sie überhaupt auf die blöde Idee, dass ausgerechnet er mitschreiben sollte? Tammo wurde sauer. Nur weil sie aus der Stadt – der Großstadt kam … Hauptkommissarin und fünf Jahre jünger als er! Was hatte sie denn bisher eingebracht? Onkel Heini im Krankenhaus! Naja, und ihren albernen Computer. Er, und nur er hatte sich die Socken abgelaufen. Er hatte bisher fast alle befragt. Er hatte …

»Mir gehen im Moment die Bauern auf den Keks. Sollen wir eine Pause machen?« Swantje sah ihn müde an.

Was war das denn? Warum dachte sie das Gleiche wie er? Wollte sie sich anbiedern? Ganz ruhig Tammo. Er fuhr bis zur Hauptstraße, dann hatte er sich wieder im Griff. Die Sonne schien. Vielleicht war er doch zu voreingenommen. Er hatte eine Idee.

»Ich habe ein kleines Boot im Hafen. Sollen wir eine Tour auf dem Jadebusen machen?«

Swantje war sofort von der Idee angetan und ihre Müdigkeit wie weggeblasen. Im kleinen Lebensmittelladen in Dangast kaufte sie ein. Sie bestand auf ein Picknick an Bord. Er sollte im Wagen warten.

»Ist ja irre!« Sie war begeistert. »In dem Laden bekommt man ja alles, was man zum Leben braucht!«

»Auch Stifte und Schreibblöcke«, erwiderte Tammo nüchtern. Sie lachte.

Als sie auf dem Boot waren, verschwand sie mit dem Einkauf in der Kajüte. Tammo löste die Leinen und fuhr aus dem Hafen. Ein leichter Wind kam von Osten. Die Sonne glitzerte auf dem Wasser. Einige Möwen kreischten, sonst war nur das gleichmäßige Tuckern des Bootes zu hören.

»Ein kleiner Aperitif!«, strahlte sie Tammo an und reichte ihm ein Glas. Sie prostete ihm zu.

»Das Landleben kann ja auch Vorteile haben. Ich liebe Wasser.« Sie schaute auf den Jadebusen. Sie hatte den Pferdeschwanz gelöst. Ihre blonden Haare wehten im Wind und Tammo fand, dass sie gut aussah. Besonders gut, wenn sie nicht dienstlich wurde. Swantje ging ins Heck und setzte sich.

»Bist du immer in Dangast gewesen?«

»Nicht immer. Nach dem Abitur habe ich zwei Jahre in Griechenland und Italien gelebt, dann bin ich zur Polizeischule nach Köln gegangen. Später hab ich mich öfter versetzen lassen, um noch etwas von Deutschland zu sehen. Vor vier Jahren bin ich dann zurückgekommen. Ich bin Friese, daran ist nichts zu ändern.«

»Du sprichst griechisch und italienisch?«

»Es reicht, um nicht zu verhungern.«

»Bist du verheiratet?« War ihr Gesichtsausdruck etwa der einer Jägerin?

»Noch nicht!« Die Wellen schlugen sanft gegen das Boot.

»Aha, du hast also eine Freundin!«

»Wie kommst du denn darauf?« Tammo ging auf Distanz.

»Wegen ›noch nicht‹. Noch nicht bedeutet, dass du es in absehbarer Zeit vor hast.«

»Man kann es vorhaben, auch ohne aktuelle Freundin.«

»Dann wird das aber eine ziemlich einsame Sache!« Sie stand

auf, lächelte und verschwand wieder in der Kajüte. Minuten später kam sie mit belegten Baguettes zurück.

»Fisch, Wurst oder Pastete?« Sie hielt ihm den Teller in.

»In der Reihenfolge!« Er nahm ein Stück Baguette mit Lachs. Sie stellte den Teller neben Tammo, nahm sich auch ein Lachsbaguette und ging wieder zum Heck.

»Ich hab mal einige Zeit in Berlin und Hamburg gewohnt, dann war ich ein halbes Jahr in New York und später ein Jahr in Paris – zum Austausch. Ich brauche einfach eine große Stadt.«

»Bist du verheiratet?«

»War gewesen. Genau ein Jahr. Ein Polizist. Weißt du eigentlich, was für Idioten es in unserem Job gibt?« Sie wartete nicht auf eine Antwort. »Ein Ordnungsfanatiker! Egal, was er tat, alles musste Ordnung haben. Sein Kamm lag genau einen Zentimeter vom Regalrand im Badezimmer entfernt. Sein Scheitel, ein geometrisches Meisterwerk, sein Auto, die Fetischabteilung von Meister Propper – und damit war ich verheiratet.«

Passt doch, dachte Tammo, sagte es aber nicht.

Swantje streckte sich, blinzelte in die Sonne. »Wer hat nur die Arbeit erfunden?«

»Warum bist du Polizistin geworden?«

»Ich fand es spannend. Spannender als Philosophie. Hab ich auch einige Semester studiert. Logik fasziniert mich. Jeder Fall hat seine eigene Logik. Man muss sie nur erkennen.«

Tammo fand, dass sie wieder zu dienstlich wurde. Ein anderes Thema also.

»Seit wann lebst du in Oldenburg?«

»Seit einem Jahr. Eigentlich will ich zum BKA. Oldenburg ist schön, hat aber zu viel Grün drumrum.«

»Du magst das Land nicht?«

»Es ist nicht meine Welt. Kühe, Schweine und das ganze Gedöhns – ne. Außerdem ticken die Menschen auf dem Land anders.« Sie machte eine Pause. »Ich will sie wahrscheinlich auch gar nicht verstehen.«

»Warst du schon mal in Dangast?«

Swantje zögerte. Sie stand auf und schaute auf die See.

»Ist ewig her. Lag im letzten Jahr irgendwie nicht auf meiner Route. Ich bin nach Juist gefahren, wenn ich ans Meer wollte. Da ist wenigstens das Meer immer da.«

»Hast du schon mal eine Wattwanderung gemacht?«

»Ich stapfe doch nicht durch Modder!«

»War ja auch nur so eine Idee.« Tammo fand, dass sie die Romantik einer Zaunlatte hatte. Sie stand auf. »Es wird kühl und die Sonne geht bald unter. Können wir zurückfahren?« Die Idee kam ihm sehr entgegen.

4. Tag

Montag, 6. Mai

Sein Kopf dröhnte. Er hatte den restlichen Abend mit Gunnar, Schorsch, Ralf und Gisela im Dorfkrug verbracht. Sie hatten ihre Witzchen über Swantje im Besonderen und über zickige Frauen im Allgemeinen gemacht. Mit jedem Glas Bier wurden sie zynischer und doofer, wie er jetzt, als die Gespräche bruchstückhaft in sein Bewusstsein zurückkehrten, feststellen musste. Die Strafe dafür hämmerte nun in seinem Schädel. Für wann hatte er sich mit Swantje verabredet? Er sah auf die Uhr. Es war kurz vor acht. Unter der Dusche versuchte er sich zu konzentrieren. Er hatte Swantje am Reethaus abgeliefert. Dann war er zu Olaf Bruns gefahren. Eine dicke Nase und zwei geschwollene Augen sollten nach seiner Ansicht nicht allzu lange unbesprochen im Raum stehen bleiben. Olaf war nicht da. Weder im Kuhstall, noch zu Hause. Beinahe wäre er im Dunkel wieder auf die Mistgabel getreten. Warum lag das Ding immer im Weg? Er stellte die Mistgabel beiseite. Es folgte der Dorfkrug mit Absturz. Filmriss. Seine Kaffeedose war leer. Typisch. Vielleicht würde er ja im Reethaus eine Tasse Kaffee bekommen. Sein Wagen stand vor der Tür. Schlechtes, ganz schlechtes Zeichen. War er wirklich nach Hause gefahren? Er rief Schorsch an.

»Moin, bin ich diese Nacht mit dem Wagen nach Hause gefahren?«

»Oha, du erinnerst dich nicht?«

»Naja, was soll ich sagen?«

»Du hast ein Taxi mit zwei Fahrern bestellt.«

»Gott sei Dank!«

»Das würde ich erst einmal nicht so sehen. Ich würde mich vorsichtshalber entschuldigen.«

»Bei wem soll ich mich denn entschuldigen?«

»Du wolltest unbedingt eine Alkoholkontrolle bei den beiden Fahrern machen.«

Tammo hatte keine Erinnerung. Nichts! Nicht einmal den vagen Schimmer eines Bildes der vergangenen Nacht. Sein Kreislauf stand kurz vor dem Zusammenbruch.

»Scheiße!«

»Und weil du nichts für eine Alkoholkontrolle bei dir hattest, sollten sie nach Varel zur Wache fahren, um dir ein Kontrollgerät zu holen.«

»Haben die das etwa gemacht?«

»Sie waren kurz davor dich zu verprügeln.«

»Und dann?«

»Gunnar konnte dich überzeugen, dass es auch ohne Kontrolle geht. Du hast nur immer gebrüllt: Ausnahmsweise, ausnahmsweise!«

Tammo wurde übel. Wahrscheinlich hatte seine gestrige Eskapade bereits in Varel die Runde gemacht. Er legte auf. Regungslos blieb er sitzen und starrte aus dem Fenster, ohne etwas zu sehen. Er berührte automatisch seine Nase. Nase und Suff, das war eindeutig zu viel. Sterben hielt er in diesem Moment für eine sinnvolle Alternative. Wie würden die Menschen auf ihn reagieren? Die Friesen hatten Humor – manchmal zu viel. Tammo schüttelte sich. Die Realität und sein brummender

Schädel hatten ihn wieder. Wann begann in der letzten Nacht der Filmriss? Er erinnerte sich nur, dass er nach einem Klobesuch Schwierigkeiten hatte, wieder auf den Barhocker zu kommen. Dann gab es noch verschwommene Bilder von Bier- und Korngläsern. Er stand auf. So konnte er nicht Auto fahren. Er ging zu Fuß zum Reethaus. Frische Nordseeluft soll ja bekanntlich Wunder bewirken. Ein Wunder hatte er jetzt bitter nötig.

Heute sollte Swantje fahren – den ganzen Tag. Er stolperte, obwohl nichts zum Stolpern im Weg lag. Sein rechtes Bein hatte nur etwas schlapp gemacht. Er wurde noch saurer. Schließlich hatte Swantje ja auch einen Dienstwagen. Überhaupt, war er etwa ihr Chauffeur! Er hatte sich verlaufen. Statt zum Reethaus, hatte er den Weg zum Tatort, zum Deich eingeschlagen. Er drehte abrupt um. Seine Gurkennase flatterte hinterher. Wie kam Swantje auf die blöde Idee, dass er sie durch die Gegend fahren müsse? Heute würde er bequem auf dem Beifahrersitz herumlungern. Genau!

Swantje hatte kurz nach Sonnenaufgang die Tiere gefüttert. Die Sau war ihr nicht geheuer. Sie wollte den Stall ausmisten. Kaum hatte sie die Tür geöffnet, schoss die Sau wütend auf sie zu. Im letzten Moment konnte sie die Tür schließen. Der Mist im Stall stank erbärmlich. Sie fühlte sich ausgelaugt. Kommissarin und Bäuerin war eindeutig zu viel. Gestern Abend hatte sie auf der Suche nach frischer Wäsche für Onkel Heini Briefe gefunden. Es waren Briefe ihrer Eltern, die sie nach dem Unglück mit »Kuddel« an Onkel Heini geschrieben hatten. Sie verlangten darin, dass er jeden Kontakt mit ihr in Zukunft zu unterlassen habe. Die Briefe waren mit einer unverschämten Härte formuliert. In der Nacht machte sich Swantje Vorwürfe. Warum hatte sie nicht später Kontakt zu Onkel Heini gesucht? Er war doch immer der Fels ihrer Kindheit gewesen. Er hatte ihr vieles aus der Natur erklärt, hatte mit ihr Obst in den Nachbargärten geklaut, hatte mit ihr die Wildgänse im Winter hinter dem Deich beobachtet, war mit ihr schwimmen gegangen. Sie liebte es, wenn er mit seiner Schwielenhand ihre Hand fasste, um mit ihr ins Dorf zu gehen.

Nachdem die Tiere einigermaßen versorgt waren, fuhr sie ins Krankenhaus. Onkel Heini schlief noch. Sie sortierte die Wäsche in den Schrank, stellte Saft an sein Bett und legte ein Buch dazu. Es war kurz nach 9 Uhr. Es war Zeit zum Reethaus zu fahren. Sie wollte dort noch duschen.

Ihr Wagen war nicht da – sie auch nicht. Helene, die Besitzerin des Reethauses, kam ihm entgegen.

»Sie schläft schon seit zwei Nächten nicht mehr hier. Sie duscht nur morgens. Willst du einen Kaffee?« Tammo nickte und fragte sich dabei, ob er allmählich den Verstand verlöre. Wäre es nicht ratsam nach Hause zu gehen? Einen ganzen Tag im Bett mit Augen zu. Helene brachte ihm Kaffee. Swantje fuhr vor. Sie sah aus, als hätte sie die Nacht in einem Heuschober verbracht. Mit Entsetzen sah sie Tammo an.

»Was machst du denn hier. Wir waren für 9.30 Uhr verabredet.«

»Du siehst scheiße aus.«

»Hast du dich mal im Spiegel betrachtet?«, gab Swantje spitz zurück.

»Möchten Sie zuerst duschen, oder soll ich Ihnen gleich einen Kaffee bringen?«, fragte Helene. Swantje war unentschieden.

Sie zog aber den Kaffee vor. Bis der Kaffee kam, saßen sie sich schweigend gegenüber.

»Ich hab es ihm versprochen!« Swantje war kleinlaut. Sie begann zu weinen. »Ich kann nicht mehr, aber ich habe es ihm versprochen.« Die Tränen liefen hemmungslos.

»Liegt es an meinem Zustand, dass ich nichts verstehe?« Tammo hielt seinen dröhnenden Kopf.

»Heini!«, schrie sie fast. »Ich hab's Onkel Heini doch versprochen. Im Krankenhaus. Er hat doch sonst niemand.«

»Meine Aufnahmefähigkeit ist äußerst reduziert.«

Swantjes Tränenaugen blitzten. »Typisch, wenn man mal einen Mann braucht, dann ist er gerade blöd in der Birne!«

Nur keinen Streit – und schon gar nicht laut, dachte Tammo. »Was hast du Onkel Heini versprochen?«

»Seinen Hof zu führen, solange er im Krankenhaus ist.«

»Du führst einen Bauernhof?« Seine Stimmlage war schon eine Beleidigung. Dabei stemmte er seine Arme auf den Tisch und glotzte Swantje an.

»Was soll das denn heißen?« Sie beugte sich gefährlich nach vorne.

Tammo ging auf Distanz. »Naja, da kommt man nicht gleich drauf, wenn man dich so ansieht. Wo liegt denn der Hof?«

»In Dangastermoor.«

Tammo hätte sich fast vor die Stirn geschlagen. Seine Nase hielt ihn zurück.

»Heini und Gerda! Warum bin ich da nicht früher drauf gekommen. Und den Tierpark führst du jetzt?« Wobei er das DU besonders betonte.

Swantjes Wut war verflogen. »So gut ich kann. So gut kann ich aber nicht!«

»Was für Viecher hat denn Onkel Heini noch?«

»So ziemlich alles. Ein paar Schafe, zwei Kühe mit Kälbern, Schweine, Enten und Hühner. Und dann steht da noch ein riesiges Pferd rum. Oskar.«

»Kann ich dir helfen?« Richtig überlegt war Tammos Frage nicht.

»Würdest du das machen?«

Jetzt gab es kein Zurück mehr. Tammo setzte sich in Pose. Der hilfreiche Ritter mit Brummschädel.

»Selbstverständlich! Ich schlage vor, dass du dich erst einmal duschst und dann sehen wir weiter.«

Swantje stand auf. »Deine Nase sieht aus wie ein Regenbogen.«

Eine halbe Stunde später erreichten sie den Hof von Onkel Heini. Tammo erinnerte sich an den Mann, den man kaum in Dangast sah. Heinrich Siemers, wie er richtig hieß, bewirtschaftete nur noch aus Hobby den kleinen Hof. Er war immer Landwirt gewesen und wollte es auch bleiben. Sein Federvieh war gefragt, die Wurst seiner Schweine fand reißenden Absatz wie auch das Fleisch seiner Moorschnucken und seiner Weihnachtsgänse. Seine »deutschen Niederungsrinder« galten als schrulliges Hobby. Der Hof lag abseits. Swantje fuhr. Bis zur Hofeinfahrt sagte sie nichts.

»Weißt du, wie viel Futter ein Schwein am Tag braucht? Weißt du wie schwer es ist, einen riesigen Gaul in den Stall zu bekommen, wenn der nicht will? Wenn ich den halben Kuhstall ausgemistet habe, bin ich fix und fertig. Ich habe Berge an Eiern eingesammelt und muss ständig aufpassen, dass mich die blöden Gänse nicht beißen. Ich kann nicht mehr.«

Sie parkten gleich bei den Ställen. Eine Sau mit acht Ferkeln stand auf ziemlich übel riechendem Mist.

»Der Stall muss dringend ausgemistet werden!«, stellte Tammo fest.

»Das würde ich nicht machen!« Aber Tammo hatte schon eine Mistgabel und stieg in den Koben. Obwohl die Sau ziemlich fett war, entwickelte sie in Bruchteilen einer Sekunde eine Wendigkeit, die Tammo derart überraschte, dass er zwar sich, aber sein Hosenbein nicht mehr in Sicherheit bringen konnte. Mit einem Sprung hechtete er aus dem Koben. Ein Teil seines Hosenbeins hing der wütenden Sau aus dem Maul.

»Ich hab dich gewarnt! Das ist eine Kampfsau. Hast du dich verletzt?« Tammo rappelte sich wieder auf. Die Hose war hin. Swantje bekam einen Lachkrampf.

»Die will nur ihre Ferkel beschützen«, stammelte Tammo.

»Ähnliches hab ich mir auch schon gedacht!«, lachte Swantje.

»Trotzdem müssen wir den Stall irgendwie sauber machen.«

»Ich hab eine Idee. Ich stelle mich in den Nachbarkoben, öffne die Stalltür, du provozierst die Sau, bis sie dich angreift. Wenn sie in der Stallgasse ist, mach ich die Kobentür zu. Dann können wir in aller Ruhe ausmisten.«

»Und wie soll ich mich in Sicherheit bringen?«

»Du springst dann ganz schnell dahinten auf die Strohballen.«

Tammo hatte keine bessere Idee, was aber nicht bedeutete, dass er Swantjes Vorschlag wirklich gut fand. Er sah die Sau misstrauisch an. Schweine haben Menschenaugen, dachte er. Die Sau blinzelte ihn an. Heimtückisch, fiel ihm ein. Die Sau würde in die Politik oder ins Management passen. Mit einem tiefen Seufzer baute er sich vor der Stalltür auf. Swantje stieg in den Nachbarkoben, Tammo spannte seine Muskeln an, Swantje öffnete die Stalltür, Tammo brüllte »Hohoho« und die Sau schoss auf ihn zu. Mit einem gewaltigen Sprung erreichte er die rettenden Strohballen. Bei dem Sprung hatte er das Gefühl, seine Nase falle ihm jetzt endgültig aus dem Gesicht. Ein ziehender Schmerz trieb ihm die Tränen in die Augen. Die Sau giftete ihn von unten an. Er sah das grunzende Ungeheuer nur verschwommen. Swantje schloss die Stalltür und stieg in den Koben. Die Ferkel quiekten erbärmlich. Die Sau drehte um und lief zum Stall, wuchtete ihren massigen Körper gegen die Stalltür, dass sie bedrohlich ächzte. Swantje mistete in Windeseile. Die Sau wurde immer wütender, rannte zwischen Stall und Tammo hin und her.

»Fertig!« Swantje kletterte über die Stallmauer, öffnete die Tür und die Sau kehrte zu ihren Ferkeln zurück. Stalltür zu. Tammo brachte gleich frisches Stroh mit und warf es zu der Sau und ihren Ferkeln. So etwas wie Friede kehrte ein. Schweißperlen liefen über Swantjes Gesicht, aber ihre Augen strahlten. Beide sahen sich an und lachten.

»Ich hab gedacht, du wärst ein richtiges Landei mit allem Drumherum.«

»Ich bin Bulle, sonst nichts!«

Tammos Handy klingelte. Sein Gesicht wurde noch bleicher, als es schon war.

»Wir müssen los! Olaf Bruns ist tot aufgefunden worden.«

Der Tote lag im Flur und eine Mistgabel steckte in seiner Brust. Die Mistgabel kannte Tammo. Gunnar war bereits da.

»Er muss seinem Mörder die Tür geöffnet haben. Ich vermute, dass der Mörder gleich zugestochen hat.«

»Wie lange ist er tot?«, fragte Swantje.

»Irgendwann letzte Nacht. Genaueres später.« Erst jetzt nahm Gunnar die beiden richtig wahr. »Wie seht ihr denn aus? Ist mir ein neuer Modetrend entgangen? Außerdem stinkt ihr!«

Swantje und Tammo sahen sich lächelnd an. Es stimmte – sie stanken erbärmlich. Der Schweinedung hatte sich im ganzen Flur ausgebreitet. Sie verabschiedeten sich, fuhren noch einmal zu Onkel Heinis Hof, versorgten die anderen Tiere und trennten sich schließlich, um zu duschen. Zwei Stunden später kam Tammo wieder zum Reethaus. Swantje war bereits fertig. Sie fuhren zur Wache nach Varel. Gunnar saß in Tammos Büro. Er schien in den letzten Stunden um Jahre gealtert zu sein. Müde hob er den Kopf.

»Wir müssen dich verhaften!«, sagte er während er aufstand. Tammo konnte keine Komik in seinen Worten entdecken.

»Mich verhaften?«

»Ich habe Fingerabdrücke von Olaf und von dir auf der Mistgabel gefunden. Sonst keine!«

»Ihr glaubt doch nicht etwa …«

»Was wir glauben interessiert nicht. Man wird dir Fragen stellen.«

Tammo verstand nicht. Er sah Gunnar nur an.

»Und da ist es besser, wenn wir sie dir stellen, als andere – Kollegen aus Oldenburg!«

Gunnar schaute zu Swantje. Sie starrte ihn nur an. Für einen Moment sah er aus dem Fenster.

»Wann warst du gestern bei Olaf?« Gunnar stand vor Tammo.

»Bevor ich in den Dorfkrug gekommen bin. Das muss so gegen acht gewesen sein. Er war nicht da. Die blöde Mistgabel lag im Weg und ich habe sie weggeräumt.«

»Wohin hast du sie gestellt?«

»Gegen die Hauswand.«

»Warst du später noch einmal bei Olaf?«

»Nein! Ich bin vom Dorfkrug direkt nach Hause. Das können doch sicher die beiden Fahrer bezeugen. Ich war total besoffen.«

»Eben. Du warst im Dorfkrug ganz schön aggressiv.« Gunnar wandte sich an Swantje.

»Olaf ist zwischen 0 Uhr und 1 Uhr nachts umgebracht worden. Eine Zinke der Mistgabel hat sein Herz durchbohrt.«

»Wann bist du nach Hause gefahren?«, fragte Swantje Tammo.

»Keine Ahnung. Filmriss. Ich erinnere mich noch nicht einmal an die beiden Fahrer.«

»Das sieht nicht gut aus. Was wolltest du überhaupt bei Olaf?«

»Mit ihm reden. Es ist blöd, wenn der eine mit einer geschwollenen Nase und der andere mit dicken Augen herumläuft und man nicht darüber spricht. Ich wollte einfach mit ihm reden.«

»Die Presse wird schnell Wind von eurem Streit bekommen. Es ist besser, wenn ich dir den Fall entziehe.« Swantje klang sehr dienstlich. Tammo holte tief Luft, als könne er so die Erinnerung an den vergangenen Abend zurückholen. Seine Knie begannen zu zittern. Ganz leicht, aber er spürte es deutlich.

»Ich kann mich einfach nicht erinnern!« Tammo legte seinen Dienstausweis und seine Pistole auf den Schreibtisch. »Was soll ich jetzt machen?«

»Am besten nichts!«

Tammo hätte sich über den barschen Ton seiner beiden Kollegen aufregen können, konnte er aber nicht. Er hatte einen Filmriss. Was hatte er letzte Nacht getan? Hatte er etwas getan? Welche Abgründe taten sich bei ihm auf?

»Kannst du mich nach Dangast bringen?«, fragte er Swantje. Sie sah Gunnar hilfesuchend an. Er nickte nur. Ihre Augenbrauen waren ganz ruhig, aber ihre Augen suchten nach etwas, an dem sie sich festzuhalten suchten. Es gab klare Vorschriften. Sie war gut in Vorschriften, aber da gab es auch Tammo. Er sollte Olaf Bruns getötet haben? Sie glaubte es einfach nicht. Oder wollte sie es nur nicht glauben? Sie setzte sich an ihren Schreibtisch, starrte Tammo an.

»Du musst versuchen dich zu erinnern!«, stammelte sie.

»Versuche ich schon den ganzen Morgen.« Tammo setzte sich. »Nichts – einfach nichts. Mein Kopf ist völlig leer.«

Ihr Blick fixierte Tammo. Sie wägte ab. Was sie jetzt tat, war gegen die Vorschriften und noch mehr gegen ihre Prinzipien.

»Ich weiß nicht, ob es richtig ist, aber ich hoffe es!« Schweigend verließen sie das Präsidium.

»Du glaubst doch nicht wirklich, dass du den Bruns umgebracht hast?« Swantjes Stimme war fest und klar. Aber Tammo wusste, dass sie für sich eine Erklärung suchte, um ihr Verhalten zu legitimieren.

»Ich weiß es nicht. Es ist wie verhext! Ich kann mich an nichts erinnern. Ich weiß ja nicht einmal, wie ich nach Hause gekommen bin.« Tammo sah, wie sie an der Vareler Mühle vorbei fuhren, registrierte es aber kaum. »Es ist schlimm. Es ist ganz schlimm! Du kannst dir nicht vorstellen, was das für ein

Gefühl ist, nicht zu wissen, wozu man eventuell in der Lage ist. Ich halte mich nicht für einen Mörder – auch nicht im Suff.«

»Wir werden beweisen, dass du es nicht warst.« Dabei klopfte Swantje auf das Lenkrad. Sie erreichten die Dangaster Straße in Langendamm.

»Zu Hause halte ich es nicht aus.« Er sah Swantje an. »Wenn es dir recht ist, fahre mich zum Hof von Onkel Heini. Ich kümmere mich um die Tiere. Das lenkt ab.« Swantje starrte aus der Windschutzscheibe. Ihr Gesicht war bleich.

»Ich werde anschließend mit den beiden Fahrern sprechen, die dich nach Hause gebracht haben. Vielleicht ist denen noch etwas aufgefallen.«

Der Abschied war kurz. Tammo stand eine ganze Weile regungslos auf dem Hof, sah ihn wie etwas Fremdes an, das er nun kennenlernen sollte. Freundschaft schließen, dachte er. Die Abgeschiedenheit des Hofes kam ihm entgegen. Raus aus der Welt, die er im Moment nicht mehr verstand und in der er sich selbst nicht mehr verstand. In der Scheune fand er einige Karotten. Er packte sie in seine Tasche. Zuerst besuchte er die Kampfsau, hielt ihr eine Karotte hin und beobachtete sie. In dem Schweinekopf passierte etwas. Fressen oder kämpfen? Das feindliche Grunzen wurde schwächer. Sie kam näher. Die Ferkel hatten sich in eine Ecke zurückgezogen und betrachteten die Situation zwischen Neugier und Furcht. Nach der dritten Karotte konnte Tammo den Kopf der Sau streicheln. Nach weiteren Leckerbissen erreichte er ihren Rücken und rubbelte ihn. Wohlbefinden stellte sich ein. Tammo war auf dem besten Weg, eine neue Freundin zu finden.

Als Nächstes widmete er sich den beiden Kühen und den Kälbern. Er brachte sie auf eine neue Weide, wo schon Oskar, das Riesenpferd stand. Man schien sich zu kennen und zu ignorieren. Tammo mistete die Ställe aus und streute neues Stroh hinein. Es war lange her, dass er das Stroh und das Heu so intensiv wahrnahm. Ihr Duft suchte sich den Weg durch seine geschwollene Nase, bis er sich wohltuend in seinen Sinnen ausbreitete. Die ersten Schweißtropfen liefen über seinem Rücken. Er empfand es als angenehm. Die Gänse zeigten sich auch kampfeslustig. Tammo machte, wie er es schon als Kind tat, einen plötzlichen Satz auf die Gänse zu. Erschrocken wichen sie zurück. Bald war ihr Kampfeswille gebrochen.

Als die Sonne allmählich unterging, war der Misthaufen beträchtlich gewachsen. Tammo setzte sich auf den hölzernen Zaun und sah den Tieren zu. Wenn er nicht der Mörder von Olaf war, wer dann? Die ganze Zeit war es ihm nicht gelungen, an den Fall zu denken. Stumpf hatte er die notwendigen Arbeiten verrichtet und sich nur darauf konzentriert, aber der Verdacht ein Mörder zu sein, war immer da. Jetzt war er wieder Bulle. Die schöne Tote vom Deich hatte Höhensieb erschossen. Dann hatte jemand die schöne Tote erwürgt. Es gab eine Verbindung zwischen der schönen Toten und Höhensieb. Wahrscheinlich BST. Gab es auch zwischen dem Mörder der Schönen und Olaf Bruns eine Verbindung? Hat Olaf BST bei seinen Tieren eingesetzt? Wenn er bei seinen Tieren kein BST eingesetzt hat, hatte er trotzdem eine Verbindung zu dem Händlerring? Tammo zog den Notizblock und einen Stift aus seiner Jacke. Er notierte die Fragen. Swantjes Wagen bog in die Hofeinfahrt ein. Sie schien es eilig zu haben.

»Du musst hier bleiben.« Ihre Augen flackerten nervös. »Kollegen aus Oldenburg sind unterwegs. Sie wollen dich in U-Haft nehmen. Ich habe ihnen gesagt, ich hätte dich kurz vor Dangast aus dem Wagen gelassen, weil du zu Fuß nach Hause gehen wolltest. Sie wissen nicht, dass du hier bist.«

»Du machst dich strafbar, Swantje!« Tammo war plötzlich entsetzlich müde.

»Ist mir egal. Hier ist der Schlüssel vom Haus. Ich komme heute am späten Abend zurück.« Und schon saß sie wieder im Auto. Tammo war unentschlossen. Sollte er einfach nach Hause gehen und auf seine Kollegen warten? Im Gefängnis hätte er Ruhe, könnte schlafen und darauf warten, wie sich der Fall entwickelt. Wo war sein Kampfgeist? Hatte er überhaupt einen? Er sah auf den Schlüssel in seiner Hand. Nachdenken. Gedankenversunken ging er zum Haus und öffnete die Tür. Es war anders, als er es erwartet hatte. Onkel Heini war Ikeafan. Ikeaküche, Ikeamöbel, Ikearollos. Nur sein Computer war von Apple. Tammo machte es sich auf dem Ledersofa bequem.

Als Swantje zur Wache zurückkehrte, war Gunnar verschwunden. Dafür nahmen ihre Kollegen aus Oldenburg sie in Beschlag. Immer wieder betonte sie, dass sie nicht wisse, wo Tammo sei. Keiner glaubte ihr wirklich. Schließlich durfte sie gehen. In der Taxizentrale traf sie die beiden Fahrer. Tammo muss fürchterlich besoffen gewesen sein. Kann ein solcher Trunkenbold zu Fuß zum Hof von Olaf Bruns wanken, um ihn umzubringen? Swantje notierte ihre Aussagen. Als sie die Taxizentrale verließ, schaute sie sich möglichst unauffällig um. Wurde sie bereits überwacht? Sie fuhr planlos durch Varel. Die meisten Wagen der Oldenburger Kollegen kannte sie. Es war keiner hinter ihr auszumachen. Als sie wieder in die Wache kam, waren die Kollegen aus Oldenburg verschwunden.

»Die haben in Dangast vor Tammos Haus Stellung bezogen«, sagte Onno. Swantje setzte sich an ihren Schreibtisch und kramte noch einmal die Unterlagen von Höhensieb hervor. Als die Sonne schon sehr tief stand, ging sie. An der Schnitzelbude in Langendamm hielt sie an und kaufte ein.

Wie lange er geschlafen hatte, wusste er nicht. Swantje weckte ihn.

»Ich habe uns etwas von der Schnitzelbude mitgebracht. Ich hoffe, es ist dir recht!« Sie packte die Schnitzel, die Pommes und den Dosensalat auf den Tisch. Tammo war sofort wach. Swantje hielt eine Flasche in die Höhe. »Ich hab Apfelsaftschorle gekauft.« Draußen war es bereits dunkel, stellte Tammo nebenbei fest.

»Gibt es etwas Neues?«

Swantje setzte sich, Tammo ihr gegenüber.

»Nachdem ich dich hergefahren hatte, bin ich zur Taxizentrale gefahren. Die beiden Typen, die dich vom Dorfkrug nach Hause gebracht haben, waren da. Sie waren nicht besonders gut auf dich zu sprechen.«

»Was haben sie gesagt?«

»Der, der dich gefahren hat, behauptet, du wolltest ihm ein Knöllchen wegen Geschwindigkeitsüberschreitung verpassen. Du wärst aber nach endlosen Diskussionen ins Haus gegangen. Der andere, der deinen Wagen fuhr, behauptet, dass er deinen Autoschlüssel in deinen Briefkasten geworfen hat, weil er ihn dir nicht aushändigen wollte. Du wärst breit wie ein Biberschwanz gewesen.«

Tammo tastete seine Taschen ab. Der Autoschlüssel war nicht da. »Ich habe den Schlüssel nicht bei mir!«

»Noch etwas. Sie sagen, dass sie dich etwa gegen 0.40 Uhr vor deiner Haustür abgesetzt haben. Wie lange brauchst du zu Fuß bis zum Hof von Olaf Bruns?«

»Nüchtern oder besoffen?«

»Tammo!«

»Ich schätze mindestens 30 Minuten.«

»Die Leichen sind jetzt alle in Oldenburg. Wenn Gunnar mit seiner Tatzeit einigermaßen richtig liegt, spricht das ein wenig für deine Unschuld. Die Obduktion in Oldenburg wird uns mehr Sicherheit geben.«

»Warum sagt mir niemand etwas?« Gunnar stand plötzlich in der Tür. Er hatte sich auch ein Schnitzel mitgebracht.

»Woher weißt du ...?«, stammelte Swantje.

»Ich bin vielleicht etwas langsam, aber nicht doof!« Er setzte sich und packte sein Schnitzel aus.

»Nach Hause solltest du nicht fahren. Die Kollegen aus Oldenburg haben vor deiner Tür Nachtwache bezogen.«

»Gibt es sonst noch neue Spuren?«

»Nicht wirklich. Ich habe einen Antrag auf eine BST Untersuchung von Olafs Kühen gestellt. Wie ich schon sagte, es ist verdammt teuer!«

»Und?«

»Du bist als Täter wesentlich günstiger – sozusagen ein Schnäppchen. Dein Pensionsanspruch würde bei einer Verurteilung ja auch entfallen.«

»Also nichts mit der BST Untersuchung?«

Gunnar biss genüsslich in sein Schnitzel. »Kann man so nicht sagen. Ich hab da einen Freund an der Uni Osnabrück. Er ist Professor und ein Grüner. Die Gesinnung hilft natürlich nicht wirklich, aber er hat sich lange mit BST beschäftigt und meint, dass er da was machen kann. Dauert nur.«

Swantje hatte ihr Schnitzel aufgegessen. Die letzten Pommes stippte sie mit den Fingern in die Mayo.

„In welcher Beziehung standen Höhensieb und Bruns zueinander? Ging das über den Futtermittelkauf hinaus?

»Sie saßen beide im Stadtrat. In derselben Partei, aber das sagt ja bekanntlich nichts. Beide unterstützten den Vareler Fußballclub. Beide fuhren manchmal nach Malle in Urlaub, aber das sind noch nicht wirkliche Verbindungen.« Gunnar schob den letzten Bissen in seinen Mund.

»Und er hatte Schulden bei Höhensieb, wie alle anderen Landwirte auch«, ergänzte Tammo.

»Hatte er nicht!« Swantje sah die beiden an. »Er hatte bei Höhensieb keine Schulden. Ich bin heute noch mal die ganzen Unterlagen von Höhensieb durchgegangen. Bruns hatte in den letzten vier Jahren immer Schulden bei Höhensieb. In diesem Jahr nicht. Er hat alles bezahlt. Teilweise per Überweisung, teils bar – wie die anderen auch. Aber er hat immer alles bezahlt.«

Tammo war hellwach.

»Die Milchpreise sind im Keller und er kann plötzlich seine Schulden bezahlen? Habt ihr Bruns' Unterlagen durchgesehen?«

»Oberflächlich. Ich habe jedenfalls nichts Außergewöhnliches entdeckt.«

Ein kurzer Blick und sie waren sich einig. Sie fuhren zur

Wache, holten den Schlüssel von Bruns' Haus, während sich Tammo auf die Rückbank legte, um nicht gesehen zu werden. Eine halbe Stunde später sperrten sie die alte Eichentür von Bruns' Wohnhaus auf.

»Sollen wir Licht machen?«, fragte Tammo.

»Wir sind schließlich die Polizei.«

Swantje führte sie zu Olaf Bruns' Büro. Jeder nahm sich einen Ordner.

»Weiß einer von euch zufällig, wie viele Kühe Bruns im Stall hat?«

»320 melkt er plus Nachzucht«, antwortete Gunnar. »Ich habe hier gerade den Ordner von vor drei Jahren.«

»Welchen Ordner hast du, Swantje?«

Sie drehte den Ordner um. »Den von vor zwei Jahren.«

»Die Abrechnungen sind korrekt, soweit ich das überblicke.« Gunnar strich mit dem Finger über jede Zeile.

»Bei mir ist auch nichts Auffälliges! Abrechnungen der Molkerei, einige Anschaffungen, Kreditraten an die Bank und der übliche Rest.«

»Aber er muss irgendwie Geld verdient haben, mit dem er Höhensieb bezahlt hat.« Tammo begann seinen Ordner von vorne zu lesen. Eine Stunde verging.

»Es hat keinen Zweck. Aus den Ordnern erfahren wir absolut nichts.« Gunnar gab auf. Swantje und Tammo resignierten auch. Sie verließen das Haus. Swantjes Dienstwagen stand vor dem ersten Stall. Tammo blieb wie angewurzelt stehen.

»BST!«, brüllte er fast. »Die Bauern haben eine Milchquote, die sie einhalten müssen. BST bedeutet aber mehr Milch …«

Gunnar begriff sofort, was Tammo meinte. Swantje brauchte einen Moment.

»… und das bedeutet in der Konsequenz weniger Kühe, weniger Futter, weniger Kosten!«, fuhr Swantje fort. Eine Taschenlampe strahlte sie an.

»Was macht ihr denn hier?« Wübbo Siegel, der Nachbar.

»Wir ermitteln, was sonst! Aber was machst du hier?«, antwortete Gunnar. Wübbo Siegel war auch Landwirt und gut über 70 Jahre alt.

»Ich kümmere mich um die Tiere. Macht ja sonst keiner. So 'ne Kuh will gemolken werden.« Tammo hielt sich sicherheitshalber im Halbdunkel. Wübbo wollte wieder gehen.

»Wübbo, wie viele Kühe melkst du gerade?«, hielt ihn Gunnar zurück.

»Wo?«

»Na, hier auf dem Hof.«

»269 genau. Bin gut damit beschäftigt.«

»Stehen viele gerade trocken? Mehr als sonst?«

»Keine!«

»Danke!«

Tammo war schon wieder auf dem Weg ins Haus. Swantje folgte ihm.

»Warum steht eine Kuh trocken?«

»Das heißt so, wenn sie gerade keine Milch gibt.«

»Ich habe gedacht, Kühe geben immer Milch.«

»Ohne Kalb keine Milch. Und damit sich eine Kuh etwas erholen kann, lässt man sie vor der nächsten Geburt eine Zeit trocken stehen. Mit BST fällt die Zeit des Trockenstehens weg. Bei Bruns steht keine Kuh trocken.«

Jetzt hatte auch Gunnar sie wieder erreicht.

»Und die Kühe von Onkel Heini?«, wollte Swantje weiter wissen.

»Das sind Mutterkühe. Die Milch ist ausschließlich für die Kälber.«

Sie schlossen die Tür wieder auf. Noch einmal gingen sie die Ordner durch. Die fehlenden Kühe tauchten nirgendwo auf.

»Die muss er schwarz verkauft haben. Auf jeden Fall ein hübsches Sümmchen«, stellte Gunnar nüchtern fest.

Swantje hörte zuerst das Auto. Tammo sprang auf, sah aus dem Fenster.

»Den Wagen kenn ich nicht.«

»Dann mach dich aus dem Staub. Wir halten die Kollegen eine Weile auf.«

Tammo suchte die Hintertür, fand sie und lief in die Nacht.

5. Tag

Dienstag, 7. Mai

»Meine Kollegen aus Oldenburg sind Hornochsen. Zwei Stunden haben sie Bruns' Hof auf den Kopf gestellt, um dich zu finden. Meinst du etwa, die hätten mir und Gunnar zugehört? Nichts! Wie blöde haben sie gesucht. Du bist in ihrem Kopf, auf dich sind sie fixiert und sonst haben sie nur Stroh in der Birne.«

Tammo stand im Stall und kraulte den Rücken der Kampfsau. Er war mit Sonnenaufgang aufgestanden und hatte sich gewundert, dass er so gut geschlafen hatte.

»Ich habe sie Xanthippe getauft. Passt irgendwie.«

»Es ist eine reine Frage der Zeit, bis die lieben Kollegen jeden Winkel nach dir in Dangast durchkämmen.«

»Es sind nicht nur die Leckerlies, die ein Schwein beruhigen. Das Kraulen scheint mir genauso wichtig.«

»Du bist ja ein richtiger Schweineflüsterer!« Swantjes Bewunderung war echt. »Soll ich uns einen Kaffee machen?«

»Ist schon fertig!«

Sie gingen zum Haus.

»Ich muss vorsichtig sein. Meine Kollegen vermuten zu Recht, dass wir dich schützen. Ich habe höllisch darauf geachtet, dass mir niemand folgt.«

Tammo goss den Kaffee ein. Swantje setzte sich und beobachtete ihn, bis auch er saß.

»Für mich ist eines sicher: Du hast Olaf Bruns nicht ermordet!«

»Danke, aber das hilft uns auch nicht weiter.«

»Immerhin haben wir die erste greifbare Spur. Die Tote muss in Verbindung mit Olaf Bruns gestanden haben.«

»Nicht unbedingt. Wenn Höhensieb das BST vertrieben hat, brauchte Bruns die Tote nicht zu kennen.«

»Die Tote ist aber die Höfe hier in der Region abgefahren.«

»Richtig, aber wie Hinnerk sagte, gab sie sich nicht als BST Händlerin zu erkennen.«

»Glaubst du Hinnerk?«

»Ja, ich glaube ihm. Ich glaube auch, dass er einfach nicht der Typ ist, der seinen Kühen BST verabreicht.«

»Welchen Ruf hat er?«

»Er ist ein junger Landwirt, hoch gebildet, Geschäftsmann, aber auch Mensch. Es gibt für ihn Grenzen, an die er sich hält.«

»Du magst ihn?«

»Ich mag Menschen, mit denen ich reden kann – und das kann man mit Hinnerk.«

»Und Ole Franke?«

»Schwierig. Er hält sich für unglaublich clever. Ist er auch meistens. Bauernschlau, würde ich sagen.«

»Traust du ihm zu, dass er BST verwendet?«

Tammo dachte eine Weile nach.

»Möglich. Falls ihm das Wasser bis zum Hals steht, dann bestimmt.«

»Da hab ich ja heute was zu tun.« Swantje stand auf. »Ich konnte dir nichts zu essen mitbringen. Zu gefährlich. Meine Kollegen stecken ihre Nasen überall hinein. Ich kaufe heute etwas in Oldenburg. Ich muss Onkel Heini besuchen.«

»Ich habe was im Kühlschrank gefunden und einfach aufgegessen. Außerdem lagen zig Eier im Hühnerstall. Gekochte Eier, Spiegeleier, Rühreier.«

Swantje fuhr los. Tammo kehrte in den Stall zurück. Vielleicht war es doch nicht so schlecht, sich manches aufzuschreiben. Er kramte den Block und einen Stift hervor. Berührungspunkte: Bruns – Höhensieb, schrieb er und notierte das, was sie gestern Nacht besprochen hatten. Irgendetwas passte nicht. Er hatte etwas übersehen, aber erinnerte sich nicht, was es war.

Die Gänse begannen zu schnattern. Kein gutes Zeichen. Tammo erhob sich, spähte aus der Stalltür. Nichts zu sehen. Und doch wusste er sofort, dass seine Oldenburger Kollegen auf dem Hof waren. Auf eine Verhaftung hatte er jetzt gar keine Lust. Er brauchte Vorsprung. Den würde ihm Xanthippe verschaffen, wenn alles so lief, wie er es sich dachte. Er schlich aus der Hintertür des Hauses, die über einen Gang zum Stall führte. Xanthippe begrüßte ihn grunzend. Tammo öffnete die Stalltür. Xanthippe schaute ihn an und kam näher. »Jetzt zeig mal, was du kannst!«

Tammo lief zu den Gänsen und entließ auch sie in die Freiheit. Dann versteckte er sich hinter dem Holzschuppen. Xanthippe war großartig. Kaum hatte sie einen der beiden Polizisten entdeckt, stürzte sie sich auf ihn. Ins Auto kam er nicht mehr, nur noch aufs Autodach. Da fand sich Sekunden später auch sein Kollege ein, der von den Gänsen verfolgt wurde. Dummerweise stand eine der Türen des Wagens offen. Die Gänse und Xanthippe untersuchten den Innenraum, was die Sitze in Mitleidenschaft zog und auch einige Geruchsspuren hinterließ. Tammo hatte seinen Vorsprung, wusste aber nicht genau, wohin er fliehen sollte. Wieso eigentlich fliehen?, schoss es ihm durch den Kopf. Flucht war eine Reaktion auf eine Bedrohung. Zwei Polizisten auf einem Autodach, umzingelt von beißwütigen Schweinen und Gänsen, waren keine Bedrohung. Tammo entschloss sich, eine Fährte zu legen und zu beobachten. Er kletterte über einige Zäune, lief über Weiden, so, dass seine Kollegen ihn sehen konnten und entfernte sich so gut einen Kilometer vom Hof. In den Köpfen der Kollegen würde sich jetzt Tammos Flucht einbrennen, so sein Kalkül. Dann schlug er einen Haken und kehrte ungesehen zum Hof zurück. Die beiden saßen immer noch auf dem Autodach. Sie kauerten eher – mit angezogenen Knien.

»Sollen wir die Viecher erschießen?«, keuchte der eine. Er versuchte sich zu strecken, musste aber auf sein Gleichgewicht achten.

»Geht nicht. Die Sau hat Ferkel. Ich kann nicht auf Mütter schießen.«

»Wir müssen doch irgendwie von dem Scheißdach runter.«

»Wenn wir die Tiere erschließen, gibt das richtigen Ärger. Tierschutz und so.«

»Das ist Notwehr und nichts anderes!«

»Bei Tierschutzvereinen gibt es keine Notwehr! Die machen uns fertig! Außerdem – die Frau vom Chef ist Erste Vorsitzende!«

Beide starrten Xanthippe und die Gänse an. Die Sau hatte mit ihren Vorderläufen tiefe Kratzer ins Autoblech gerissen.

»Wusstest du, dass in Amerika jedes Jahr mehr Menschen durch Schweine als durch Haie sterben?«

»Im Ernst?«

»Ich sag's dir. Hunderte! Hab ich gelesen.«

Regen zog auf. Die Tropfen prasselten auf die beiden Beamten und weil es Anfang Mai war, war der Regen kalt. Xanthippe mochte anscheinend kalten Regen. Die Gänse fühlten sich in ihrem Element. Die beiden Polizisten nicht. Sie bibberten auf dem Autodach und schwiegen.

Eine weitere Stunde verging. Tammo hatte es sich auf dem Heuschober gemütlich gemacht. Er spähte ungesehen aus der Luke. Die Ferkel hatten mittlerweile auch das Innere des Autos entdeckt und darin einen idealen Spielplatz gefunden. Tammo war sicher, nie wieder würden die beiden Kollegen freiwillig diesen Hof betreten. Psychologie auf dem Lande hatte etwas.

Xanthippe langweilte sich oder hatte Hunger. Sie trottete mit ihren Ferkeln in den Stall zurück. Die Gänse hatten bereits vorher das Schlachtfeld geräumt. In Windeseile sprangen die beiden vom Dach und in den mittlerweile vollgeschissenen, zerrupften Wagen und suchten das Weite. Tammo verteilte Leckerbissen und kraulte Xanthippe den Rücken.

Wie waren die Kollegen auf den Hof gekommen? Ein ziemlich mieser Verdacht stellte sich bei ihm ein. Die Burschen – und eine andere Möglichkeit gab es kaum – hatten mit einem Sender Swantjes Wagen angezapft. Tolle Kollegen! Er musste sie warnen. Wenn sie ihren Wagen angezapft haben, dann würden sie auch ihr Handy überwachen. Wie konnte er ihr eine Botschaft übermitteln? Helene, die Wirtin vom Reethaus, fiel ihm sofort ein. Der Regen hatte nachgelassen. Tammo zog den Kragen seiner Jacke trotzdem hoch. Er musste einen ziemlichen Umweg machen, damit er öffentliche Straßen umging. Dem Reethaus näherte er sich von der hinteren Gartenseite. Helene stand in der Küche. Das Café war noch geschlossen.

»Du hängst ganz schön in der Scheiße«, begrüßte sie ihn.

»Kannst du Swantje Bilger eine Nachricht zukommen lassen?«

»Warum sollte ich?«

Tammo sah sie an und lächelte nur.

»Wo ist sie?«

»Ich vermute in der Wache in Varel.«

Helene stellte die Kuchenform beiseite.

»Jan Jansen, der Reporter von der Jade Zeitung, war vorhin da. Er hat nach dir und Swantje Bilger gefragt. Ich konnte ihm nichts sagen.«

Jan war ein guter Journalist und bestens mit der Region vertraut. Er hatte Biss ohne dabei hektisch zu werden. Tammo hatte ihn hin und wieder mit Informationen versorgt. Dafür war Jan absolut zuverlässig, wenn es darum ging, mit der Polizei zu kooperieren. Vor einigen Jahren waren verstärkt Drogen an den Vareler Schulen aufgetaucht. Die Spur führte nach wochenlangen Recherchen zu einer Hamburger Bande, die sich die norddeutsche Provinz als Markt ausgeguckt hatte. Jans Verbindungen halfen bei den Ermittlungen. Obwohl er Schlagzeilen hätte machen können, hielt er seine Artikel zurück, bis die Bande verhaftet war.

»Und wie stellst du dir das in der Wache vor? Soll ich hineinspazieren und Swantje die Botschaft in die Hand drücken?«

»Du hast doch ein Handy?«

Helene zögerte, reichte es aber Tammo. Er schrieb eine sms an Swantje: Gerade den Kollegen entgangen. Waren auf dem Hof. Schätze, sie haben einen Peilsender an deinem Wagen angebracht. Ruf dich nachher auf dieser Handynummer an.

»Wenn du Swantje triffst, sag ihr, sie hätte ihr Handy vergessen. Dann gibst du ihr dein Handy. Sie wird es schon irgendwie verstehen!«

»Mein Handy. Und wenn Buchungen kommen?«

»Es geht um höchstens eine Stunde. Wenn dir Buchungen entgehen, zahle ich sie!«

»Machst du eh nicht.« Helene zog sich eine Jacke an und fuhr los. Tammo wartete im Café.

Eine halbe Stunde später war sie wieder da.

»Sie hat zwar anfangs etwas komisch geguckt, aber dann verstanden, was los ist. In der Wache stank es übrigens wie Saustall. Ich bin dann gleich wieder los.«

»Wo ist dein Festnetzanschluss?«

Helene reichte ihm das Telefon. Er wählte die Handynummer.

»Bilger.«

»Ich bin's! Hast du meine Nachricht gelesen? Antworte einfach nur mit Ja oder Nein.«

»Ja!«

»Hast du den Peilsender schon gesucht?«

»Nein.«

»Haben deine Recherchen bei Ole Franke schon etwas gebracht?«

»Ja und nein!«

»Ich bin wieder auf dem Hof. Wenn du heute Abend kommst, dann bitte ohne Auto!«

Tammo hatte laufend den Eindruck, als würde Swantje bei ihren Neins und Jas lachen.

»Warst du schon bei Onkel Heini?«

»Nein!«

»Dann bis später.«

Swantje traute ihren Augen nicht. Die beiden Kollegen, die gerade die Wache betraten, sahen aus, als wären sie durch ein Güllefass geschwommen – so stanken sie auch. Dienstpflicht und Geruchsnerv standen sich konträr gegenüber. Der Leiter der Oldenburger Gruppe schoss auf die beiden zu.

»Was soll das denn?«, brüllte er.

»Wir sind zu dem Hof. Da ist dann ein wildes Schwein …«

»Und Gänse …«, ergänzte der andere.

»Also, da sind die Viecher auf uns zu geschossen.«

Der Leiter glotzte die beiden an. »Und der Verdächtige?«

»Weg. Wir haben gesehen, wie er weggelaufen ist.«

»Sie haben gesehen, wie er weggelaufen ist«, wiederholte der Leiter. Onno begann im Hintergrund zu kichern. Das steckte Swantje an. Wütend drehte sich der Leiter zu Swantje und Onno um, dann widmete er sich wieder seinen Kollegen.

»Sie haben also beobachtet, dass der Verdächtige flüchtete. Und Sie sind einfach stehen geblieben?«

»Nicht stehen, sitzen«, korrigierte der eine.

»Sitzen?«, prustete der Leiter los. »Wollen Sie mich auf den Arm nehmen? Sie hätten den Verdächtigen verfolgen müssen!«

»Ging doch nicht, wegen der Sau und den Ferkeln …«

»Und wegen der Gänse!«

»Die haben uns angegriffen. Wir konnten nur noch aufs Dach flüchten.«

»Was denn für ein Dach?«

»Na, das Autodach. Wir sind in letzter Sekunde gerade noch aufs Autodach gekommen. Da haben wir dann auch gesehen, wie er geflüchtet ist.«

Aus dem Gekicher wurde schallendes Gelächter.

Tammo verabschiedete sich von Helene und nahm wieder den Umweg zu Onkel Heinis Hof. Um die Zeit zu überbrücken, begann er Ordnung zu schaffen. Dabei behielt er die Zufahrt im Auge. Obwohl er sicher war, dass die beiden Kollegen aus Oldenburg nicht mehr kommen würden, hatte er ein ungutes Gefühl. Den Faktor Rache hatte er außer Acht gelassen. Immerhin war der Wagen ramponiert und das Innere ziemlich verwüstet. Es konnte gut sein, dass die beiden nach einer gründlichen Wäsche nach Rache trachteten. Was könnte passieren? Ein Einsatzkommando würde den Hof umstellen und den Kreis immer enger ziehen, bis sie ihn hatten. Tammo arbeitete weiter. Die Ställe waren in Ordnung. Im Wagenschuppen fand er einen Besen. Er begann den Hof zu fegen. Immer wieder schaute er auf. Ihn hätte es nicht gewundert, wenn Uniformierte mit heruntergelassenem Visier und lustigen, wippenden Birkenzweigen auf dem Helm hinter dem Misthaufen aufgetaucht wären. Es tauchten aber keine Uniformierten auf, sondern Helene mit dem Fahrrad.

»Swantje hat mir das Handy zurückgebracht.«

»Möchtest du einen Kaffee?«

»Gerne!« Sie gingen gemeinsam in Onkel Heinis Haus.

»Swantje meint, du solltest unbedingt auf dem Hof bleiben. In ganz Dangast sind mittlerweile Polizeistreifen unterwegs, die dich suchen.«

»Dann werden sie auch irgendwann hierher kommen.«

»Glaubt Swantje nicht. Ich hab sie auch gefragt, wie sie darauf kommt, da hat sie einen Lachkrampf bekommen. Was war denn los?«

Während Tammo den Kaffee kochte, erzählte er Helene, was vorgefallen war. Ihr liefen die Tränen vor Lachen über die Wangen. Die Vorstellung, dass Polizisten auf ihren Helmen lustige Zweige zur Tarnung trugen, gefiel ihr besonders gut.

»Kanntest du Olaf näher?«, fragte Tammo schließlich. Helene strich ihre blonden Haare aus dem Gesicht.

»In meinen Augen ein Arsch! Er kam ab und zu ins Café, immer mit einer anderen Frau, und machte dicke Sprüche. Ich glaube, der war im Internet unterwegs. Hab ich ja nichts gegen, aber da sieht man auch, was für Ärsche im Internet herumlungern. Ist doch unangenehm – oder?«

»War er mit einer Frau öfter da?« Tammo goss den Kaffee ein.

Helene überlegte.

»Die passten alle nicht – Großstadtschicksen. Aufgedonnert und affektierte Gesten. Er kam immer mit einem kleinkarierten Sakko. Gutsherrenmäßig.«

»Noch mal meine Frage: War er mit einer Frau öfter da?«

»Eine Blonde. Ist aber mindestens ein halbes Jahr her.«

»Wie sah sie aus?«

»Weiblich mit Hang zu starken Farben und hohen Schuhen.«

»Geht es genauer?«

»Bei den vielen Menschen, die in mein Café kommen, kann ich mir nicht jedes Gesicht merken. Bei Frauen schon gar nicht.« Helene lachte.

»Würdest du sie wiedererkennen?«

»Schwer zu sagen. Vielleicht, wenn ich sie sehe.«

»Hast du Zeit?«

»Wie willst du ungesehen in meinen Wagen kommen? Die Polizei kontrolliert.«

»Wir treffen uns an der Schleuse.« Tammo sah in die Ferne. Eine Idee entstand. Sie hieß Oskar.

»Wenn du über die Wiesen läufst, sieht man dich von Weitem.«

»Das lass meine Sorge sein. In einer Stunde, einverstanden?«

Helene fuhr mit dem Fahrrad zurück nach Dangast. Tammo ging in den Stall. Irgendwo hatte er das gesehen, was er jetzt brauchte. Da war er, ein Sattel. Tammo holte Oskar, das Riesenpferd, von der Weide. Im Kleiderschrank von Onkel Heini fand er ein Sakko, das an einen Herrenreiter erinnerte. Ein Reithelm stand im oberen Regal. Die Reithose war etwas zu kurz, fiel aber nicht sonderlich auf. Tammo lächelte, als er in seiner Verkleidung zum Stall zurück ging. Vor 25 Jahren hatte er das letzte Mal auf einem Pferd gesessen. Es ist wie Fahrradfahren, beruhigte er sich. Hoffentlich wusste Oskar das auch. Tammo führte das Pferd zu einem Hackklotz, kletterte darauf und schaffte es so in den Sattel. Oskar warf den Kopf hoch, ging einige Schritte rückwärts, dann zur Seite, drehte sich und machte einen Satz nach vorne. Tammo wankte, fing sich, nahm die Zügel auf und drückte das Rückrat durch.

»Noch einmal und es gibt was!«

Oskar nahm die Drohung ernst. Er senkte den Kopf und marschierte los. Tammo war der Ansicht, dass seine Kollegen nicht auf die Idee kommen würden, einen Reitersmann zu kontrollieren. In der motorisierten Gegenwart war die Vorstellung, dass jemand mit einem Pferd flieht, unrealistisch, nicht vorstellbar. Tammo sollte recht behalten. Er ritt Richtung Deich. Dabei hielt er sich möglichst auf den Feldwegen, was nur bedingt möglich war. Als er die Straße zwischen Dangastermoor, dem Deich und Vareler Hafen überquerte, musste er an einer Streife seiner Kollegen vorbei. Tammo grüßte hoch zu Ross. Die Polizisten grüßten freundlich zurück. Eigenartig, dachte er. Der Mensch ist doch ein konditionierter Jäger. Was nicht nach Flucht aussah, passte nicht ins Beuteschema und darf passieren. Herrenreiter passen nicht ins Beuteschema. Um weiteren Streifenwagen zu entgehen, ritt er über den Deich und auf der Wasserseite bis zur Schleuse. Oskar entließ er auf einer Schafweide.

Wenige Minuten später tauchte Helene auf. Sie wunderte sich etwas, als sie Tammo sah.

»Wie hast du das denn geschafft?«

»Reine Psychologie! Wir fahren nach Rastede.«

Helene sah Tammos Kleidung irritiert an. »Willst du zum Karneval?«

Unweit von dem Haus von Carla Wiese, der Ex–Geliebten von Höhensieb, hielten sie an. Es war mittlerweile 16.45 Uhr.

»Und jetzt?«, wollte Helene wissen.

»Warten!«

Um 17.34 Uhr verließ Carla Wiese das Haus und stieg in ihren Wagen.

»Und?«, fragte Tammo.

»Keine Ahnung. Sie ist zu weit weg.«

Tammo folgte dem Wagen. Carla Wiese fuhr auf die Autobahn Richtung Oldenburg.

In Oldenburg Ohmstede bog sie ab und hielt sich Richtung Innenstadt. Wieder bog sie ab. Tammo ahnte und zweifelte im selben Moment an ihrem Ziel. Sie fuhren die Hunte entlang. Schiffe lagen an der Kaimauer.

»Dahinten ist ein Puff!«, sagte Tammo.

»Weiß ich.«

Was Tammo vermutete, traf nicht ein. Carla Wiese fuhr an dem Puff vorbei. Es ging weiter Richtung Innenstadt. Sie bog rechts ab und parkte. Helene hielt Abstand. Carla Wiese betrat ein Haus und verschwand darin. Ein mehrstöckiges Mietshaus.

»Und jetzt?«

Tammo war unentschlossen. »Hast du sie erkannt?«

»Wie sollte ich? Sie war doch nur von der Seite und von hinten zu sehen.«

Tammo starrte aus der Windschutzscheibe. »Vielleicht besucht sie eine Freundin und kommt gleich wieder raus!« Sie kam aber nicht gleich wieder heraus. Zwei Stunden warteten Helene und Tammo. Dann stieg er aus und ging zu dem Haus. Die Eingangstür stand offen. Er sah sich die Klingelknöpfe und die Briefkästen an. 14 Parteien wohnten in dem Haus. Von einer Carla Wiese oder einem anderen sachdienlichen Hinweis gab es keine Spur.

»Nichts!«, sagte er enttäuscht, als er wieder in den Wagen stieg. Die Sonne stand schon tief.

»Sei nicht böse, aber ich muss zum Reethaus zurück. Es reisen noch Gäste an.«

Tammo nickte nur. Helene ließ ihn wieder an der Schleuse zurück. Oskar war noch immer da und graste friedlich zwischen den Schafen. Der Polizeiwagen stand auch noch immer da, als er zu Onkel Heinis Hof zurück ritt. Wieder grüßte er freundlich und hörte einen der Polizisten sagen: »Darf man hier überhaupt reiten?«

»Ich hab kein Verbotsschild gesehen.« Damit war die Welt wieder in Ordnung.

Schon vor dem Hof sah Tammo, dass Besuch da gewesen war. Selbst im Misthaufen hatten sie herumgestochert. Das Einsatzkommando hatte also den Hof durchkämmt, nichts gefunden und damit war der Hof für ihn ab jetzt sicher. Es hatte Vorteile, wenn Städter das Landleben durchforsteten. Eindeutige Spuren blieben ihnen verborgen. Auf dem Misthaufen lagen Pferdeäpfel – auffallend viele Pferdeäpfel. Die Kollegen hätten sich fragen müssen, wo ist das passende Pferd dazu? Solche Fragen stellte man sich in Oldenburg anscheinend nicht. In einer Stunde kam die Nacht und Swantje wahrscheinlich auch. Tammo sattelte Oskar ab und entließ ihn zu den Kühen auf die Weide. Erst als er ins Haus trat, verspürte er Hunger. Hoffentlich würde Swantje wie versprochen etwas zu essen mitbringen. Er zog sich um.

»Scheiße, sie waren doch da!«, waren ihre ersten Worte. Sie stellte einige Plastiktüten auf den Tisch.

»Ja, sie waren da, aber ich nicht!«

»Wie hast du das denn angestellt?«

»Ich bin ein wenig ausgeritten!«

Sie starrte ihn an und zweifelte im gleichen Moment an seinem Geisteszustand.

»Du bist was?«

»Ausgeritten!« Tammo griff zu den Plastiktüten und sah hinein. »Lecker!«, stellte er trocken fest. Swantje ließ sich auf einen Stuhl fallen. »Ich habe mir richtige Sorgen gemacht!«

Tammo zog Brötchen und Schinken aus einer der Tüten.

»Nett von dir, aber unnötig!« Er riss die Plastikfolie vom Schinken und stopfte sich eine Scheibe in den Mund.

»Statt wie ein Schwein zu fressen, wäre es vielleicht sinnvoller mir zu erklären, was hier los war!« Ihr Kampfgeist war wieder da.

»Ich habe Hunger!« Tammo setzte sich auch und biss in das Brötchen. Er erzählte ihr, was er am Tag erlebt hatte. Swantje amüsierte sich über weite Strecken. Schließlich erzählte sie.

»Du kannst dir nicht vorstellen, was auf der Wache los war, als die beiden Kollegen dort auftauchten. Sie stanken so erbärmlich, dass sie unten in den Leichenkeller geschickt wurden. Dort mussten sie sich waschen. In der Zwischenzeit habe ich mir deren Wagen angesehen. Als wär eine Bombe darin explodiert. Eine Stinkbombe. Als Helene kam, ahnte ich durch deine Nachricht, was in etwa vorgefallen war. Den Sender an meinem Wagen habe ich übrigens gefunden. Er sendet gerade vom Reethaus. Ich bin mit Helenes Auto gekommen.« Jetzt begann auch Swantje etwas zu essen. Dabei breitete sie ihren Einkauf auf dem Küchentisch aus. Für die nächsten Tage war Tammo versorgt.

»Nun zu Ole Franke. Ich habe mir seine ganzen Kontobewegungen, seine Futtermitteleinkäufe der letzten beiden Jahre besorgt. Nichts Auffälliges. Im Gegenteil: Sein Betrieb wird geradezu vorbildlich geführt.«

»Aber du hast doch am Telefon gesagt Ja und Nein. Wo ist das Ja?«

Swantje öffnete eine Flasche.

»Ich habe bei facebook recherchiert. Höhensieb und Ole haben mehr miteinander zu tun, als in der selben Partei und im selben Fußballverein zu sein. Auf der Pinnwand von Höhensieb habe ich ein Foto entdeckt, das die beiden fröhlich und gemeinsam auf Malle zeigt.«

Swantje nahm einen Schluck Apfelsaftschorle.

»Dann war es mit der weiteren Recherche vorbei. Ich wurde ins Präsidium nach Oldenburg einbestellt. Strafvereitelung und der ganze Mist. Es ging jedenfalls heiß her. Sie haben sich, wie du ja heute Nachmittag gesehen hast, auf dich eingeschossen. Morgen bist du auf der Titelseite und damit ein Furunkel auf der Seele unseres Polizeipräsidenten. Er setzt alles in Bewegung, damit sie dich schnappen.«

»Und du? Ich möchte nicht, dass du wegen mir weiteren Ärger bekommst.«

»Mehr Ärger geht schon nicht. Sie können mir nichts nachweisen, wissen aber, dass wir gemeinsame Sache machen. Das stinkt ihnen gewaltig. Apropos stinkt: Unsere beiden Kollegen hat der Alte derart zusammengeschissen, dass sie dich lieber tot als lebendig sehen würden. Sie sind die Lachnummer. Schweinebande hat man sie getauft.«

»Irgendwie tun sie mir leid. Die haben doch nur ihren Job gemacht.«

»Wartest du auf den Friedensnobelpreis, Friesengandhi?«

Die Tür ging auf und Gunnar kam herein. Er sah ziemlich mitgenommen aus.

»Ich bin zu alt dafür. Sechs Kilometer bin ich über Felder und Wiesen gelatscht, um hierher zu kommen.«

»Möchtest du ein Wasser?«

»Wasser?« Entsetzen stand in seinen Augen. Aus einer Plastiktüte zog er einen Sechserpack Bier und öffnete eine Flasche.

»Der Obduktionsbefund ist da. Er gibt zu denken!« Gunnar trank einen kräftigen Schluck. Die beiden starrten ihn erwartungsvoll an.

»Höhensieb ist von einer Toten erschossen worden – von der Toten!«

»Und jetzt kommt bestimmt die Erklärung!« Tammo griff auch zu einem Bier und ignorierte Swantjes vorwurfsvollen Blick.

»Im Gelenk des Zeigefingers der rechten Hand, die Hand mit

den Schmauchspuren, wurde die Totenstarre gebrochen. Das bedeutet wiederum, dass die schöne Tote vom Deich Höhensieb erschossen hat, als die Leichenstarre bereits voll eingesetzt hatte – also in einem Zeitraum zwischen sechs und zwölf Stunden nach ihrem Tod. Da Höhensieb aber mit einem gezielten Herzschuss zur Strecke gebracht wurde, ist anzunehmen, dass die Tote als Täterin kaum noch in Frage kommt und wir uns nach einem anderen umsehen müssen.«

Swantje starrte gegen die Küchenwand. »Zwei Tote, ein Mörder und wahrscheinlich sogar zwei unterschiedliche Tatorte.«

»Halten wir fest: Beide Leichen wurden am Wasser gefunden.« Tammo trank aus der Flasche. »Höhensiebs Yacht war von unten bis oben geschrubbt. Frage: Hat jemand gesehen, wann das Schiff zum letzten Mal den Vareler Hafen verlassen hatte.«

Gunnar griff zu seinem Handy. Er suchte die Nummer des Schleusenwärters.

»Georg, wann ist Höhensiebs Schiff zum letzten Mal aus dem Hafen in den Jadebusen gefahren?«

Es dauerte.

»Mist! Danke!« Er beendete das Gespräch. »Genau vor einer Woche, also nicht zum Zeitpunkt der Morde.«

»Warum wurde der Kahn denn so geschrubbt?« Swantje nahm sich auch ein Bier.

»Vielleicht bloß ein Putzfimmel.«

»Bestimmt nicht. Der Schuppen, wo sich die schöne Tote aufgehalten hat, war auch akribisch geputzt worden.« Tammo stellte das Bier beiseite und zog seinen Notizblock hervor.

»Vielleicht sind das unsere beiden Tatorte. Ohne Spuren und ohne Zeugen ist das schlecht nachzuweisen.« Swantje sah dabei verwundert zu, wie Tammo alles aufschrieb.

»Lasst uns mal einen Moment weiter denken. Wir haben nicht nur die beiden geputzten Orte, wir haben auch einen klinisch reinen Wagen – den Mietwagen der Toten. Gehen wir einmal davon aus, dass mit diesem Wagen die Leichen transportiert wurden.« Gunnar trank weiter.

»Wie viele Überwachungskameras gibt es in Varel?«, wollte Swantje wissen.

Tammo musste einen Moment überlegen. »Fünf!«

»Alles gespeichert?«

Tammo und Gunnar nickten!

»Dann legen wir jetzt noch eine Spätschicht ein.«

Swantje stand als Erste auf. Gemeinsam verließen sie das Haus und gingen zu dem Wagen.

»Du kommst in den Kofferraum.«

»Wie?«

Swantje ließ nicht locker. »Du kommst zur Sicherheit in den Kofferraum. Das Einsatzkommando wurde zwar abgezogen, trotzdem besteht noch die Möglichkeit, dass die Straßen kontrolliert werden. Im Kofferraum ist es besser für dich.«

Tammo sah das zwar nicht so ganz ein, stieg aber in den Kofferraum. Die Fahrt nach Varel war alles andere als bequem. Vor allem seine Nase machte ihm Sorgen. Es schien, als wolle sie wieder aus dem Gesicht fallen. Sie wackelte schmerzhaft hin und her. Er versuchte sie festzuhalten, aber die rüttelnden Bewegungen, durch die Schlaglöcher provoziert, waren zwischen Händen und Nase nicht zu synchronisieren. Der Straßenzustand, fand Tammo, war ein Spiegel der Gesellschaft – durchgehend holprig. Irgendwann stoppte das Auto. Tammo hörte, wie die beiden ausstiegen, dann Stille. Nicht nur die Nase, jetzt taten ihm auch noch alle Knochen weh. Wie ein Embryo zusammengekauert lag der in der muffigen Dunkelheit. Swantjes plötzlicher Anblick war die pure Befreiung.

»Du kannst aussteigen, aber Vorsicht.« Tammo streckte seine Glieder. Swantje sah sich nervös um.

»Gunnar hat Onno davon überzeugt, dass er zwei Stunden Pause machen soll und wir in der Zwischenzeit die Videoüberwachung kontrollieren.«

Onno war der dienstälteste Polizist im Revier und alter Sozialdemokrat. Dass er für die Videoüberwachung zuständig war, hielt er für eine Zumutung. Überwachung, ohne Tatverdacht, war nach seiner Ansicht der erste Schritt zum Überwachungsstaat. Wenn er an seinem Arbeitsplatz saß, waren seine am häufigsten gebrauchten Wörter: Ist doch Scheiße!

Onno war jedenfalls nach Hause gefahren und die drei hatten die Verkehrszentrale für sich. Swantje schien sich mit der Technik auszukennen. Schnell hatte sie die digitalen Bilder der letzten Tage gefunden.

»Mit welchem Zeitraum beginnen wir?«, wollte sie wissen.

»Ich würde vorschlagen, eine Woche vor dem Mord«, meinte Gunnar.

»Ich kenne mich nicht aus. Wo stehen die Kameras?«, fragte Swantje.

»Eine steht am Kreisverkehr an der B 437 Richtung Diekmannshausen. Eine auch auf der B 437 an der Kreuzung zur Papierfabrik und Richtung Bockhorn. Eine in der Mühlenstraße – etwa auf der Höhe der Mühle. Eine in der Hellmut Barthel Straße und die letzte in der Oldenburger Straße«, zählte Tammo auf.

»Ich schlage vor, wir teilen uns auf, sonst sitzen wir in einer Woche noch hier. Ich übernehme die B 437«, bestimmte Swantje.

»Die in der Hellmut Barthel Straße können wir erst einmal vergessen. Alles, was von Varel Richtung Dangast abbiegt, wird auch von der Kamera auf der B 437 gesehen. Ich übernehme die Hafenstraße.« Damit blieb für Gunnar die Oldenburger Straße.

Zuerst wurde Swantje fündig.

»Hier ist der Porsche!«, rief sie. Die beiden Männer stürzten zu ihr. Der Porsche fuhr auf der B 437 Richtung Bockhorn. Es war zu erkennen, dass nur eine Person in dem Wagen saß. Ohne Gesicht. Die ganze Szene dauerte nicht länger als zehn Sekunden. Jeder kehrte an seinen Monitor zurück. Immer wieder tauchte der Porsche auf, ohne jedoch eindeutige Hinweise zu geben. Es waren fast zwei Stunden vergangen, als Tammo fündig wurde. Es saß jemand neben der Frau im Porsche. Sie vergrößerten das Bild. Wenige Zweifel blieben, aber es war aller Wahrscheinlichkeit nach eine zweite Frau. Sie sahen sich fragend an. Was sollte das denn? Bevor sie die Frage laut stellen konnten, standen plötzlich sechs Polizisten im Raum. Heruntergelassenes Visier und Maschinenpistolen im Schlag.

»Die beiden wollten mich gerade verhaften!«, stammelte Tammo. Ein Mann in Zivil erschien hinter den uniformierten Beamten. Er trug einen glattrasierten Schädel und eine Lederjacke. »Das wird ein Nachspiel haben.«

Tammo hatte seine Fassung wiedergefunden. »Ich bin vorhin auf die Wache gekommen, weil ich mich stellen wollte.«

»Reden Sie keinen Scheiß!«, brüllte ihn der Zivilist an.

»Doch! Ehrlich. Ich habe mich vorhin freiwillig …«

»Abführen!«, brüllte er weiter. »Die Komplizen auch!«

»Vor einer Stunde bin ich auf die Wache gekommen, um mich zu stellen. Die beiden waren …« Tammo sah dabei Swantje und Gunnar an.

»Klappe halten!«

Tammo hatte schnell kombiniert. Länger als eine Stunde war das Einsatzkommando mit Sicherheit nicht vor der Wache gewesen. Wenn Swantje und Gunnar ihn verstanden hatten, würden sie seine Aussage bestätigen und wären damit aus dem Schneider. Sie wurden nach Oldenburg gebracht. Jeder bekam eine Einzelzelle.

6. Tag

Mittwoch, 8. Mai

»Das ist doch Müll, was Sie da erzählen!« Es war derselbe Beamte, der ihn jetzt verhörte. Der Mann mit der Glatze hatte einen gewaltigen Stiernacken. Unter seinem T-Shirt quollen die Muskeln hervor. Anabolika und einen Hang zu schlechten Filmen, tippte Tammo. Außerdem hatte er Mundgeruch und eine Knollennase mit feinen roten Äderchen. Er soff und war damit unberechenbar. »Ob Sie sich gestellt haben oder nicht, interessiert mich erst einmal nicht. Warum haben Sie Olaf Bruns ermordet?«

»Ich habe Olaf Bruns nicht ermordet.«

»Wir haben Spuren – ganz eindeutige Spuren!« Der Mann lächelte, was seinen Gesichtsausdruck nicht intelligenter machte.

»Der Tod von Bruns steht im Zusammenhang mit dem Tod von Höhensieb und der fremden Toten«, erklärte Tammo zum wiederholten Mal. Es brachte aber nichts.

»Und wie kommen dann Ihre Fingerabdrücke auf die Mistgabel?«

»Weil ich sie angefasst habe!«

»Da haben wir's ja. Ist das ein Geständnis?«

»Ich gestehe, eine Mistgabel angefasst zu haben.«

»... und ich habe damit Bauer Bruns erstochen. Sagen Sie es!«

»Sie haben damit Bauer Bruns erstochen!«

»Ich? Was soll das denn?« Der Blick des Stiernackens erinnerte Tammo an die Kühe von Onkel Heini.

»Sie haben gesagt, ich zitiere: ... und ich habe damit Bauer Bruns erstochen. Das haben Sie gesagt.«

Tammos Theorie, dass Aggression eine Form der Angst ist, fand Bestätigung. Der Glatzenmann sprang auf, knallte seine Hände auf den Tisch und ... suchte nach Worten. Das dauerte. Schließlich erhob er sich und verschränkte seine Arme vor der Brust.

»Vielleicht haben Sie auch mit den anderen Todesfällen zu tun.«

»Klar, Höhensieb hat mir immer Viehfutter geliefert, obwohl ich gar kein Vieh habe. So was machte mich richtig sauer. Um die Lieferungen zu stoppen, schieß ich ihm eine Kugel ins Herz. Und weil es gerade so schön war, erwürgte ich eine Frau. Warum halten Sie sich nicht einfach an die Fakten, die mittlerweile vorliegen?«

»Mach ich doch. Ihre Fingerabdrücke.«

Warum hat Schwachsinn Sprache, dachte Tammo. »Bruns' Kühe haben BST bekommen.«

»Alles Hypothesen, keine Beweise.« Der Mann mit dem Stiernacken stand auf. Er ließ seine Brustmuskeln spielen. Tammo starrte auf das kleine Schauspiel. Eigentlich, hatte er immer gemeint, gibt es so was nur in ganz schlechten Filmen. Tammo wäre auch gerne aufgestanden – ohne Muskelzucken. Der glatzköpfige Stiernacken kam auf Tammo zu.

»Nur weil Sie vom Land kommen und sich da auskennen mit BSE und so ...«

»BST – Bovines Somatotropin!«, korrigierte Tammo.

»Sag ich doch. Rinderwahn. ... müssen Sie nicht glauben, wir wären gerade vom Baum geklettert.«

»BST hat nichts mit BSE zu tun. Nicht BSE mit E wie Esel,

sondern B S T mit T zum Schluss. T wie Trottel!« Vorsichtshalber hielt Tammo seine rechte Hand vor seiner Nase. Der Stiernacken sprang auf, fing sich aber.

»Hören Sie doch mit ihren Wortklaubereien auf. Ich halte mich an Fakten und nur an Fakten.«

»Ich muss mal pinkeln.« Tammo musste nicht pinkeln, aber nach vier Stunden Inhaltslosigkeit brauchte er eine Pause. Als ihn ein Beamter über den breiten Flur führte, sah er durch eines der Fenster, wie Swantje und Gunnar das Polizeipräsidium verließen. Gott sei Dank! Tammo setzte sich auf das Klo und dachte an die Nordsee. Immer, wenn er nicht weiter wusste, dachte er an die Nordsee. Die Bilder, die ihm einfielen, beruhigten ihn. Nach 15 Minuten Nordsee war er für die nächste Runde gewappnet. Der Oberstaatsanwalt Henning Papstein war nun auch im Verhörzimmer. Tammo kannte ihn nur aus der Zeitung.

»Poppinga, Sie ahnen nicht, wie enttäuscht ich von Ihnen bin! Sie hätten doch mit Ihren Problemen zu mir kommen können!«

»Welche Probleme?«, wollte Tammo wissen, um sich auf den weiteren Verlauf des Gesprächs einstellen zu können.

Der Oberstaatsanwalt beugte sich väterlich über Tammo. Immerhin hatte er keinen Mundgeruch.

»Sie haben ein Alkoholproblem. Sie werden unberechenbar. Das ist schlimm!«

»Bruns hat bei seinen Kühen BST eingesetzt!«, wiederholte Tammo.

»Warum soll ein Bauer seine Kühe in den Rinderwahn treiben?«, tönte der Stiernacken. Der Oberstaatsanwalt drehte sich um.

»Wollen Sie nicht einen Kaffee trinken?« Der Stiernacken starrte seinen obersten Chef an.

»Kaffee tut gut!«, bekräftigte Tammo. Der Stiernacken verließ den Raum. Seine Brustmuskeln zuckten noch einmal.

»Er ist Städter«, sagte der Oberstaatsanwalt entschuldigend. »Wie kommen Sie auf die Idee, dass bei Olaf Bruns Bovines Somatotropin eingesetzt wurde?« Dabei setzte sich der Oberstaatsanwalt Tammo gegenüber. Tammo berichtete ihm, was Swantje, Gunnar und er bisher recherchiert hatten. Gut 20 Minuten sprach Tammo ohne Unterlass.

»Meine Eltern haben übrigens auch einen Milchviehbetrieb bei Aurich«, sagte der Oberstaatsanwalt, als Tammo schwieg. »Sie wissen, dass ich Ihre beiden Kollegen sofort verhaften lassen könnte? Strafvereitelung im Dienst. Das ist kein Kavaliersdelikt. Aber lassen Sie uns erst einmal beim BST bleiben. Wenn Sie recht haben, dann haben wir es mit einer internationalen Bande zu tun. Das fällt in die Zuständigkeit des BKA. Andererseits – mach ich jetzt die Pferde scheu und nichts steckt schlussendlich dahinter ... Sie wissen, meine Position ist im Moment nicht gerade die beste ...« Er dachte angestrengt nach. »Ich kann Sie unmöglich laufen lassen. Die Beweise, die Fingerabdrücke. Ich werde noch mal die SpuSi auf die Mistgabel ansetzen. Vielleicht haben die etwas übersehen, was Sie entlastet.«

»Sie glauben mir?«

»Ihre Geschichte hat Logik – die einzige, die ich in dem Fall bisher sehe. Logik gefällt mir.« Der Oberstaatsanwalt verließ den Raum. Ein Beamter kam und brachte Tammo in eine Zelle. Er war müde, konnte aber nicht schlafen. Eine zweite Frau in dem Porsche? Immer wieder kehrte er zu dem Bild zurück. Solveig Höhensieb, Carla Wiese, Jutta Zierl, Frau Tomaszewski und die schöne Tote vom Deich. Was hatten diese Frauen gemeinsam? Nichts! Stellte Tammo sachlich fest. Welche Frau würde am ehesten zu der schönen Toten passen, war seine nächste Frage. Äußerlich Solveig Höhensieb, dann Carla Wiese – vielleicht auch Jutta Zierl. Das war nicht der richtige Weg. Also umgekehrt denken. Die schöne Tote war für eine internationale Bande tätig. Sie hatte hohe kriminelle Energie. Keine der anderen Frauen war in der Vergangenheit polizeilich aufgefallen. Wenn die schöne Tote also mit einer der Frauen gemeinsame Sache gemacht hatte, musste eine dieser Frauen in einer Notlage sein, die sie zur Mittäterin werden ließ. Das war der richtige Ansatz, fand Tammo. Andererseits hatte Harm Fischer ausgesagt, dass er die schöne Tote mit einem Mann gesehen hatte – auch wenn er nicht ganz sicher war. Eine weitere Spur. Jetzt musste er nur noch aus dem Gefängnis heraus kommen. Das war bei aller Überlegung nicht so einfach. Er schlief ein.

Swantje und Gunnar machten sich gleich auf zur Wache in Varel. Man konnte ihnen nichts nachweisen, aber man glaubte ihnen nicht. Gunnar hatte eine Idee. Vielleicht war an der Mistgabel Talkum zu finden, dann hätte er wenigstens den Beweis, dass jemand mit Handschuhen den Mord begangen hat. Die Vareler Wache sah wieder wie immer aus. Gunnar ging gleich an seine Arbeit. Swantje setzte sich an ihren Schreibtisch. Sie war müde und erschöpft. Nach Minuten klappte sie ihren Laptop zu, stand auf und beschloss, zu Onkel Heini ins Krankenhaus zu fahren.

»Dir geht es nicht gut, Kind«, meinte er, als er Swantje sah.

»Du hast auch schon einmal besser ausgesehen.«

»Sind es die Tiere, die dich so fertig machen?«

Swantje schüttete den Kopf. »Es geht. Tammo hilft mir.«

Onkel Heini sah sie an und lächelte. »Tammo ist ein netter Kerl.«

Das wollte sie jetzt nicht hören. »Traust du ihm einen Mord zu?«

»Was soll denn der Quatsch!«

Swantje erzählte Onkel Heini, was vorgefallen war. Er hörte konzentriert zu.

»Suff ist schon son Ding«, meinte er. »Aber Mord? Überlegen wir doch einmal logisch. Wo ist Bruns abgestochen worden?«

»An seiner Haustür!«

»Also, Kind, denk doch einmal nach. Tammo hat gesagt, dass er vor seinem Absturz im Dorfkrug schon einmal bei Bruns war. Der war aber nicht zu Haus. Nehmen wir einmal an, Tammo wäre tatsächlich noch einmal besoffen in der Nacht zu Bruns zurückgekehrt, welches Motiv hätte er haben sollen, sich die Mistgabel zu schnappen und Bruns, sobald er die Tür öffnete, abzustechen?«

»Sag nicht immer ›abstechen‹, wir reden doch nicht über eine Hausschlachtung!« Swantje dachte einen Moment nach. »Du hast recht. Es gibt keinen Grund. Sie hätten sich wenigstens vorher streiten müssen, kämpfen oder wer weiß was. Bruns schien aber völlig überrascht getötet worden zu sein.«

»Sag ich doch.«

»Aber vielleicht hatten sie vorher gestritten. Bruns ist zurück ins Haus, Tammo hat sich blind vor Wut die Mistgabel geschnappt und hat wieder geklingelt. Peng!«

»Habt ihr Spuren gefunden, die darauf hindeuten?«

»Nicht dass ich wüsste.«

»Tammo ist kein Mörder.« Onkel Heini machte eine Pause. »Denk doch mal anders. Jemand will Tammo den Mord in die Schuhe schieben.«

»Warum sollte er?«

»Weil ihr auf der richtigen Spur seid. Bruns hat BST genutzt. Ihr wart ganz dicht dran. Damit wurde Bruns und eben auch Tammo zur Bedrohung. Mit dem Mord an Bruns hat der Mörder eine – ganz schön clever – neue Spur gelegt.«

Swantje nickte, stand auf und schaute aus dem Fenster. Zwei Gedanken gingen ihr durch den Kopf. Der Mörder war intelligent und ... warum hatte sie so viele Jahre ohne Onkel Heini verbracht? Sie drehte sich um.

»Möchtest du etwas Saft?«

»Ein Bier wäre mir lieber!«

»Bitte zur Vernehmung, Herr Poppinga!« Der Beamte, fand Tammo, war gut erzogen. Er stand auf und ging mit dem Beamten wieder ins Vernehmungszimmer. Was er da sollte, war ihm nicht ganz klar. Als er den Stiernacken sah, dann doch.

»Ich lass mich doch nicht von einem Provinzbullen vorführen.« Der Stiernacken war richtig sauer.

»Was heißt denn hier vorführen? Wollen Sie mich für ihre Bildungslücken verantwortlich machen?« Der Stiernacken schoss auf Tammo zu. Tammo riss die Hand vor seine Nase.

»Bildungslücke!«, schrie er. »Wer kennt sich schon mit dem scheiß BSE aus!«

»BST!«, nuschelte Tammo hinter seine Nasenschutzhand. Übler Mundgeruch wehte Tammo entgegen. Der Stiernacken stand weniger als 30 Zentimeter vor Tammo.

»Kommen wir noch einmal auf die Mistgabel zu sprechen«, begann er. »Wie kommen Ihre Fingerabdrücke darauf und was haben Sie gemacht, als die beiden Fahrer Sie nach Hause gebracht hatten?«

»Meine Fingerabdrücke kamen auf die Mistgabel, weil ich sie angefasst habe. Logischerweise wären sie sonst nicht darauf. Was ich gemacht habe, als mich die beiden Fahrer nach Hause gebracht haben – geschlafen. Wenn ich besoffen bin, dann schlafe ich!«

Weitere vier Stunden dauerte das Verhör und es drehte sich erfolglos im Kreis. Tammo wurde wieder in die Zelle gebracht.

7. Tag

Donnerstag, 9. Mai

Egal, was viele behaupten, Gefängnis ist alles andere als gemütlich. Schon vor Sonnenaufgang war Tammo hellwach. Er lag auf dem Bett, lief durch die Zelle, wusch sich und legte sich wieder auf das Bett. Um sieben Uhr gab es Frühstück. Er wollte gerade in eine mit Marmelade – nein, Brotaufstrich – geschmierte Graubrotscheibe beißen, als die Zellentür geöffnet wurde.

»Herr Poppinga, Sie können gehen.«

Tammo sah den Beamten ratlos an. »Warum?«

»Das weiß ich nicht. Ich tue nur das, was man mir sagt.«

Vor dem Untersuchungsgefängnis warteten Swantje und Gunnar. Beide machten einen zerknirschten Eindruck. Gunnar sah auf den Boden.

»War mein Fehler!«, gab er zu. »Ich habe von dir zwei Handabdrücke auf der Mistgabel gefunden. Verstehst du – zwei. Um jemanden mit einer Mistgabel zu erstechen, braucht man beide Hände. Man muss den Stiel mit beiden Händen richtig festhalten und dann zustechen. Ich habe mir den Stiel und deine Finger-, beziehungsweise Handabdrücke noch einmal angesehen. Es waren zwei Abdrücke deiner rechten Hand darauf. Kein Mensch hat zwei rechte Hände. Damit kommst du als Täter nicht mehr in Frage.«

In diesem Moment kam auch noch der Oberstaatsanwalt hinzu.

»Schön, dass Sie wieder frei sind. Die BST-Spur scheint mir im Moment die logischste. Es wäre schön, wenn Sie bald Fakten bieten könnten. Die Morde und der Verdacht gegen Sie haben Öffentlichkeit geschaffen, die zunehmend anstrengend wird.«

Tammo erwartete noch eine Entschuldigung von Seiten des Oberstaatsanwalts, aber es kam nichts.

»Und jetzt?«, fragte Swantje unsicher.

»Ich fahre nach Hause und dusche mich!«

Noch nie hatte Tammo sein Zuhause so genossen wie an diesem Tag. Er durchschritt sein kleines Haus, blieb in jedem Zimmer eine Weile stehen, um es wieder für sich in Besitz zu nehmen. Alles, was er sah, empfand er als Geschenk. Gut 15 Minuten ließ er das warme Wasser auf seinen Körper prasseln. Im Spiegel sah er, dass der Bluterguss in seiner Nase auf dem Rückzug war. Zufrieden zog er sich an. Es klingelte an der Haustür. Jan Jansen, der Reporter der Jade Zeitung, stand vor der Tür.

»Moin, du hast nichts über mich geschrieben«, begrüßte ihn Tammo.

»Die Schlagzeile hätte ja nicht mal für 24 Stunden getaugt. Sieht ja jetzt wieder alles ganz anders aus.«

»Stimmt!«

»Und wie sieht es aus?«

»Komm herein!«, forderte ihn Tammo auf. Sie gingen in die Küche. Tammo setzte die Kaffeemaschine in Gang. Er überlegte, was er dem Reporter sagen durfte und was nicht. Eigentlich war es ihm egal. Er kannte Jan schließlich seit ewigen Zeiten und wusste, dass er zuverlässig war.

»Es geht wahrscheinlich um BST.«

»Der Leistungsförderer bei Rindern?«, fragte Jan nach.

»Genau!«

»Ich dachte, das Zeug wäre bei uns nie Thema gewesen.«

»Hab ich auch gedacht. Olaf Bruns hat es aller Wahrscheinlichkeit nach eingesetzt. Und ich nehme an, dass er nicht der einzige Bauer war, der der Verlockung erlegen ist.«

»Was hast du an Fakten bisher?«, fragte Jan.

»Nichts. Wir mutmaßen und es wäre nach meiner Einschätzung nicht gut, wenn du jetzt etwas darüber schreiben würdest.« Der Kaffee war durchgelaufen. Tammo stellte zwei Tassen auf den Küchentisch und goss den heißen Kaffee hinein.

»Wenn es so weitergeht, machst du mich und ich mich selbst arbeitslos.« Jan schnupperte an der Tasse. »Erzähle mir wenigstens, wie weit ihr bisher gekommen seid.«

In kurzen, präzisen Sätzen erzählte Tammo, wie sie herausgefunden hatten, dass Olaf Bruns BST einsetzte, dass sie vermuten, dass Höhensieb in das Geschäft verwickelt war, dass sie die Überwachungskameras ausgewertet hatten und dabei eine zweite Frau sowie einen Mann in dem Porsche entdeckten. Jan hörte ohne Zwischenfrage zu.

»Wenn du so willst, sind wir fast wieder am Anfang«, endete Tammos Bericht.

»Vielleicht wäre ein Artikel gar nicht so schlecht.« Jan war hoch konzentriert. »Ich weiß noch nicht, wie ich ihn schreiben würde, aber er könnte etwas Bewegung in die Geschichte bringen.«

»Wie meinst du das?«

»Nun, der Mörder kann sich im Moment in relativer Sicherheit wiegen. Wenn es uns gelingt, ihn zu provozieren, kriecht er vielleicht aus seinem Loch. Die Frage ist nur: Gefährden wir damit das Leben anderer?«

Tammo war von dem Gedanken angetan, aber noch nicht ganz überzeugt. Er rief Swantje und Gunnar an. Sie brauchten eine Strategie. Wenige Minuten später waren die beiden da.

»Wie lockt man Ratten aus ihrem Versteck?«, begann Tammo.

»Oder – wie jagt man Ratten aus ihrem Versteck?«, fügte Gunnar hinzu.

»Die wichtigste Frage, die sich stellt, ist: Was haben wir eigentlich?« Swantje klappte ihren Laptop auf und schaltete ihn ein. »Das sieht mehr als bescheiden aus, was wir bisher haben«, war ihr nüchterner Kommentar.

»Wir haben BST – also – wir haben es natürlich nicht, aber es spielt bei den Mordfällen eine Rolle«, dozierte Gunnar und alle nickten fragend. »Kann man daraus nichts machen?«, fragte er.

»Es ist nach wie vor eine Vermutung, also ganz dünnes Bier.« Tammo stand auf. Swantje hatte ihr Spezialprogramm aktiviert. Sie starrte eine Weile auf den Monitor.

»Da ist noch etwas: Solveig, die Frau von Höhensieb, hat gesagt, dass ihr Mann viel Geld für die andere Frau ausgegeben hat. Von den Konten, die ich kenne und kontrolliert habe, kann nur ein Teil des Geldes stammen. Er muss noch irgendwo ein anderes Konto haben.«

»Stellt sich die Frage: Wo eröffnet ein Landei, das bekanntlich zum Angsthasen neigt, ein schwarzes Konto?«, warf Gunnar ein.

»Malle – er war öfter auf Malle.« Tammo setzte sich wieder. Swantje tippte etwas in ihren Computer. Kaum war sie fertig, las sie vor: »Kaufvertrag – Wohnung – Oldenburg – Zahlungsverkehr.« Swantje klappte geräuschvoll den Laptop zu. »Darum kümmere ich mich.« Und schon verließ sie das Haus.

»Und was machen wir?«, fragte Gunnar.

»Wir sollten uns Gedanken um eine BST-Story machen. Wann treffen wir uns wieder?« Jan Jansen stand bereits an der Tür.

»Heute Abend um 20 Uhr im Dorfkrug!«, rief Tammo. Dann war Jan verschwunden.

Gunnar und Tammo saßen sich gegenüber. Eine Weile war es ganz still. Tammo sah Gunnar an.

»Zufrieden bin ich nicht. Irgendwie hat die Untersuchung keine Struktur.«

»Vielleicht sollten wir uns auch so einen Computer kaufen.«

»Ich habe einen Computer, aber wo bleibt denn unser Instinkt, unsere Erfahrung, alles, was wir gelernt haben?«

Wieder eine Pause. Dann fragte Tammo: »War es Onno, der uns an die Kollegen in Oldenburg verpfiffen hat?«

»Spinnst du? Die Oldenburger hatten einen vor der Wache abgestellt. Der hat die anderen geholt, als wir kamen.«

»Und warum seid ihr beide gleich am nächsten Tag wieder entlassen worden?«

Gunnar grinste breit: »Peinliche Situation. Swantje hat den Oberstaatsanwalt, als es für uns richtig brenzlig wurde, gefragt, wo denn die richterliche Genehmigung für den Peilsender sei. Er hatte keine. Damit hatte er plötzlich die Arschkarte. Das Verrückte an der ganzen Geschichte ist aber, dass niemand weiß, wer den Peilsender unter Swantjes Wagen postiert hat.«

»Typisch, bloß keine Verantwortung übernehmen. Wie wäre es mit dem Stiernacken, der mich verhört hat. Dämlich genug für eine solche Aktion wäre er.«

»Haben wir auch vermutet, aber wie willst du es beweisen? Sollen wir noch eine zusätzliche Geschichte verfolgen, wenn wir mit dem Hauptfall schon nicht weiter kommen?« Wieder schwiegen sie sich an.

»Die Frauen!«

»Welche Frauen?«, fragte Gunnar irritiert.

»Die Frauen von Höhensieb.«

»Kannst du mal andeuten, wenn du das Thema änderst?«

»In dem Porsche der schönen Toten saß doch eine Frau. Vielleicht gibt es eine Verbindung zu einer dieser Frauen.«

»Ist das nicht ein bisschen weit hergeholt. Die schöne Tote hatte aller Wahrscheinlichkeit nach eine Verbindung zu Höhensieb. Dass seine Frau oder eine seiner Gespielinnen ... glaub ich nicht.«

»Trotzdem. Mir fällt im Moment nichts Besseres ein.«

»Und wie stellst du dir das vor?«

»Du übernimmst Jutta Zierl und ich Carla Wiese.«

Tammo gab Gunnar die Adresse von Jutta Zierl und eine Beschreibung, dann trennten sie sich.

Swantje war gleich in die Wache gefahren und hatte ihren Schreibtisch besetzt. Noch einmal ging sie alle Unterlagen von Höhensieb durch. Es gab nicht den geringsten Hinweis auf andere, ausländische Bankverbindungen. Selbst an den Unterlagen, die die Urlaube auf Mallorca betrafen, war nichts zu erkennen. Alles wurde über die deutschen Banken abgewickelt. Swantje entschloss sich, zu Solveig Höhensieb zu fahren.

»Wie hat dein Mann seine Frauengeschichten finanziert?« Swantje stand im Wohnzimmer und sah sich um, als könne sie hier eine Spur finden. Solveig bot ihr einen Platz an. Sie setzten sich an den Esstisch.

»Ich habe mich um die Finanzen nicht gekümmert. Oder besser – er wollte nicht, dass ich Einblick bekam.« Solveig sah aus dem Fenster in den Garten.

»Was war das für eine Ehe, die ihr da geführt habt?«

Solveig drehte ihren Kopf und sah Swantje direkt in die Augen.

»Ich habe mich geekelt. Die letzten Jahre habe ich mich vor ihm nur noch geekelt. Wenn er morgens aus dem Haus ging, war es wie eine Befreiung. Wenn er nachts kam, raste mein Herz. Zum Glück hat er mich meistens in Frieden gelassen. Nur wenn er besoffen war … bist du schon mal vergewaltigt worden?«

Noch nie hatte Swantje so deutlich gesehen, wie Tränen den Blick verschleiern. Solveig starrte sie an und ihr Blick ging allmählich durch Swantje durch.

»Du hättest gehen sollen.«

»Ich habe niemanden.« Dann lachte sie schrill. »Ich habe einen Ehevertrag! Und damit habe ich nichts.«

»Jetzt wirst du viel haben!«

»Schau dir dieses Haus an. Ich gehe in mein Zimmer, in die Küche, ins Bad. Der Rest ekelt mich. Ich will so schnell wie möglich hier raus, hier weg – nur weg!« Sie wischte sich die Tränen aus dem Gesicht. »Schwarzgeld!«, sagte sie unvermittelt.

»Wie?« Swantje wusste nicht, was sie meinte.

»Vielleicht hat er seine Weibergeschichten mit Schwarzgeld finanziert. Das im Tresor.« Und dann fiel ihr noch etwas ein. »Groningen. Ich glaube, er hatte noch ein Konto in Groningen. Jedenfalls habe ich mal zufällig einen Auszug gesehen.«

»Erinnerst du dich noch, welche Bank das war?«

»Irgendwas mit Groningen und Kredit, wenn ich mich recht erinnere.«

Tammo stand bis 19.30 Uhr vor dem Haus von Carla Wiese. Nichts geschah. Diesen Teil der Polizeiarbeit hasste er. Und weil er gerade schlechte Laune hatte, fiel ihm Swantje ein. Sehr widerwillig begann er sein Anfangsbild von ihr zu korrigieren. Sie hat eine Macke, stellte er fest, aber in einem anscheinend erträglichen Maß. Hatte sie eigentlich einen großen Busen? Es fehlten ihm die Bilder. Mit ihrem Hintern sah es ähnlich aus. Warum hatte er die ganze Zeit Swantje nicht als Frau, sondern nur als Bedrohung wahrgenommen? Hatte er ein Problem? Wenn ja, warum? Sie war eine Einbrecherin. Sie war in sein Leben eingebrochen – ohne Vorwarnung. In seinem Alter hatte er feste Kreise, Trampelpfade des Lebens, die keine Veränderungen ertrugen. Als Kind war er einmal in eine richtig heftige Nordseewelle geraten. Für Sekunden wusste er nicht, wo oben und unten war. So fühlte er sich jetzt mit Swantje. Sie war es – und das nicht für Sekunden – die SEIN Friesland durcheinander brachte. Während er dachte, wippte sein Kopf wie der eines Wackeldackels. Er sah es im Rückspiegel und kam sich elend doof vor. Es war einfach Scheiße, vor einem Haus zu stehen, in dem nichts geschah.

Als er im Dorfkrug in Dangast ankam, war Gunnar schon da.

»Völlig dämlich!«, kommentierte Gunnar seinen Nachmittag vor dem Haus von Jutta Zierl. »Wenn ich mir vorstelle, was ich alles bei meinen Bienen hätte machen können, werde ich richtig sauer.«

Tammo bestellte bei Gisela zwei Bier. Ralf trocknete Gläser ab. Schorsch kam mit frisch gebratenen Frikadellen aus der Küche. Gunnar und Tammo griffen beide gleich gierig zu.

»Die Zierl ist den ganzen Nachmittag nicht ein einziges Mal vor die Tür getreten«, teilte Gunnar mit vollem Mund mit.

»Mir ging's auch nicht besser.«

»Wieso besser?«, kaute Gunnar und starrte dabei seine Frikadelle an.

»Nicht besser.«

»Also schlechter!«

»Nö, nicht schlechter. Eher gleich.«

»Du hast keine Bienen. Dir ging's besser!«

»Ich weiß nicht einmal, ob Carla Wiese überhaupt zu Hause war. War alles wie ausgestorben.«

»Carla Wiese?«, fragte Gisela ohne auf eine Antwort zu warten. »Ihr Exmann hat doch früher bei Höhensieb gearbeitet.«

Gunnar und Tammo schauten sich an. Schon wieder, ohne es zu sagen, hatten sie sich dabei erwischt, dass sie ihre Schularbeiten nicht richtig gemacht hatten.

»Woher kennst du denn Carla Wiese?« Tammo trank einen Schluck Bier, um sein schlechtes Gewissen zu beruhigen.

»War mal meine Friseuse in Varel. Hat aber schon damals in Rastede gewohnt.«

»Weißt du mehr über sie?«

Gisela nahm sich auch eine Frikadelle und stippte sie in den Senf.

»Ich glaube, sie hielt ihren Mann für einen Trottel. Jedenfalls hat sie immer gemeckert, weil er ihr nichts bieten konnte. Sie hat jedenfalls immer so getan, als sei sie nur irrtümlicherweise in Varel gelandet. Ihr Mann ist nach der Scheidung nach Bremen gegangen.«

»Wann war die Scheidung und bis wann hat sie hier in Varel gearbeitet?«, wollte Gunnar wissen.

»Bis vor einem Jahr etwa. Die Scheidung war kurz davor.«

»Ist anzunehmen, dass sie da schon mit Höhensieb liiert war«, sagte Tammo zu Gunnar.

»Madame hat dann aufgehört zu arbeiten und war hauptberuflich nur noch schön«, ergänzte Gisela noch. Die Tür ging auf und Swantje kam. »Nix mit Konto auf Mallorca. Höhensieb hatte noch vier Konten. In Groningen. Es war jede Menge Geld unterwegs – und wie ihr euch denken könnt: Schwarzgeld! Die Konten liefen alle über Online-Banken. Das Erstaunliche ist aber«, Swantje gönnte sich eine genussvolle Pause, »einen Tag vor seinem Tod wurden alle Beträge auf ein Nummernkonto in der Schweiz überwiesen. Futsch für uns und nicht weiter zu verfolgen.« Sie sah Gisela an. »Ich hätte gerne ein Glas Vermentino und ein rosa gebratenes Steak. Ist ihr Salat frisch?« Gisela sah Swantje nur an. Sie hatte sich schon wieder Tammo und Gunnar zugewandt. »Es gibt immer noch Restaurants, die Salate aus der Dose verkaufen. Skandalös.«

»Frikadellen gibt's!«, stellte Gisela mit Nachdruck fest. »Einen Vermentino kenn ich nicht.«

Swantje sah Gisela wie eine Oberstudienrätin an, der man eine Abiturfrage verweigerte. »Vermentino ist ein sardischer Weißwein!«

»Na und?«

Swantjes Stimmlage stieg leicht an. Giselas nicht. Sie stützte nur die Fäuste auf die Theke. Wenn Swantje Gisela gekannt hätte, hätte sie gewusst, dass diese Körperhaltung der Undurchlässigkeit einer Bunkerwand entsprach. Swantje kannte Gisela aber nicht.

»Vermentino ist ein leichter, durchaus bekömmlicher Wein, der hervorragend in den Sommer passt. Ich trinke ihn, um mich zu entspannen. Eiskalt muss er sein!«

»Trinken die in Sardinien auch Bier und Schluck?«, wollte Gisela wissen. Swantje sah sie mit großen Augen an.

»Ich glaube nicht. Nein, kann ich mir nicht vorstellen.«

»Warum sollen wir dann Vermentino trinken? Wollen Sie ein Bier?«

Ralf warf das Abtrockentuch auf die Theke.

»Ich gehe. Ihr seid mir zu doof!« Und damit verschwand er. Niemand verwunderte es. Ralf lebte seine Macken aus und kultivierte sie gelegentlich.

Swantje sah sich hilfesuchend um und schaute nur in grinsende Gesichter.

Ihre Augen bekamen etwas Katzenhaftes. Ihre Stirn kräuselte sich bedenklich. »Eine Apfelsaftschorle und eine Frikadelle!«

»Apfelsaftschorle und Frikadelle schmeckt scheiße!«, merkte Gunnar an und biss dabei in seine Frikadelle.

»Und dann noch mit Senf! Ääh«, ergänzte Tammo und tat es Gunnar gleich.

Swantje erhob sich leicht und sah Gisela fest an. »Einen doppelten Korn!«

»Doppelkorn?«

»Wie? – Natürlich! Geben Sie den Jungs auch einen!«

Die Kornflasche blieb auf der Theke. Nach gut einer Stunde war sie leer. Schorsch war in der Zwischenzeit gegangen. Swantje stand, während Tammo und Gunnar auf den Barhockern saßen. Die Lage entspannte sich zusehends. Swantje berichtete, was sie über Ole Franke herausgefunden hatte. Er besaß ein Apartment auf Mallorca, das er aber wohl mit einer Erbschaft finanziert hatte. Ansonsten war nichts Ungewöhnliches zu finden. Gisela öffnete die zweite Flasche Korn. Sie trank jetzt auch mit. Swantje hatte mittlerweile vier Frikadellen verdrückt und auf geheimnisvolle Weise Kontakt mit Gisela aufgenommen. Die beiden Frauen sahen sich ab und zu an, ohne ein Wort, und grinsten, als hätten sie eine Verschwörung besiegelt. Jan, der Reporter, schaute nur kurz in den Dorfkrug, sah die betrunkenen Gesichter von Gunnar und Tammo, schüttelte den Kopf und ging. Nach einer weiteren halben Stunde mussten Tammo und Gunnar zur Toilette. Sie stützten sich gegenseitig. Swantje und Gisela grinsten in stummer Eintracht.

»Warum kann die so viel saufen?« Gunnar kramte suchend in seiner Hose.

»Die war bestimmt im Trainingslager!« Tammo wurde fündig.

»Ist doch nicht normal!« Gunnar ging etwas in die Hocke, um die Suchfläche in seiner Hose zu lockern.

»Wir hätten kein Bier trinken sollen!« Um besser zielen zu können, legte Tammo seine Stirn gegen die Kacheln.

»Sag ich doch. Bier schüttest du oben rein und läuft gleich wieder unten raus.«

»Global gesehen, ist das richtig peinlich!«

8. Tag

Freitag, 10. Mai

Es regnete. Bevor Tammo die Augen öffnete, glaubte er, dass sich das Plätschern in seinen Kopf ergoss. Die Regenrinnsale an der Fensterscheibe beruhigten ihn. Filmriss? Nein, sie waren mit einem Taxi nach Hause gefahren. Vorher hatten sie Gunnar nach Hause gebracht. Er sang »summ, summ, summ, Bienchen summ herum« und kicherte dabei blöde. Swantje hatte ihn bis zur Haustür begleitet und frech gelacht, als sie wieder zum Taxi ging. Sie lacht wie eine Hexe, fand Tammo. Er stand auf, setzte Kaffee auf und machte sich fertig. Seine Wohnung hatte dringend einen Hausputz verdient. Er würde Gisela fragen. Gisela war ein friesisches Universaltalent, das mit stoischer Ruhe die härtesten sozialen und psychischen Verfehlungen wieder zu ordnen wusste. Tammo stand unschlüssig in der Küche. Er schaute auf die Uhr. Es war kurz nach 9 Uhr. Demzufolge hatte er fast 10 Stunden geschlafen. Der Regen prasselte immer noch gegen die Scheiben. Mit ziemlich bestimmtem Ton hatte Swantje verkündet, dass sie ihn abholen würde und wenn er sich nicht irrte, hatte sie von 9 Uhr gesprochen.

Sie wird mit einem riesigen Kater im Bett liegen und den gestrigen Abend verfluchen. Tammo lächelte. Seine Fantasie nahm Fahrt auf. Jede Bewegung würde ihr gegen die Schädeldecke hämmern. Ihre Augen – tief unterlaufen, grau bis violett, einem Zombie gleich. Au ja, die Tiere! Sie muss noch die

Tiere füttern. Der Stallgeruch bohrt sich in ihre Nase, Xanthippe, die quiekende Kampfsau, hämmert gegen ihr Trommelfell. Vielleicht ist sie gleich wieder ins Bett gegangen, hat sich die Decke über den Kopf gezogen und weint still voller Selbstmitleid. Tammo ging es etwas besser. Als er wieder auf die Uhr sah, war es 9.45 Uhr. Er könnte jetzt zu Onkel Heinis Hof fahren, laut und eindringlich hupen, sie aus dem Bett klingeln, ihre leise Vorwürfe machen und sie an ihre Dienstpflicht erinnern. Vielleicht wäre es besser, wenn er noch eine Stunde warten würde. Ihr schlechtes Gewissen wäre umso größer. Es klingelte.

»Wo bleibst du?« Swantje stand völlig durchnässt vor seiner Tür.

»Wie?« Tammo spürte, dass sein Blutdruck begann, die Arbeit einzustellen. Swantje schob ihn beiseite und ging in die Wohnung. Sie schüttelte ihr langes, durchnässtes Haar und öffnete die Regenjacke. Tammo hatte in diesem Moment etwas von einer Statue.

»Mach die Tür zu!«

Er machte die Tür zu.

»Du wolltest um 9 Uhr am Hof sein. Ich komme zu Fuß! Hast du die Nacht noch im Taxi verkündet. War wohl nix!«

Tammo erinnerte sich – nur zu spät. Aber es sollte noch dicker kommen.

»Und? Hast du was herausgefunden?«

Tammos Blutdruck hatte endgültig den Dienst eingestellt. Er hatte das Gefühl zu schrumpfen.

»Was soll ich denn herausfinden?« Swantjes Augenbrauen zogen sich gefährlich in die Höhe. Doch Filmriss? Nein, da war es. Er hatte im Taxi auch noch verkündet – und es als polizeiliche Meisterleistung verkauft – dass er gleich in der Frühe bei der Sitte in Oldenburg anrufen wollte, um herauszufinden, ob Jutta Zierl, Carla Wiese oder Solveig Höhensieb dort bekannt seinen. Peinlich! Swantje hatte, so er sich recht erinnerte, auch die Augenbrauen hoch gezogen, aber nichts gesagt.

»Irgendwie bin ich noch nicht dazu gekommen!«

»Hast du Kaffee?«

Er nickte nur und ging zur Küche. Endlich etwas, was er hatte. Swantje setzte sich an den Küchentisch. Er füllte eine Tasse an der Kaffeemaschine und gab sie ihr.

»Warum bist du so nass?«

»Ich bin die ganze Zeit durch den blöden Regen gelaufen. Irgendwie muss man ja den Restalkohol los werden.«

»Geht es dir gut?« Tammo fragte vorsichtig.

»Warum nicht?« Genüsslich trank sie den Kaffee.

»Ich glaube, es ist besser, wenn ich nach Oldenburg fahre und gleich mit den Kollegen von der Sitte spreche.«

»Wie kommst du nur darauf, dass eine der Frauen, oder von mir aus auch alle, etwas mit der Sitte zu tun haben?«

»Nur ein Gefühl – oder – kann ich dir nicht genau sagen! Was hast du vor?«

»Ich habe auch so ein Gefühl – und das betrifft nach wie vor Ole Franke.«

»Du hast nichts gefunden. Er ist ein Stinkstiefel, aber deshalb noch nicht verdächtig.«

»Er hat eine Immobilie auf Mallorca. Höhensieb war öfter auch dort. Wir werden noch einmal Solveig besuchen. Vielleicht kann sie uns etwas erzählen.«

»Wieso wir?«

»In deinem Zustand solltest du nicht alleine unterwegs sein.«

Im Auto machte Tammo einen Alkoholtest. Negativ, das beruhigte ihn. Swantje nicht.

»Ich muss noch bei der Post vorbei. Geld holen.«

Swantje verdrehte die Augen. In Varel sprang Tammo aus dem Wagen. Swantje wartete. Vor dem Schalter von Frau Baumeister warteten schon einige Kunden. Tammo sah auf die Uhr, was die Wartezeit auch nicht verkürzte.

»Ohne die Vollmacht ihres Mannes kann ich Ihnen das Paket nicht aushändigen.« Frau Baumeister hatte Prinzipien.

»Wir kennen uns seit über zehn Jahren ...«, protestierte die Frau. »Wenn ich das Paket nicht bekomme, geht es zurück. Das steht auf der Karte.«

Gib ihr das blöde Paket, dachte Tammo. Frau Baumeister gab ihr das Paket. Sie hatte doch keine Prinzipien! Er bekam sein Geld.

Sie fuhren über die Autobahn nach Oldenburg. Was hatte sie mit »Zustand« gemeint? Er schielte zu Swantje hinüber. Mit durchgedrücktem Kreuz saß sie auf dem Beifahrersitz und starrte auf den Verkehr. Die Regenjacke trug sie noch immer etwas geöffnet. Ob sie einen großen Busen hatte, war aus dieser Perspektive nicht zu erkennen. Sie war gestern Abend im Dorfkrug mindestens zwei Mal zum Klo gegangen. Frauen gehen immer zum Klo. Wahrscheinlich hat sie sich den Finger in den Hals gesteckt und muss deshalb heute nicht leiden, kombinierte Tammo.

»Was sagt eigentlich dein Computer zu unseren Erkenntnissen?« Eigentlich wollte Tammo das gar nicht wissen, hielt es aber für angebracht, das Schweigen zu durchbrechen.

»Was für Erkenntnisse? Ihr habt doch nur einen ganzen Tag vor zwei Häusern vergeudet.«

Es hätte Tammo nicht gewundert, wenn die Windschutzscheibe von innen gefroren wäre. Wut half – nein – Wut war seine einzige Chance gegen Swantjes Frost.

»Was hab ich dir getan? Du hast auch gesoffen!«, tobte er los.

»Disziplin, mein Lieber, Disziplin!« Schon wieder ging ihre Augenbraue nach oben.

»Scheiß drauf! Deine blöde Disziplin ist doch nur ein Kokon, in dem du dich versteckst. Straight, unnahbar, zickig – daraus ist er gewoben!«

Noch immer sah sie ihn nicht an. Ihre Stimme war leise.

»Ich mache meine Arbeit. Dafür werde ich bezahlt. Du auch. Wenn ihr Bauernlümmel meint, ihr könntet das alles mit einer vollgedröhnten Birne – bitte! Ich will mit solchen Steinzeitmethoden nichts zu tun haben.«

»Ah, ich vergaß, Madame ist ja Weltbürger!«

»Dein Sarkasmus riecht nach Gülle!«

»Und du nach Stall! Übrigens, übel kombiniert mit Chanel!«

»Bulgari!«

Tammo war auf 180, der Dienstwagen auch. Wer würde als Erster die Pistole zücken? Er sah Swantje kurz von der Seite an. Sie starrte noch immer auf die Autobahn, aber Tränen liefen über ihre Wangen. War das wieder ein Trick, um ihn noch weicher zu klopfen?

»Ihr hasst mich!« Verhalten, kaum zu verstehen war ihre Stimme. »Ihr hasst mich, weil ich anders bin. Von Anfang an wolltet ihr mich nicht haben.«

Jetzt nichts sagen, rief sich Tammo zur Ordnung. Jedes Wort wäre ein falsches. Ihre Tränen liefen jetzt ungehemmt. Geräuschvoll zog sie die Nase hoch. Das schaffte Luft.

»Ihr lasst doch keine Gelegenheit aus, mich gegen die Wand laufen zu lassen. Woher soll ich denn den ganzen Scheiß von der Landwirtschaft kennen? Statt mir zu erklären wie was zusammenhängt, kichert ihr nur albern, wenn ich blöde Fragen stelle.«

»Dann stell sie doch einfach nicht.«

Pause. Swantje kramte ein Taschentuch aus ihrer Tasche. »Ich will wissen! Verstehst du das nicht?«

Pause. Tammo überlegte und nahm den Fuß etwas vom Gas. »Dann stell die Fragen anders.«

»Wie meinst zu das?« Sie schniefte ins Taschentuch.

»Deine Fragen haben oft etwas Vorwurfsvolles, Provozierendes – genau!«

»Zum Beispiel.«

»Warum geben Ihre Kühe so viel Milch?«

»Hab ich nie gefragt.«

»Ist doch nur ein Beispiel. Also, was beinhaltet die Frage? Irgendwas stimmt da nicht, wenn die Kühe so viel Milch geben. Da geht jeder erst einmal in Abwehrhaltung.«

»Und wie sollte man nach deiner Ansicht die Frage stellen?«

Tammo fiel auf, dass sein Beispiel nicht stimmte. Es war nicht die Frage, sondern die Art und Weise, wie sie gestellt wurde. Trotzdem musste er eine Erklärung finden.

»Wie viel Milch geben Kühe im Durchschnitt?«, fiel ihm ein. Swantje lächelte mit ihren vertränten Augen. »Da hast du aber schnell reagiert!«

»Wieso?«

»Es ist doch die Art und Weise, wie ich meine Fragen stelle, die dir auf die Nerven geht. Stimmt's?«

Er konnte Swantje einiges vorwerfen, aber nicht, dass sie blöde war. Tammo lachte auch.

Die Sitte war im dritten Stock. Swantje kannte sich aus. Brettschneider hieß der Kollege.

»Unter den Namen ist nichts zu finden. Ihr müsst aber davon ausgehen, dass die Dunkelziffer in der Prostitution etwa bei 50 Prozent liegt. Sollten die Damen oder eine der Damen in dem Bereich tätig sein, würde sie, so wie ihr sie mir geschildert habt, zu den Edelnutten gehören. Da kommen wir ganz schlecht ran. Zu viele wichtige Persönlichkeiten nehmen die Dienste in Anspruch. Die sorgen schon selber dafür, dass alles diskret bleibt.«

»War nur so ein Gefühl!«, gab Tammo zu.

»Nicht die schlechteste Voraussetzung. Mir geht es häufig genauso. Ich kann bis heute nicht sagen, woher das Gefühl kommt, aber in den meisten Fällen liege ich richtig!«

»Bei aller Fantasie, aber ich kann mir nicht vorstellen, dass Solveig Höhensieb auf den Strich gegangen ist. Warum sollte sie auch?« Swantje sah dabei abwechselnd die beiden Männer an.

»Und die beiden anderen?«, beharrte Tammo. »Wie hießen die mit Mädchennamen?« Er schüttelte den Kopf und fügte hinzu: »Mädchenname – ein bescheuerter Begriff!«

Der Beamte gab die Namen ein und hatte bald die »Mädchennamen«. Dann glich er sie mit seiner Sittendatei ab.

»Nix, keine von denen geht offiziell auf den Strich!«, war seine kurze Mitteilung.

»Hat eine der Frauen in Oldenburg unter ihrem Mädchennamen eine Wohnung oder ein Haus gemietet?« Tammo ließ nicht locker. Sekunden später: »Carla Wiese, geborene Opitz. Sie hat in der Strassburger Straße, beim Hauptbahnhof, eine Wohnung gemietet.«

»Wann?«, fragte Tammo.

»Vor 14 Monaten.« Der Beamte sah Tammo erwartungsvoll an. Der zückte aber nur seinen Notizblock und trug es ein.

»Bis zu diesem Haus hatte ich Carla Wiese schon einmal verfolgt«, verkündete Tammo, als er wieder mit Swantje im Auto saß.

»Was aber nicht unbedingt bedeutet, dass sie deshalb auf den Strich gehen muss«, beharrte Swantje.

»Bekommen wir einen Durchsuchungsbeschluss?«

»Worauf begründet?« Swantje schüttelte den Kopf. »Es ist nicht verboten, eine Zweitwohnung zu haben.«

»Dann sollten wir wieder auf die Vorzüge des Überwachungsstaats zurückgreifen.«

Swantje sah ihn fragend an.

»Mich interessiert, was die Überwachungskameras in Rastede und die in Oldenburg zu bieten haben. Bisher hatten wir uns nur auf den Wagen der schönen Toten konzentriert.«

»Das hört sich nach einer langen Nacht an.« Swantje war wenig begeistert. »Ich muss noch die Tiere heute Abend füttern, und ich möchte trotzdem noch bei Solveig vorbei.«

»Wir fahren zuerst bei Solveig vorbei und dann bei Gisela.«

»Was willst du denn bei Gisela?«

»Du brauchst jemanden, der sich in den nächsten Tagen um die Tiere kümmert. Gisela macht das hervorragend.«

Swantje sah Tammo dankbar an. »Würde es dir etwas ausmachen, wenn wir kurz zu Onkel Heini ins Krankenhaus fahren würden?«

Vier Minuten später hielt Tammo vor dem Krankenhaus.

»Soll ich warten?«, fragte er.

»Komm doch mit. Onkel Heini würde sich freuen.«

Tammo erschrak, als er Onkel Heini sah. In wenigen Tagen war aus einem stattlichen Mann ein in sich zusammengefallenes Wesen geworden.

»Moin, Heini«, begrüßte er ihn und drückte dabei seine knochige Hand. Heini lächelte.

»Gisela und Schorsch waren auch schon hier. Gunnar auch«, sagte Heini mit leiser Stimme. »Ist ja was los in Dangast.«

Tammo sah Swantje an und setzte sich dann zu Heini aufs Bett.

»Kannste sagen. Viele Verdächtige und keine Spur.«

»BST, oder?«

»Ja, woher weißt du …?« Tammo begriff nicht wirklich.

»Wurde in letzter Zeit hier und da so gemunkelt.«

»Du wusstest davon?« Etwas zu laut, etwas zu schrill fragte Swantje. Onkel Heini zuckte zusammen.

»Gemunkelt, verstehst du? War irgendwie eine geheimnisvolle Geschichte.« Onkel Heini überlegte. »Es war wie ein Gerücht. Irgendwo entstanden, aber niemand wusste Genaues.«

»Ähnliches vermuten wir auch.« Tammo sah Swantje kurz vorwurfsvoll an. Hatte sie das mit der Fragerei noch immer nicht begriffen?

»Wie gesagt, wir haben Verdächtige, aber bisher keine Spur. Bis auf Harm Fischer sind alle verdächtig.«

»Und warum der nicht?« Heini sah Tammo erstaunt an.

»Ist ein Biobauer und hat nie von Höhensieb Futtermittel bekommen, oder sonst wie Kontakt mit ihm gehabt.«

»Fischer ein Biobauer? Der macht auf Bio, weil er die Naturschutzflächen haben wollte. Der bekommt noch Geld dafür. Landschaftspflege.«

»Du könntest dir vorstellen, dass er BST einsetzt?«

»Ein Arsch. Vor ein paar Jahren saß er für die Liberalen im Europa Parlament. Dann hat er Bio für sich entdeckt und die Fahne gewechselt. Im Moment verhandelt er mit der Bahn. Durch einen Teil seines Landes – nicht die Naturschutzflächen – soll die Trasse vom Jadeport nach Oldenburg gehen. Da geht es um richtig Kohle.« Onkel Heini war erschöpft. Er schloss die Augen.

»Erzählt mir etwas!«, bat er. Und weil Swantje und Tammo nicht recht wussten, was sie erzählen sollten, berichteten sie von den Ermittlungen. Eine halbe Stunde war vergangen.

»Er schläft!«, sagte Tammo leise.

»Er schläft nicht!«

»Natürlich schläft er!« Tammo blieb eisern.

»Wenn Onkel Heini schläft, dann schnarcht er. Er schläft nicht!«

»Guck dir sein Gesicht an. Er schläft!«

»Ist das mein Onkel Heini oder deiner?«

»Er schläft. Ich kenne Heini viel länger als du.«

»Ich habe in den Ferien bei ihm geschlafen. Ich sage dir, wenn er schläft, dann schnarcht er.« Swantje und Tammo verließen das Zimmer. Als die Tür geschlossen war, lächelte Onkel Heini zufrieden.

»Warum sagt Onkel Heini dir das alles und nicht mir?« Swantje war empört. Sie hatten das Krankenhaus bereits verlassen.

»Er liebt dich!«

»Hör auf mit dem Scheiß!«

Tammo grinste frech und rief bei den Kollegen der Straßenüberwachung in Rastede und Oldenburg an. Die Videobänder sollten zur Wache nach Varel geschickt werden.

Die Verhandlungen mit Gisela zogen sich etwas hin. Zum einen lag es an dem köstlichen Tee, den sie zelebrierte, und zum anderen an der Frage der Entlohnung. Swantje rechnete ihr vor, dass sie die Tiere nach ihrer Erfahrung in zwei Stunden pro Tag versorgt hätte. Gisela bestand auf vier Stunden. Tammo hielt sich raus. Gisela kannte Xanthippe seit zwei Jahren, verschwieg aber ihr gutes Verhältnis zueinander. Auch die Kampfgänse brachte sie geschickt ins Gespräch. Swantje war geschlagen, zumal sie in den letzten beiden Tagen nicht gewagt hatte in Xanthippes Stall zu gehen. Auch von den Gänsen hatte sie sich fern gehalten.

»Die blöden Viecher kosten nur Geld.« Damit war der Handel perfekt.

»Warum hast du nichts gesagt?«, wieder dieser Vorwurf in Swantjes Stimme. Im selben Moment wusste sie, was sie gesagt hatte und lachte.

»Lass uns noch einmal kurz bei Schorsch vorbeifahren.« Tammo startete den Wagen.

Schorsch stieg gerade vor seiner Haustür aus dem Auto. Der Regen hatte aufgehört. Tammo ließ die Scheibe herunter.

»Moin Schorsch. Kennst du Harm Fischer näher?«

»Den kennt keiner näher. Macht sein Ding und Schluss.«

»Was wird über ihn erzählt?«

»Als er auf Bio umstieg, haben die meisten gelacht. Kennst du ja! Wer hier auf Bio umsteigt, gilt als Spinner.« Schorsch schob seine Mütze aus der Stirn. »Dann hat er die knapp vierhundert Hektar Landschaftsschutzgebiet zur extensiven Beweidung bekommen. Da hat er gelacht.«

»Was ist er für ein Typ?«

»Hat hier keine Kontakte. Der war ja mal in der Politik und

soll ganz gute Verbindungen quer durch die Republik haben. Keiner weiß aber Genaues. Mein Fall ist der nicht.«

»Könntest du dir vorstellen, dass er BST bei seinen Kühen einsetzt?«

»Ganz schwer zu sagen. Eine Frage des Risikos. Würde er damit auffliegen, könnte er die Koffer packen. Wenn man als Biobauer so was macht, gleicht das einem Selbstmord.«

»Und wie sieht es bei den konventionellen Bauern aus?«

»Genauso schwer zu beantworten. Die haben zwar alle hochmoderne Betriebe, aber in ihrer Seele sind sie Traditionalisten. Ich weiß nicht, wo ihre Hemmschwelle liegt.«

Tammo bedankte sich und fuhr zu Solveig Höhensieb. Ihre Koffer standen immer noch ordentlich im Flur.

»Wann wird die Leiche meines Mannes frei gegeben?«, fragte sie gleich.

»Es wird wohl noch etwas dauern. Zwei oder drei Tage, schätze ich.« Obwohl Tammo ihre Distanz zu ihrem Mann verstand, verwunderte ihn doch ihre Kälte.

»Solveig, ich weiß jetzt, dass dein Mann bei mehreren Online-Banken Konten hatte«, sagte Swantje.

»Wieso hatte er bei mehreren Banken Konten?« Solveig war sichtlich überrascht, fing sich aber sofort. »Ist da Geld drauf?«

Swantje nickte. »Viel Geld war auf den Konten!«

»Wieso war?«

»Es ist kurz vor seinem Tod von ihm auf ein Schweizer Nummernkonto überwiesen worden. Vorher hat er das ganze Geld auf eine niederländische Bank transferiert und von dort in die Schweiz geschickt. «

»Nummernkonto in der Schweiz? Er war Friese, er war geizig und Angsthase. Warum hat er so viel Geld auf ein Nummernkonto überwiesen?« Solveig war völlig ratlos. Ihr Blick wechselte zwischen Swantje und Tammo.

»Das wüssten wir auch gerne.«

»Wo hatte er das viele Geld her?« Solveig drehte sich um. Sie gingen ins Wohnzimmer.

»Einerseits hat er wahrscheinlich ziemlich viel Geld als Schwarzgeld verdient – oder besser eingenommen, andererseits ...«

»Was?«, wollte Solveig wissen.

»... nehmen wir an, dass er mit BST gehandelt hat.«

»BST – was ist das?«

Tammo erklärte es ihr kurz.

»Und wie kann ich an das Geld kommen?«

»Das wird wohl dein Problem bleiben. Wir können da gar nichts machen.«

»Wie viel ist es?« Solveig starrte Swantje an.

»Knapp vier Millionen.«

»Vier Millionen?« Sie hielt sich die Hand vor den Mund. »Vier Millionen und futsch?«

»Sieht so aus.«

Solveig ließ sich aufs Sofa fallen. »War der Kerl denn nur blöde?«

»Kann man so nicht sagen. Er hat ja mit seinem plötzlichen Ableben nicht rechnen können. Die Frage, die sich allerdings stellt, ist: Warum wollte er sich auf einmal absetzen? Dafür muss es einen Grund gegeben haben.«

»Ich weiß keinen außer seinen Weibergeschichten.«

Swantje setzte sich zu Solveig.

»Es muss doch irgendeinen Ort geben, wo dein Mann Unterlagen aufgehoben hat, von denen niemand etwas wissen durfte. Hatte er ein Bankfach oder dergleichen?«

»Ich weiß es nicht. Wir hatten uns auseinandergelebt. Es interessierte mich nicht, was er machte.«

»Ihr seid öfter auf Mallorca gewesen. Hatte er da einen Ort, den er häufiger aufsuchte?«

»Ich war am Strand oder bin durch die Gegend gefahren. Er soff und baggerte Frauen an. Meist war er auch nachts unterwegs.«

»Ole Franke hat eine Immobilie auf Mallorca. Hatten sie Kontakte miteinander?«, mischte sich jetzt Tammo ein.

»Ich habe Franke zwei oder drei Mal auf Malle gesehen. Es kann aber sein, dass er mit meinem Mann um die Häuser gezogen ist.«

»Haben Sie das Foto von den beiden gemacht?«

»Welches Foto?«

»Es gibt ein Foto von ihrem Mann und Ole Franke auf Mallorca.«

Solveig überlegte einen Moment. »Nein, ich habe von den beiden kein Foto gemacht. Ole Franke ist mir nicht sonderlich sympathisch.«

Swantje und Tammo verabschiedeten sich. Im Wagen zögerte Tammo einen Moment.

»Glaubst du ihr?«

»Das klang alles sehr ehrlich!«

»Oder sie ist eine gute Schauspielerin.«

»Aber doch nicht Schneewittchen, das verhuschte Kind. Wo geht es jetzt hin?«

»Zur Wache, die Videokassetten müssten da sein.«

Auf der Wache kam ihnen der Autoschrauber von dem Schuppen bei der Kaserne entgegen. »Kann ich Sie mal sprechen?«, fragte er Tammo.

»Ist Ihr Nachtquartier aufgeflogen?«

»Nachtquartier? Ach so, nö. Ich wollte mal fragen, was mit dem anderen Schuppen ist, wo der Porsche stand.«

»Was soll damit sein?«

»Da klebt so ein Polizeisiegel dran.« Er druckste herum, fand dann aber wieder Worte. »Den hätte ich gerne. Also, bevor andere davon Wind bekommen, dass der frei ist, würde ich gerne …?«

»Laufen die Geschäfte so gut?«

»Wieso Geschäfte? Ne, nicht wegen der Geschäfte, der ist nur besser. Der hat einen Keller. Kann ich als Lager gebrauchen.«

»Ich sag Bescheid, wenn wir die Untersuchungen abgeschlossen haben.«

»Versprochen?«

»Zugesagt!«

Der Schrauber verschwand und hob dabei den rechten Daumen siegessicher in die Höhe.

»Das kannst du nicht machen!«, fuhr Swantje ihn an. »Das ist Vorteilsnahme.«

»Er hat mir einen guten Tipp gegeben«, verteidigte sich Tammo.

»Wir sind doch hier nicht auf einem sizilianischen Markt oder in Hannover. Das muss alles mit Recht und Ordnung zugehen.«

»Apropos Recht und Ordnung – was macht eigentlich unser Überwachungsstaat? Sind die Kassetten da?«

Gunnar kam ihnen entgegen. »Meine Bienen siezen mich mittlerweile. Was sollen die vielen Kassetten?«

Sie teilten sich wieder auf. Tammo kochte zwischendurch eine große Kanne Kaffee.

Swantje griff sich die Aufnahmen aus Rastede. Tammo und Gunnar teilten sich der Menge wegen die Bilder aus Oldenburg. Gunnar nahm sich die Kamera nördlich des Bahnhofes vor. Tammo die, die an der Hafenstraße installiert war. Er war unkonzentriert, sah aber trotzdem insgesamt fünf Mal, wie Carla Wiese die Straße entlang fuhr. Stets war sie alleine in ihrem Wagen. Ähnlich ging es Swantje. Sie sah Carla Wiese noch öfter, aber die Bilder waren auch nicht erhellender. Gunnar starrte auf den Verkehr, stoppte ab und an den Rekorder, um Kennzeichen zu vergleichen. Nach vier Stunden machten sie die erste Pause. Alle rieben sich die müden Augen.

»Wir wissen, dass Carla Wiese eine Wohnung in der Strassburger Straße gemietet hat. Jetzt wissen wir auch, dass sie in diese Wohnung gefahren ist. Was bringt uns diese Erkenntnis? Nichts!«, war Swantjes nüchterne Analyse.

»7er BMW oder Porsche!«, schoss es aus Gunnar hervor.

»Was?«

»Es bringt uns nicht weiter, dass Carla Wiese in ihre Wohnung gefahren ist. Die Frage ist doch: Ist noch jemand zu ihr in die Wohnung gefahren? Wenn ja, wer interessiert uns? Höhensieb? Nicht unbedingt. Wir wissen ja, dass er mit ihr ein Verhältnis hatte. Vielleicht hat sie aber von der schönen Toten oder von jemand anderem aus Friesland Besuch bekommen.«

»Moment mal!« Tammo war die ganze Zeit wie eine Raubkatze durchs Zimmer gelaufen.

»Nach Auskunft unserer Kollegen aus Oldenburg hat Carla Wiese die Wohnung bereits vor 14 Monaten gemietet. Das heißt, sie hatte sie schon, als sie noch verheiratet war.«

»Möglicherweise hat damals schon ihr Verhältnis mit Höhensieb begonnen. Interessant ist, warum sie die Wohnung nach der Trennung von Höhensieb weiter behalten hat.« Tammo streckte seinen Körper, rieb sein Gesicht und vermied es, seine Nase zu berühren. Die Schwellung war fast verschwunden, der Schmerz noch nicht.

Es war 3.30 Uhr, als Gunnar die beiden rief. »Ihr glaubt es nicht, aber aller Wahrscheinlichkeit nach ist Ole Franke zu Carla Wiese gefahren. Ich habe die Zeiten verglichen, wann Carla Wiese auftaucht. Eine halbe Stunde später am selben Tag ist Ole Franke am Bahnhof vorbei Richtung Strassburger Straße gefahren.«

»Die Wiese und der Franke – das Leben ist immer wieder eine Wundertüte!«, stellte Tammo fest.

»Und was machen wir jetzt?«, fragte Swantje.

»Schlafen!«

9. Tag

Samstag, 11. Mai

Tammo hatte sich den Wecker auf sieben Uhr gestellt. Obwohl er erst um 4.30 Uhr im Bett war, war er sofort hellwach. Sein Jagdfieber trieb ihn. Nahtlos nahm er seine letzten Gedanken wieder auf. Es reichte nach seiner Ansicht nicht, Ole mit ihrem Verdacht zu konfrontieren. Sie brauchten weitere Beweise. Noch im Bett rief er die Überwachungszentrale in Oldenburg an und bat um die Kassetten des letzten Jahres. War auf diesem Weg herauszufinden, wann das Verhältnis zwischen Ole Franke und Carla Wiese ungefähr begann? Was brachte diese Erkenntnis? Carla Wiese hatte ein Verhältnis mit Höhensieb. Die schöne Tote war auf dem Hof von Ole Franke gewesen. Wie gut kannte Ole Franke die schöne Tote? Kannte er sie überhaupt? Gab oder gibt es Querverbindungen?

Tammo holte Swantje auf dem Hof von Onkel Heini ab. Gemeinsam tranken sie noch Kaffee. Dann ging es wieder zur Wache. Gunnar kam etwas später. Er erklärte sich bereit, die noch nicht eingetroffenen Kassetten anzusehen.

»Und was machen wir?«, wollte Swantje wissen.

»Ich würde mir noch mal gerne den Betrieb von Höhensieb ansehen.«

Swantje nickte nur. Ein Beamter in Uniform kam auf die beiden zu. »Können wir den Schuppen an der Kaserne wieder frei geben? Der Vermieter nervt.«

»Von mir aus, oder gibt es von deiner Seite aus Bedenken?«

»Wenn du den Schrauber nicht gleich informierst, nicht.« Swantje lächelte ihn an.

Sie fuhren nach Bockhorn. Frau Tomaszewski begrüßte sie kühl.

»Was wollen Sie denn hier finden?«, zickte sie los.

»Gibt es hier Räume, die nicht mehr genutzt werden?«, fragte Tammo ohne dabei Frau Tomaszewski anzusehen.

»Nein!«

»Sie haben doch sicherlich viel zu tun? Wenn wir Sie brauchen, melden wir uns!« Swantjes Stimme war ausgesprochen weich. Widerwillig zog Frau Tomaszewski ab. Aus ihrem Bürofenster heraus beobachtete sie Swantje und Tammo soweit es ging.

»Warum hast du nach unbenutzten Räumen gefragt?«, fragte Swantje.

»Wenn sie hier das BST gelagert haben, dann mit Sicherheit nicht in den genutzten Räumen.«

Der feine Staub, der die ganze Anlage bedeckte, wurde für die beiden bald unangenehm. Egal, was sie berührten, wo sie gingen oder standen, er war allgegenwärtig. Tammo kroch in jede Ecke, öffnete jede Tür. Als sie wieder zum Auto gingen, fiel sein Blick auf eine alte Garage auf der anderen Straßenseite. Frau Tomaszewski stand mit verschränkten Armen in der Bürotür.

»Gehört die Garage zum Betrieb?«, rief Tammo. Sie verzog das Gesicht.

»Weiß ich nicht! Seit ich hier bin, wird sie nicht genutzt.« Sie drehte sich um und verschwand in ihrem Büro.

Tammo und Swantje gingen zu der Garage. Sie war mit einer Kette und einem Vorhängeschloss verschlossen.

»Was fällt dir auf?«, wollte Tammo von Swantje wissen.

»Das Schloss ist in letzter Zeit benutzt worden. Der Staub ist zum größten Teil weggewischt.«

Tammo sah sich das Schloss näher an.

»Das kannst du nicht machen!«, intervenierte Swantje.

»Wieso? Wird doch schon seit Jahren nicht mehr benutzt.« Tammo zog ein Etui aus seiner Tasche und hatte das Schloss wenig später geöffnet. Die Augen brauchten eine Weile, um sich an die Dunkelheit zu gewöhnen. Autoreifenspuren und in den Staub gezeichnete Plätze, wo anscheinend Kartons gelagert wurden. Sonst nichts!

»Hier ist eindeutig etwas gelagert worden, aber wo ist es geblieben?«, fragte Swantje.

Tammo schlug sich vor die Stirn. Sein Blick war klar, der Blick der Erkenntnis.

»Der Keller!« Tammo riss Swantje am Arm und zog sie aus der Garage.

»Was?«

»Der Keller! Der Schrauber hat gestern gesagt, dass der Schuppen an der Kaserne einen Keller hat. Wir haben den Keller nicht gesehen!«

Sie rannten zum Wagen, setzten das Blaulicht aufs Dach und rasten nach Varel. Das Siegel war bereits entfernt. Im Inneren des Schuppens trafen sie den Vermieter und den Schrauber.

»Wo ist der Keller?«, rief Tammo nervös.

Die beiden sahen Tammo und Swantje verdutzt an.

»Unter dem Schuppen, wo sonst!«, stammelte der Vermieter.

»Der Zugang! Wo ist der Zugang?«

Der Vermieter führte Tammo und Swantje in die Garage. Der Porsche stand noch immer da.

»Unter dem Porsche ist eine Bodenklappe.« Der Vermieter zeigt auf die ungefähre Stelle. Der Porsche war verschlossen. Weder Tammo noch Swantje hatten einen Schlüssel. Mit großen, fragenden Augen sahen sie den Schrauber an.

»Ich will aber nachher nicht der Doofe sein.« Beide schüttelten ihre Köpfe im Gleichklang.

»Machen Sie schon mal das Garagentor auf. Reicht es, wenn ich die Kiste aufmache oder soll ich sie auch kurzschließen?«

»Kurzschließen geht doch nicht mehr«, warf der Vermieter ein.

»Sie sollten weniger Werbefernsehen gucken«, gab der Schrauber trocken und lächelnd zurück. In weniger als vier Minuten war der Porsche fahrbereit. Der Schrauber fuhr ihn vor die Garagentür. Tammo ging zu der Falltür und zog sie hoch. Der Vermieter suchte hinter einer Reihe alter Wagenräder den Lichtschalter. Tammo stieg als Erster in den Keller. Swantje folgte ihm. Der Vermieter und der Schrauber wollten auch hinunter.

»Sie nicht! Wir müssen Spuren sichern.« Swantjes Anweisung ließ keinen Zweifel zu.

Der Keller bestand aus einem schmalen Flur und zwei Räumen. In dem ersten lagen alte Kartons und Unmengen alter Flaschen. Der nächste Raum stand leer. Swantje und Tammo sahen sich näher um.

»Der Raum ist auch geputzt worden – eindeutig! Riechst du auch das Putzmittel?« Swantje bestätigte Tammos Meinung. »Wir sollten trotzdem die SpuSi noch einmal herschicken.«

»Lass uns gehen, bevor wir noch Spuren verwischen.« Sie gingen wieder zur Kellertreppe. Plötzlich bückte sich Swantje. Unter der Treppe zog sie ein kleines Stück Pappe hervor. Es war etwas zusammengekräuselt, so als wäre es beim Transport vom Karton gerissen worden. Swantje legte es mit spitzen Fingern auf eine der Stufen und zog sich Handschuhe an.

»Wie heißt das BST – ich meine, heißt es nur BST oder hat es einen bestimmten Namen?«, fragte sie Tammo.

»Posilac, glaube ich.«

»Könnte hinkommen. „sila« ist noch zu erkennen."

Tammo stand jetzt ganz nah bei Swantje und sah sich auch ihren Fund an.

»Siehst du den Staub? Ich wette, der kommt von Höhensiebs Betrieb. Den Rest macht die SpuSi.« Swantje und Tammo verließen den Keller. Den Vermieter und den Schrauber schickten sie vor die Tür und versiegelten unter Protest des Vermieters den Schuppen wieder. Bevor Tammo in den Wagen stieg, fragte er den Schrauber: »Haben Sie noch ein anderes Auto nachts gehört?«

»Nö!«

Tammo und Swantje stiegen ein.

»Aber ein Trecker ist hier ein paar Mal vorbeigefahren. Eher morgens. Aber dahinten sind ja noch einige Weiden mit Rindern.«

Tammo war wie elektrisiert. »Was war das für ein Trecker? Haben Sie ihn gesehen?«

»Gesehen nicht. Und was das für ein Trecker war – keine Ahnung. Kenn ich mich nicht mit aus!«

Tammo stieg wieder aus und ging auf den Schrauber zu.

»Wenn du verschiedene Trecker hören würdest, könntest du den richtigen dabei heraushören?«

»Weiß nicht. Müsste man mal ausprobieren.«

Tammo zögerte einen Moment. »Ich denke noch mal darüber nach.«

Sie fuhren zur Wache nach Varel. Gunnar saß noch immer in dem kleinen Raum und starrte auf den Monitor.

»Bienen sind wesentlich spannender«, sagte er zur Begrüßung.

»Und?«, fragten beide.

Gunnar hielt die Kassette an.

»Ich habe den Verkehr vor dem Bahnhof elf Monate zurückverfolgt.«

»Wie hast du das denn in der kurzen Zeit geschafft?«, wunderte sich Swantje.

„Es gibt Regelmäßigkeiten. Dienstags, donnerstags und manchmal sonntags fuhr Ole Franke ziemlich genau gegen 14 Uhr am Bahnhof vorbei und kehrte gegen 19 Uhr zurück. Ich habe das abgeglichen mit der Kamera, die Carla Wiese aufgenommen hatte. Sie kam immer eine halbe Stunde früher und verließ die Wohnung etwa eine Stunde später.

Tammo sah Gunnar und Swantje an. »Elf Monate? Das bedeutet, dass Carla Wiese bereits ein Verhältnis mit Ole Franke hatte, als sie mit Höhensieb zusammen war.«

»Den Wagen von Höhensieb habe ich auf keinem der Videos entdeckt!«, fügte Gunnar hinzu.

»Die Dame scheint ja ein recht buntes Leben zu führen.« Tammo flüsterte es eher. Er war in Gedanken versunken. Swantje saß an ihrem Computer und schrieb. Tammo erwachte aus seinen Gedanken.

»Ist es besser, wenn wir uns zuerst Carla Wiese vornehmen?«

»Ist mir egal!« Gunnar stand auf und zog sich seine Jacke an.

»Was machst du?«

»Ich geh nach Hause. Ich kann keine Autos mehr sehen.«

»Und was ist mit den letzten drei Monaten? Es wäre nicht schlecht, wenn wir ...«

»Macht ihr weiter. Ich bin Pathologe und kein Bildschirm-junkie!« Und damit war er verschwunden. Swantje schrieb nicht mehr. »Was ist heute für ein Tag?«

»Samstag. Warum?«

»Ich habe unsere letzten Erkenntnisse in mein Computerprogramm eingegeben und es rät mir, nicht zu Carla Wiese oder Ole Franke zu fahren. Wir haben keinen Beweis, dass sie sich tatsächlich in der Wohnung getroffen haben. Wir haben nur Bilder von ihnen aus der unmittelbaren Umgebung. Das ist kein Beweis.«

Tammo verdrehte die Augen. »Und was sollten wir nach Meinung deines Computers machen?«

»Er rät uns, sie in flagranti zu erwischen!«

»Doller Computer – ein Sittenwächter sozusagen!«

»Kannst du mal deine blöden Bemerkungen lassen! Was ist dagegen zu sagen?«

»Wir müssen warten! Das ist dagegen zu sagen. Heute ist Samstag. Mit viel Glück treffen wir die beiden morgen in der Wohnung an. Wahrscheinlich ist aber der nächste Dienstag.«

»Das dauert mir zu lange.« Tammos Handy klingelte. »Moin – ja – Scheiße!« Ende des Gesprächs. »Die SpuSi hat angerufen!« Tammo steckte das Handy wieder in seine Hemdtasche. »Die Reifenspuren in der Garage gegenüber Höhensiebs Futterfirma stammen von dem Porsche der schönen Toten. Wieder in den Sand gepupst!«

»Wir könnten doch die Pferde etwas scheu machen – so sagt man doch hier auf dem Lande!«

»Welche Pferde?«

»Ole! Wir fahren zu ihm und fragen ihn, ob er Carla Wiese oder Jutta Zierl kennt.«

»Und warum soll der dann scheuen?«

»Weil wir ihm nebenbei erzählen, dass wir herausgefunden haben, dass Carla Wiese neben Höhensieb noch ein Verhältnis gehabt hat. Er ist verheiratet – so was kommt nicht gut an.«

»Hat dir das auch dein Computer gesagt?«

»Da bin ich von ganz alleine drauf gekommen.«

Oles Frau öffnete die Tür. Tammo und Swantje hatten sich auf dem Hof umgesehen, ihn aber nirgendwo entdeckt.

»Können wir Ihren Mann sprechen?«

»Der schläft!« Sie verschränkte die Arme vor der Kittelschürze mit den Lavendelblüten. Ihre Nase erinnerte Tammo an seine vor zwei Tagen, nur dass die ihre nicht so farbenfroh war. Die grauen Augen standen eng beieinander und es fiel schwer, sie sich mit Lachfalten vorzustellen.

»Können Sie ihn wecken?«

Die Armmuskeln von Frau Franke zuckten. Tammo dachte automatisch an seine Nase.

»Das ist keine gute Idee.«

»Wir müssten ihn aber dringend sprechen!« Tammo fühlte sich wie ein Zwerg gegenüber der Frau, die vier Stufen über ihm stand.

»Kommen Sie in zwei Stunden wieder, dann ist er wach!« Sie wollte die Tür schließen.

»Sie wecken sofort Ihren Mann oder ich wecke ihn.« Plötzlich mochte Tammo Swantjes Tonfall. Messerscharf und widerspruchsfrei. Frau Franke glotzte Swantje an, dann wurde ihr Mund breiter, was man als Lächeln deuten konnte. »Sie wollen ihn wach machen? Eine gute Idee. Vierte Tür links.«

Tammo sah, wie Swantje zu einer Walküre mutierte. Mit festem Schritt ging sie durch den Flur und bevor sie die Tür geräuschvoll öffnete, schickte sie Frau Franke in die Küche. Ole Franke saß bereits auf dem Sofa.

»Spinnt ihr? Es ist Mittagsruhe.«

»Hätten wir auch gerne.« Swantje hielt ihre Stimme bewusst lauter als notwendig.

»Warum kommen Sie nicht gleich mit einem Megafon.« Ole Franke hielt sich den Kopf.

»Kennen Sie eine Jutta Zierl oder eine Carla Wiese?« Mit unverminderter Lautstärke fuhr sie fort.

»Sollte ich?« Seinen Kopf hatte er etwas zu schnell aus den Handflächen gezogen.

»Die Frauen waren die Geliebten von Herrn Höhensieb«, tönte Swantje weiter.

»Und was habe ich damit zu tun?«

»Carla Wiese, und das wissen wir – hatte noch einen weiteren Geliebten. Den suchen wir.«

»Dann viel Vergnügen!«

»Sie kennen die Frauen also nicht?«

»Vielleicht, vielleicht auch nicht. Ich kann mir schlecht Namen merken.«

»Wenn Ihnen dazu etwas einfällt, rufen Sie uns an.« Swantje drehte sich um und verließ den Raum. Tammo hatte im Flur gewartet. Er war froh, dass der Auftritt vorbei war.

»In dessen Haut möchte ich jetzt nicht stecken«, sagte Tammo, als sie das Haus verlassen hatten.

»Ich war einfach wütend. So ein Scheißkerl! Aber es war nicht gut, dass ich wütend war. Jetzt kontrolliert ihn seine Frau. Mist!«

»Wir sollten trotzdem morgen zur Strassburger Straße fahren.«

Swantje sah Tammo fragend an. »Bist du jetzt sauer auf mich?«

»Nö, ich mag die wenigen menschlichen Züge an dir!«

Als sie wieder auf der Wache waren, kam Jan Jansen, der Reporter der Jade Zeitung vorbei.

»Ich habe einen Artikel geschrieben und es würde mich interessieren, was ihr dazu sagt.«

Zuerst las Swantje, dann Tammo. Der Artikel war geschickt geschrieben. Viele Mutmaßungen, die die Fantasie beflügelten und in denen alle Wege von Verschwörungstheorien offen gehalten wurden. Jeder, der mit BST zu tun hatte, konnte annehmen, dass die Polizei ihm bereits auf der Spur sei. Tammo legte den Artikel voller Bewunderung beiseite.

»Ich – wir haben da noch einige Informationen für dich.« Swantje und Tammo berichteten von dem Keller unter dem Schuppen, von dem Stück Pappe, das Swantje gefunden hatte und von der verlassenen Garage bei Höhensiebs Betrieb. Jan Jansen pfiff leise. »Da bekomme ich ja fast einen Krimi zusammen.«

10. Tag

Sonntag, 12. Mai

Tammo hatte unruhig geschlafen. In den Morgenstunden war er mehrere Male aufgewacht, wälzte sich in seinem Bett und versuchte Ordnung in die wilden Gedanken, die wie undeutliche Bilder durch seinen Kopf schossen, zu bekommen. Es strengte ihn derart an, dass er immer wieder einschlief, um dann gleich wieder hochzuschrecken. Mit jedem Mal wurde ein Bild konkreter. Der Peilsender unter Swantjes Wagen. Wieso hatten sie diese Spur nicht weiter verfolgt? Als er unter der Dusche stand, war der Gedanke plötzlich klar. Noch halbnass zog er die Jeans und ein Hemd an, stürzte aus dem Haus und legte sich unter seinen Dienstwagen. Es dauerte nicht lange, bis er den Peilsender entdeckte. Vorsichtig berührte er das Gerät, ließ es dann aber an dem Ort. Er kroch unter dem Wagen hervor und blieb eine Weile auf der Straße sitzen. Was war zu tun? Erst einmal musste er sich Socken und Schuhe anziehen. Eine Jacke wäre auch nicht schlecht.

»Unter meinem Wagen habe ich auch einen Peilsender gefunden.« Swantje saß am Küchentisch und starrte Tammo an. Er war zu Fuß zu Onkel Heinis Hof gelaufen. Tammo nahm sich auch eine Tasse Kaffee. »Es ist anzunehmen, dass wir auch unter Gunnars Wagen einen Peilsender finden.«

Erst jetzt löste sich Swantje aus ihrer Starre. »Wenn es die Kollegen aus Oldenburg nicht waren, wer dann?«

»Die BST Mafia natürlich.« Während Tammo zu Onkel Heinis Hof gegangen war, hatte er Zeit, seine Gedanken und die neuen Erkenntnisse zu sortieren. Er beugte sich etwas über den Tisch zu Swantje.

»Wo es einen Sender gibt, da gibt es auch einen Empfänger. Es müsste doch möglich sein, den Empfänger zu orten. Auf jeden Fall lassen wir die Peilsender erst einmal unter den Wagen.« Tammo sprang auf und lief hinaus. Unter Swantjes Wagen fand er einen neuen Sender. »Die scheinen einen Großeinkauf gemacht zu haben.«

»Und wie wollen wir jetzt vorgehen?« Swantje war ihm gefolgt.

»Schorsch. Ich tausche mit Schorsch die Autos.« Tammo sah Swantje an. »Jetzt sag nicht, dass der Autotausch gegen die Vorschriften verstößt!«

Swantje lächelte müde. »Und wenn es doch unsere Kollegen aus Oldenburg waren?«

»Das glaube ich immer weniger. Eine verdächtige Person anzapfen – o.k. Aber uns alle und dann mit russischen Sendern – unmöglich!« Tammo ging wieder ins Haus. Plötzlich drehte er sich um: »Eine andere Möglichkeit gibt es auch noch – hast du eifersüchtige Liebhaber?«

Der Wutschalter war bei Swantje im Nu umgeschaltet. »Das geht dich gar nichts an. Und überhaupt – was heißt hier Liebhaber? Den Plural verbitte ich mir!«

Sie schwiegen sich wieder einmal an, bis sie Schorsch fanden. Der Autotausch war ohne viele Worte schnell gemacht. Tammo bat Schorsch, dass er sich möglichst zwischen Dangast und Varel aufhalten sollte. Weiter ging es zu Gunnar. Er war bei seinen Bienen und wenig begeistert, als er die beiden sah. Tammo kroch unter Gunnars Wagen und fand auch dort einen Peilsender. Gunnar nahm die Neuigkeit gelassen auf.

»Ich fahre in den nächsten Tagen Fahrrad!«

»Kommt nicht in Frage. Wir müssen so tun, als wäre alles wie immer.«

Im Präsidium in Oldenburg gingen sie gleich zur KTU. Sie wollten sich kümmern, versprachen sie. In einem Bistro in der Fußgängerzone aßen sie etwas. Es war kurz vor 14 Uhr.

Es wurde dunkel. Vier Stunden standen sie bereits in der Strassburger Straße. Nichts war geschehen. Zwischendurch hatte Tammo heißen Kaffee und belegte Brötchen besorgt. Swantje tippte wieder Erkenntnisse in ihren Computer und Tammo kämpfte mit seiner Müdigkeit. Die wenigen Stunden Schlaf rächten sich jetzt.

Tammo stieß Swantje an und zeigte zum Haus. »Na bitte, die Erste kommt. Wie sollen wir vorgehen?«

Swantje brauchte einen Moment, um sich auf die neue Situation einzustellen.

»Ich würde vorschlagen, dass wir sie abpassen, wenn er die Wohnung verlässt.«

»Sie kennt dich nicht. Folge ihr, damit wir wissen, welche Wohnung es ist.«

Swantje sprang aus dem Auto und folgte Carla Wiese. »Ich lass es zwei Mal klingeln auf deinem Handy, wenn Ole auftaucht.«

Nur zehn Minuten später tauchte Ole Franke auf. Er war nervös, schaute sich um und zog sein Käppi tiefer ins Gesicht. Tammo duckte sich im Wagen, zog das Handy aus der Tasche und ließ es zwei Mal bei Swantje klingeln, dann stieg er auch aus dem Wagen und ging ins Haus. Im vierten Stock fand er Swantje. Sie zeigte auf eine Eingangstür. Tammo schlich zu ihr. Die Stimmen, die aus der Wohnung drangen, waren laut, aber unverständlich.

»Hört sich an wie eine sizilianische Scheidung«, flüsterte Tammo. Die Tür wurde plötzlich aufgerissen. Ole Franke starrte Swantje und Tammo erschrocken an. »Was machen Sie denn hier?«

»Ihr Namensgedächtnis auffrischen!«, antwortete Tammo trocken. Er drängte Ole beiseite und betrat mit Swantje die Wohnung. Etwas puffig, fand Tammo.

»Die Wohnung ist ordentlich angemeldet. Auf meinen Mädchennamen«, keifte Carla Wiese.

»Sie stehen im Verdacht der Prostitution!«, erklärte Tammo.

»Das ist ja ...!«, plusterte sie sich auf.

»Machen Sie nicht so einen Wind. Wir können Ihnen wenigstens zwei Freier nachweisen. Höhensieb und den da.« Tammo ging bewusst lässig durch die Wohnung.

»Ich bin kein Freier! Ich bezahle doch nicht dafür!« Ole Franke tat selbstsicher. Seine Augen verrieten anderes. Tammo trat ganz dicht an ihn heran.

»Dann bist du ihr Zuhälter!«

Ole suchte nach Worten – das dauerte. »Ich bin Bauer und sonst gar nichts!«

»Ich sage nichts mehr ohne meinen Anwalt!«, krähte Carla Wiese aus dem Hintergrund. Ole sah sie wütend an. »Den lässt du gefälligst aus dem Spiel. Das bleibt hier schön alles unter uns!«

»Daraus wird nichts. Wir legen jetzt gemeinsam eine kleine Nachtschicht auf der Wache in Varel ein.« Swantjes Idee fand

Tammo gar nicht gut. Seine Augen brannten mittlerweile, aber es gab keinen Ausweg.

Swantje und Tammo teilten sich die Arbeit. Tammo saß mit Ole in einem Raum und Swantje mit Carla Wiese in einem anderen. Nur die Tischleuchten brannten.

»Bin ich verhaftet?«, fragte Ole.

»Noch nicht. Es ist eine Befragung.« Tammo rieb sich die Augen.

»Schade!« Die arrogante Selbstsicherheit von Ole Franke war weg. Mit hängenden Schultern saß er auf seinem Stuhl.

»Können Sie mich nicht verhaften – ich meine so richtig – mit einsperren und so.«

Tammo sah ihn verwirrt an. Ole Franke ließ sich nicht beirren.

»Meine ich ernst! Waren zwei ganz blöde Tage. Gestern früh hat mein doofer Schlepper endgültig den Geist aufgegeben. Dann sind vier Rinder ausgebüchst, dann stand die Polizistin in der Tür und trötete etwas von anderen Frauen. Ich brauch ihnen ja nicht zu erzählen, wie die Stimmung anschließend war. Ich bin zu Hause nur knapp einem Mordanschlag entgangen. Schließlich hab ich mich dann heute in einem unbeobachteten Moment vom Acker gemacht. Und schon ging das Chaos weiter. Jetzt brauche ich nur Ruhe.«

»Können wir jetzt mit der Befragung beginnen?«

»Ich bin schuldig!«

»Wie?« Tammo verstand nicht recht.

»Ich bin schuldig! Führen Sie mich ab.«

»Schuldig bei was?«

»Alles, was Sie wollen.«

»So geht das nicht. Sie müssen …«

»Ich muss gar nichts. Sie müssen. Ich bin schuldig und mehr sag ich jetzt nicht.«

Irgendwie war ihm Tammo dankbar. Er mochte die Friesen. Bevor er Ole Franke in die Zelle brachte, ging er zu Swantje und bat sie auf den Flur.

»Der sagt keinen Ton. Das hat diese Nacht keinen Zweck mehr.«

»Carla Wiese will ihren Anwalt sprechen. Sie sagt auch nichts. Ich kann sie nicht hier behalten. Ein Verhältnis oder mehrere Verhältnisse sind nicht strafbar und die Prostitution ist nicht mehr, als eine kühne Vermutung. Wie sieht es mit Ole Franke aus?«

»Er bekennt sich schuldig – und nicht mehr. Er will einfach nur in die Zelle und schlafen.«

»Schuldig in was?«

»In allem!«

»Ihr seid komisch, ihr Friesen!«

11. Tag

Montag, 13. Mai

Tammo hatte noch vom Bett aus einen Hausdurchsuchungsbeschluss bei Ole Franke beantragt. Solange der in der Zelle saß und sich schuldig bekannte, stand die Chance für einen Beschluss gut. Nach dem Duschen rief er Swantje an. »Hast du Lust, mit einem komischen Friesen Kaffee zu trinken?« Sie hatte bereits auf Onkel Heinis Hof Kaffee gekocht. Es war genau 9 Uhr, als Tammo auf dem Hof eintraf. Die Sonne schien. Tammo zog seine Jacke aus und warf sie auf den Rücksitz. Gisela kam ihm entgegen. »Swantje ist im Haus.«

»Wie geht es den Tieren?«

Gisela kam ganz dicht auf Tammo zu.

»Sie hat es gut gemacht. Ich meine für eine Anfängerin! Alles richtig ordentlich. Sie hat sogar das Pferd gestriegelt.«

»Die Sau auch?«

Gisela konnte in diesem Moment mit Tammos Humor nichts anfangen. Gemeinsam gingen sie zu Swantje.

»Wir lassen Ole Franke in der Zelle schmoren!«, teilte Tammo mit und nahm einen Schluck Kaffee.

»Gibt es hier ein Fax? Der Durchsuchungsbeschluss müsste vorliegen.«

Er lag vor und wenige Minuten später hatten sie ihn. Gisela räumte bereits das Geschirr weg.

»Ole Franke hat übrigens eine gemietete Scheune«, sagte sie nebenbei.

»Und wo ist die?«

»Wenn ihr bei Harm Fischer, dem Biobauern, geradeaus weiter fahrt, steht auf der linken Seite der Hof von Oma Lefke. Sie ist seit einem halben Jahr im Heim. Ole hat die Scheune gemietet. Sonst steht der Hof leer.«

»Danke, Gisela, du hast den Beruf verfehlt.« Tammo und Swantje verließen den Hof.

»Zuerst zum Hof oder zur Scheune?«, fragte er Swantje im Wagen.

»Zuerst zum Hof. Schön den Dienstweg einhalten.«

Auf dem Hof war niemand – weder im Stall, noch im Haus. Tammos Handy klingelte. Mehr als »Moin« konnte er nicht sagen. »Oles Frau ist auf der Wache und spielt verrückt«, berichtete er Swantje. »Wir sollen sofort kommen.« Sie liefen zum Wagen.

»Gebt mir sofort den Mistkerl heraus!«, brüllte Oles Frau die beiden an.

»Beruhigen Sie sich erst einmal«, versuchte Tammo sie zu beschwichtigen, während sie wie ein aufgebrachter Tiger durch die Wache lief.

»Beruhigen? Ich soll mich beruhigen? Den Sack schlachte ich.«

»Er hat sich schuldig bekannt!«

»Wunderbar! Geben Sie ihn mir und er bekommt sofort seine gerechte Strafe!«

Unwillkürlich sah Tammo auf die Oberarme der Frau. Er hatte keinen Zweifel an ihrem Vorhaben.

»Er bleibt in der Zelle, basta!« Da war wieder Swantje, die Großstadtwalküre in feinster Seide. Sie tänzelte lässig auf Oles Frau zu. Nur wenige Zentimeter vor ihr blieb sie stehen.

»Hier ist ein Hausdurchsuchungsbeschluss. Wir fahren jetzt gemeinsam zu Ihrem Hof!«

Die Tigerin ging in die Knie. Wortlos, aber mit dunkelrotem Gesicht, stieg sie in ihr Auto und fuhr gefolgt von den beiden zum Hof. Für Tammo war es unerklärlich, dass Swantje eine solche Autorität über diese Frau hatte. Oder lag es an seiner geschwollenen Nase, dass er zu vorsichtig war?

Warum Gunnar bereits auf dem Hof stand, blieb den beiden ein Rätsel, sie vermuteten aber, dass es mit Gisela zusammenhing. Vier Stunden durchsuchten sie den Hof und das Wohnhaus. Gunnar schaute sich sogar die Kühe näher an, auf der Suche nach Einstichstellen. Schließlich stieg Tammo auf die Leiter zum Güllefass hinauf. Er sah es sofort. Ein kleiner Schnipsel Pappe. Mit einer Holzstange angelte der die Pappe aus der stinkenden Brühe zu sich heran. Es war wieder ein Rest der Verpackung von Posilac. Im selben Moment erschien Swantje. Sie hatte auch eine fast ganze Verpackung in der Hand.

»Lag im Mülleimer. Sogar ziemlich weit oben.« Dann tauchte Gunnar hinter einem der Ställe auf und winkte mit einer Spritze in seiner rechten Hand.

»Hab ich im alten Hühnerstall gefunden. Ist aber vor kurzer Zeit benutzt worden.«

»Jetzt sollten wir uns noch sicherheitshalber die gemietete Scheune ansehen«, meinte Tammo. Neun Minuten später waren zwei Kollegen aus Varel auf dem Hof. Frau Franke wurde abgeführt. Ihr lautstarker Protest richtete sich gegen ihren

Mann. »Die Sau bring ich um!«, brüllte sie. Am gleichen Abend wurde sie wieder entlassen. Feste Adresse, kein dringender Tatverdacht. Davon ahnten Swantje und Tammo aber nichts.

Sie fuhren hinaus. Kurz hinter dem Hof von Harm Fischer kam ihnen der auf seinem Trecker entgegen. Sie mussten rechts heranfahren. Harm öffnete die Tür.

»Na, immer noch auf Mörderjagd? Zu viel Fleisch macht aggressiv, lassen Sie sich das von einem Biobauern sagen!« Er lachte und fuhr weiter.

»Biobauer! Subventionsgeier wäre besser!« Tammo hatte vergessen, Oles Frau nach einem Schlüssel für die Scheune zu fragen. Swantje kommentierte das mit »typisch«! Tammo brach das Schloss auf. Wirklich überrascht waren sie nicht, als sie vier Kartons mit Posilac entdeckten.

»Damit kannst du halb Friesland mit dem Stoff versorgen«, vermutete Gunnar.

»Den Rest überlassen wir der SpuSi«, erklärte Tammo. »Wir sollten uns Ole Franke jetzt gemeinsam vornehmen.«

»Das ist euer Bier! Ich fahre zu meinen Bienen.«

Ole Franke schien in der Zelle um Jahre gealtert zu sein. Seine Augen hatten sich in dunkle Höhlen zurückgezogen. Seine fleischige Lippe zitterte. Tammo legte ihm eine Packung Posilac vor und wurde förmlich.

»Kennen Sie das Präparat?«

Er schaute nur kurz hin. »Was soll die blöde Frage?«

»Kennen Sie es?« Tammos Stimme wurde schärfer.

»Kennt jeder Milchbauer. Bedeutet aber nicht, dass wir das Zeug auch benutzen.«

»Das Zeug, wie Sie sagen, haben wir auf Ihrem Hof gefunden!«

Ole Franke starrte zuerst Tammo, dann Swantje an. Er brauchte eine Weile, bis er stammelte: »Das kann nicht sein!«

»Ist aber so. Wir haben auch eine benutzte Spritze in dem alten Hühnerstall gefunden«, fuhr Swantje fort.

»Da war ich mindestens ein Jahr nicht mehr drin.«

»Was soll der Quatsch? Die Beweise sind eindeutig. Gestehen Sie doch einfach. Das hilft!«

Tränen bildeten sich in Ole Frankes Augen. Er jammerte.

»Was soll ich denn gestehen. Ich habe nie BST benutzt. Ich schwöre.«

»Und wie kommt das Zeug auf Ihren Hof?« Die Rollen zwischen Swantje und Tammo waren jetzt verteilt. Sie war die Böse. Tammo fand das gut und – auch irgendwie passend.

»Was weiß ich! Hat mir irgendwer untergejubelt?«

»Völlig klar, der ist mit den Kartons durch das geschlossene Scheunentor gegangen und hat die Kisten mit Posilac dort abgelegt«, merkte Swantje ironisch an.

»Wer hat von dem Scheunenschloss einen Schlüssel?« Tammos Stimme war sanft und verständig.

»Meine Frau und ich. Da waren doch nur zwei Schlüssel bei.«

»Seit wann verwenden Sie das Posilac?«, fragte Swantje.

»Ich hab das Zeug noch nie benutzt!«, brüllte Ole Franke verzweifelt.

Swantje blieb hartnäckig: »Wo haben Sie das Posilac her?«

»Ich habe nie das Zeug gekauft oder sonst wie bekommen!«

»Und wie kommt es dann auf Ihren Hof?«

»ICH WEISS ES NICHT!« Ole Franke wurde immer verzweifelter. »Irgendwer, der mich nicht leiden kann, hat es mir heimlich untergejubelt. Hab ich doch schon gesagt.«

Swantje sprang auf.

»Für wie blöde halten Sie uns? Irgendwer, der Sie nicht leiden kann, stellt Ihnen ein paar Kartons mit Posilac in die Scheune, die einen ungefähren Wert von etwa dreißigtausend Euro haben.«

»Das müssen Sie herausfinden.«

»Wir haben schon einiges herausgefunden.« Swantje stützte ihre Hände auf den Tisch und sah Ole Franke mit funkelnden Augen an. »Sie haben nicht nur Posilac bei ihren Tieren eingesetzt, sie haben auch damit gehandelt.«

»Sind Sie jetzt völlig wahnsinnig geworden?« Ole Franke sah Tammo hilfesuchend an.

»Die hat doch einen Schuss. Ich setze doch nicht die Existenz meines Betriebes für ein paar Liter mehr Milch aufs Spiel.«

Swantje setzte sich wieder. Sie wechselte das Thema und ihre Stimmlage.

»Wann haben Sie Carla Wiese kennengelernt?«

»Ein paar Monate vor ihrer Scheidung. Sie war mit ihrem Wagen liegen geblieben. Ich hab die Kiste wieder flott gemacht. Dann haben wir uns öfter gesehen.« Der Themenwechsel machte Ole Franke etwas ruhiger. Ein Beamter klopfte und teilte mit, dass Carla Wiese jetzt auch auf der Wache sei. Tammo und Swantje nickten nur.

»Wussten Sie von dem Verhältnis, das Carla Wiese mit Höhensieb hatte?«

»Hat mich nicht interessiert.«

Swantje sah jetzt an Ole Franke vorbei. »Wie gut kannten Sie Höhensieb?«

»Geschäftlich eben, sonst nicht.«

Swantje zog das Foto aus einer Mappe, das Höhensieb und Franke auf Mallorca zeigte.

»Sie lügen!« Swantje schob das Foto zu Ole Franke.

»Mein Gott, wir haben mal ein Bier zusammen auf Malle getrunken. Ist das strafbar?«

Swantje zog das Foto wieder zu sich. »Strafbar ist das nicht, aber ein Beweis, dass Sie lügen.«

»Wann ist das Foto gemacht worden?«

»Ich erinnere mich nicht. War irgendwann im Sommer.«

»Wer hat das Foto gemacht?«

»Höhensiebs Frau oder meine. Ich weiß es nicht mehr.«

»War Carla Wiese mal mit Ihnen auf Mallorca?«

»Sind Sie verrückt? Meine Alte hätte mich gevierteilt.«

»War Carla Wiese mal mit Höhensieb auf Mallorca?«

»Was weiß ich. Keine Ahnung.«

»Und es hat Sie nicht gestört, dass Carla Wiese auch mit Höhensieb ein Verhältnis hatte?« Swantje blieb hartnäckig. Tammo hörte nur zu. Ole Franke beugte sich nach vorne.

»Im Gegenteil! Ich hatte doch immer nur maximal zwei-, manchmal dreimal die Woche Zeit. Was meinen Sie, was ich mir einfallen lassen musste, damit ich vom Hof kam. Ich habe angefangen einzukaufen! Ich! Sonntags hat meine Frau Probe bei der Niederdeutschen Bühne. Da spielt sie mit.« Er schaute auf seine Hände und dann Swantje an.

»Sie spielt meistens Männer. Ist nicht gerade ein Kompliment, mit so einer verheiratet zu sein.«

»Haben Sie Carla Wiese für ... ihre Dienste Geld gegeben?«

Die Frage war Ole Franke sichtbar peinlich. Er rieb sich die Schweißperlen von der Stirn.

»Nicht direkt Geld – also nicht jedes Mal – eher manchmal. Sie ist ja immer etwas knapp. Ein Cabrio hab ich ihr aber nicht gekauft.«

»Was für ein Cabrio?«

»Sie hätte gerne ein Cabrio gehabt. Passt ja auch irgendwie zu ihr, aber die Kohle hätte ich nie heimlich aus dem Betrieb abzweigen können.«

»Wie hat sie Höhensieb kennengelernt?«

»Weiß ich nicht. Fragen Sie Carla.«

»Machen wir!« Swantje stand auf. Tammo auch.

»Warten Sie!«, rief Ole Franke sie zurück. »War auf dem Bauerntag. Meine Alte lag mit einem Schnupfen im Bett, da hab ich Carla mitgenommen. Höhensieb war auch da. Der hat auf dicken Willy gemacht, das mochte sie.«

»Und Sie fanden das alles in Ordnung?«

»Da natürlich nicht. Ich hab mir die Kante gegeben. Wie der Abend ausging, weiß ich nicht mehr.« Ole Franke machte eine Pause, dann fuhr er fort: »Ich bin dann am nächsten Dienstag zu ihr. Sie hat da behauptet, es wäre nichts mit Höhensieb. Und weil sie nur mich liebte, wie sie sagte, sollte ich ihr als Zeichen unserer Verbundenheit eine neue Waschmaschine kaufen. Hab ich Blödmann auch gemacht.«

Er sah Swantje fragend an, dann räusperte er sich.

»Mit der Zeit wurde mir aber klar, dass das Verhältnis zu Höhensieb gar nicht so schlecht war. Sie forderte nicht mehr so viele Geschenke. So gesehen war das eine ziemlich günstige Zeit. Das änderte sich wieder, als sich Höhensieb bei ihr vom Acker machte. Das Cabrio kam wieder ins Gespräch.«

»Sie warten hier. Wir kommen gleich wieder.« Und damit verließen Swantje und Tammo den Raum. Sie gingen einen Raum weiter, wo bereits Carla Wiese wartete.

»Ohne meinen Anwalt, sag ich nichts. Der kommt gleich.«

Swantje sah Tammo fragend an. Nicht aufregen, signalisierte

er mit seiner Hand. Er kannte die Vareler Anwälte – sie waren kilometerweit von den Fernsehvorbildern entfernt. Wenige Minuten später erschien Dr. Dr. Gerd Krümel. Grauer Anzug, glatte, graue Haare und leicht gerötete Nase. Dr. Dr. Gerd Krümel war Strafverteidiger und saß meist nachdenklich im Gerichtssaal, was seine Redebeiträge erheblich begrenzte. Seine Honorare galten als moderat und verhandelbar. Tammo hielt das für weise, da es in Varel kaum finanziell potente Straftäter gab und der Anwalt sich damit auch den kleineren Geldbörsen empfahl. Sein letzter Freispruch lag gut sechs Jahre zurück. Dr. Dr. Gerd Krümel galt im Gericht deshalb eher als Diplomat. Das Strafmaß senken, war sein Credo.

»Was werfen Sie meiner Mandantin vor?«, fragte er, während er seine Aktentasche auf den Tisch stellte.

»Prostitution und Beihilfe zu Mord!« Swantjes Stimme war wieder glasklar und kalt.

»Das sind schwerwiegende Vorwürfe!«

»Es liegen Beweise vor. Ihre Mandantin verweigert die Aussage!«

Der Anwalt drehte sich zu Carla Wiese um und setzte seinen Diplomatenblick auf. »Das ist gar nicht gut. Wenn Sie unschuldig sind, wird sich das auf kurz oder lang erweisen. Wenn Sie schuldig sind, wird sich Ihre Bereitschaft zur Kooperation mit der Polizei vorteilhaft auf das Strafmaß auswirken. Ich, als ihr Anwalt, kann nur empfehlen auszusagen.«

Carla Wiese hatte wahrscheinlich einen anderen Auftritt ihres Anwalts erwartet. Sie war völlig durcheinander.

»Ich habe niemanden umgebracht und eine Nutte bin ich auch nicht.«

Der Anwalt faltete seine Hände, sah Carla Wiese bedeutungsvoll an und referierte: »Prostitution sollten sie zunächst nicht unbedingt als strafrechtlich relevant betrachten. Der Bereich der Prostitution ist weitreichend und häufig schwierig zu bewerten.« Dr. Dr. Krümel strich sich langsam durch sein lichtes Haar. Er sah vieldeutend Carla Wiese in die Augen.

»Wie würden Sie zum Beispiel eine Hausfrau bezeichnen, die ... sagen wir mal, nur mit ihrem Ehemann die Ehe vollzieht, wenn sie dafür ein Schmuckstück oder Ähnliches erhält?«

Carla Wiese brauchte nicht lange zu überlegen: »Sie meinen, sie bumst für Klunker? Na, ganz einfach! Die ist pfiffig!«

Der Anwalt hatte eine andere Antwort erwartet, ließ aber nicht locker und versuchte es noch einmal.

»Wie würden Sie ein solches Verhalten seitens der Frau moralisch bewerten?« Ohne es zu wissen, war der Anwalt in einen Themenbereich vorgedrungen, den Carla Wiese schon vor Jahren sich selbst beantwortet hatte. Sie saß plötzlich aufrecht. Ihre Augen strahlten.

»Sehen wir das mal so: Die Ehefrau hat einen geilen Bock zu Hause. Sie hat aber keinen Bock, der Bock aber. Was macht sie?« Bedeutungsvoll legte sie ihre Hände auf die Tischplatte und beugte sich zu ihrem Anwalt vor. »Kopfschmerzen bringen da gar nichts – nur Ärger. Also macht sie ab und zu die Beine breit und kassiert dafür. Sagen wir mal – ein Geschenk. Wenn sie ihm dann noch vorsäuselt, dass er ein ganz toller Stecher war, gib's extra was dazu. Der geile Bock ist glücklich und sie auch. Ist doch eine Supermoral!« Jetzt saß sie wieder kerzengerade.

»Können wir jetzt mit dem Verhör beginnen?« Tammo, der das Gespräch im Stehen mitverfolgte, setzte sich. Swantje nahm neben ihm Platz. Tammo begann: »Wann haben Sie Ole Franke kennengelernt?«

»Da war ich noch mit meinem Ex zusammen.« Carla Wiese begann sich warm zu reden. »Auch so typisch für den Versager: Was kauft er mir für eine Karre? 16 Jahre alt mit 43 PS. Können Sie sich das vorstellen? 43 PS – da lauf ich ja auf meinen High Heels schneller. Jedenfalls ist die Schrottkiste irgendwann liegen geblieben und da tauchte Ole auf. Ich hab gleich gemerkt, dass der spitz war, hab ihn aber nicht ran gelassen. Ich bin ja schließlich keine Nutte.« Jetzt hatte sie den Faden verloren.

»Hat Ole Franke Sie, sagen wir mal, für Ihre Dienste bezahlt?«

»Er hat mir ab und zu Geschenke gemacht – ganz freiwillig.«

»Und Höhensieb?«

»Der auch. Ich habe hohe Nebenkosten!« Carla Wiese warf übertrieben ihren Kopf in den Nacken.

»Nebenkosten?«

»Was denken Sie? Die Typen erwarten einiges.«

»Kommen wir zu Ihrem Verhältnis mit Höhensieb. Wussten Sie von den Geschäften – speziell in Sachen BST.«

»Was für eine Sache?«

Swantjes Geduld war vorbei. Sie brüllte: »Sagen Sie endlich, wie Sie mit Höhensieb zusammengearbeitet haben! Sie haben doch dafür gesorgt, dass Ole Franke von Höhensieb das Posilac bekommen hat. Sie sind das Bindeglied zwischen den beiden!«

»Ich versteh kein Wort. Was ist Posidingsbums?«

Der Anwalt schaltete sich ein. »Ich bitte doch um einen höflichen Ton!«

Niemand nahm ihn ernst.

»Worüber haben Sie mit Höhensieb gesprochen? Sie können doch nicht die ganze Zeit gevögelt haben!« Swantje war außer sich.

»Ich bitte Sie doch ...«, mokierte sich der Anwalt, wollte mit der Hand auf den Tisch schlagen, überlegte es sich aber anders.

»Mach du weiter.« Swantje ging in den hinteren Teil des Zimmers.

»Hat Herr Höhensieb mal mit Ihnen über seine Arbeit gesprochen?«

»Den Herren können Sie sich schenken. Am Anfang – sozusagen als Vorspiel – hat er mal was von seiner Arbeit erzählt.«

»Und was?«

»Dass er jetzt in der Ukraine das Getreide direkt kauft. Er würde einen Riesen-Reibach dabei machen. Er ist ja auch öfter ins Ausland gefahren. Der hat mir übrigens nie was mitgebracht. Nur damit Sie mal sehen, was das für ein Typ war.«

»Haben Sie ihn mal auf einer solchen Reise begleitet?«

»Wollte ich gerne, er aber nicht.«

»Wie sind Sie von ihm bezahlt worden?«, fragte Swantje von hinten.

Carla Wiese sah ihren Anwalt hilfesuchend an. Dr. Dr. Krümel war beleidigt und reagierte nicht.

»Espressomaschine!«

»Wie?« Tammo verstand nicht.

»Er stand eines Tages mit so 'ner ganz komplizierten Espressomaschine vor der Tür. Ich trink ja sowas nicht.«

Jetzt verlor auch Tammo die Geduld. »Wie hat er Sie bezahlt!«

Noch gab Carla Wiese nicht auf. »Also, meine Unkosten ...«

»Es gibt keine Unkosten, es gibt nur Kosten!«, mischte sich der Anwalt ein. Carla Wiese sah ihn nur einen Moment ungläubig an. »Was glauben denn Sie, was ich für Unkosten habe.« Jetzt war sie wieder bei Tammo. »Das ist ja nicht nur die Miete. Allein die Kosmetik ... ich kann Ihnen sagen ...«

»Wie viel?«, beharrte Tammo.

Carla Wiese schnippte verlegen mit ihren Fingernägeln.

»Na so etwa drei- bis viertausend Euro im Monat.« Sie sah Tammo an. »Ich hab's aber nie gefordert. Er hat einen Briefumschlag ...«

»Das war ja dann eine erhebliche Einbuße, als er Sie verließ.«

Ihre Wut kam zurück.

»Und ob, der Sack. Von heute auf morgen macht der sich einfach vom Acker. Zum Glück war ja Ole noch da! Die blöde Espressomaschine hab ich gleich verkauft.«

»Mit wem sind Sie im Moment liiert?«

»Sag ich nicht!«

Swantje erhob die Stimme: »Es geht hier um Mord – um mehrfachen Mord. Mit wem sind Sie zusammen?«

»Ich bin jetzt mehr in Leer und so unterwegs. Die Ostfriesen sind zuverlässiger.«

»Mit wem?«, beharrte Swantje.

»Also montags ... Renken Bauer. Er hat einen Hof in Rhauderfehn. Sagt ja der Name schon irgendwie. Dienstags und samstags treffe ich mich mit Onno Gürtler aus Leer. Feiner Mann. Und ...«

»Sie können gehen!«, unterbrach sie Tammo entnervt.

»Einfach so?«

»Einfach so!« Tammo steckte sein Notizbuch in die Tasche. Er hatte nichts aufgeschrieben. Carla Wiese und ihr Anwalt verließen die Wache. Swantje und Tammo waren auf dem Weg zu dem Raum, wo Ole Franke saß. Tammo sah den Mann im Flur der Wache sofort. Elegant, dunkler Anzug – wahrscheinlich teuer, gestreifte Krawatte, Seide. Hemd mit weißem Kragen, sonst hellblau. Lässig hatte er seine rechte Hand in der Hosentasche vergraben. Die linke schüttelte er etwas, wahrscheinlich damit die Rolex zu Geltung kam. Bisher kannte Tammo solche Männer nur, wenn im Fernsehen über die dunklen Seiten der Finanzmärkte berichtet wurde. Und die waren von Dangast ziemlich weit weg.

»Püppi, warum hast du dich nicht gemeldet?« Seine Stimme war sanft, hatte aber trotzdem einen leicht aggressiven Unterton. Swantje lief schlagartig rot an. Tammo ging zwei Schritte näher auf den Mann zu. Zu viel Sonnenstudio, zu viel Fitness, zu viel Selbstüberschätzung und vor allem zu viel Gel im Haar, das als Entenschwänzchen über den Kopf lief. Er war eine einzige Selbstinszenierung, die sicherlich auf dem Jahrmarkt der Eitelkeiten seine Fans fand, aber in Varel – und vor allem bei Tammo – nicht mehr als distanzierte Verwunderung hervorrief.

»Püppi«, flüsterte Tammo. Ihm fiel die Kinnlade herunter. Swantje war schon auf dem Weg zu dem Mann, der sie vertraut »Püppi« nannte.

»Was willst du hier?« Noch hatte sie ihn nicht erreicht.

»Ich hab mir Sorgen gemachte. Keiner weiß, wo du steckst. So geht das nicht.«

»Das soll ja wohl nicht deine Sorge sein. Mach, dass du verschwindest.«

»Püppi, so kannst du nicht mit mir reden.« Sein sanfter Ton war verschwunden. Er zog die rechte Hand aus der Hosentasche und wollte nach Swantjes Arm greifen. Sie entzog sich.

»Wir haben uns nichts mehr zu sagen – wann kapierst du das endlich?«

Plötzlich sah er Tammo an. »Bist du jetzt mit dem da zusammen?«

»Mein Leben geht dich nichts mehr an!«

»Ein Dorfpolizist! Du bist und bleibst ein Landei.« Er drehte sich demonstrativ etwas weg.

»Mit einem Schupo! Ich glaub es nicht! Püppi mit einem Schupo mit Knollennase.«

»Was soll das?«

Jetzt ging er auf sie zu.

»Mit meinen Verbindungen ... Püppi, ICH wäre deine Karriere – der Weg nach ganz oben.«

»Vielleicht will ich da gar nicht hin – und mit dir schon gar nicht!«

Er suchte nach Worten, japste wie ein Karpfen, fing sich wieder.

»Ich habe noch sehr viele Sachen in deiner Wohnung. Teure Sachen.«

»Ich hatte dir eine Woche Zeit gegeben. Versuch dein Glück beim Roten Kreuz.« Swantje hatte ihre Arme vor der Brust verschränkt. Ihre Augenbrauen zogen sich bedenklich nach oben.

»Du hast meine Kleidung und meine Parfüms weggeworfen? Weißt du, was die gekostet haben? Spinnst du! Püppi, das darf doch nicht wahr sein.« Um seine Worte zu unterstützen, fuchtelte er wild mit den Armen.

»Verschwinde!«

Er zeigte mit seinem Zeigefinger auf Swantje:

»Das lass ich mir nicht bieten. Du bekommst Post von meinem Anwalt – und eine Rechnung!« Er verschwand. Tammo hatte immer noch nicht recht begriffen, was da gerade geschehen war. Er starrte Swantje an, als sie auf ihn zu kam.

»Wo hast du den denn her?«

»Das war mal.«

»SWANTJE, das ... das ... das geht doch nicht! So ein ...

hast du den bei einer nächtlichen Mondfinsternis kennengelernt? Ich glaub es nicht!«

»Er kann richtig charmant sein …« Swantje wurde immer kleinlauter.

»Ein Bullterrier kann auch charmant sein. Der Kerl hat einen Glitschfaktor von 100.« Tammo redete sich in Rage.

»Er ist ein sehr erfolgreicher Broker!«, konterte Swantje beleidigt.

»Na und? An der Uni Bern hat man herausgefunden, dass diese Finanzmenschen das höchste kriminelle Potential haben.«

Die ersten Kollegen verfolgten bereits gespannt das Gespräch. Tammo lief hin und her.

»Wächst der noch oder bleibt der so klein?«

»Du bist gemein!«

»Oh nein! Ich bin nicht gemein. Ich frage mich, wie so eine Frau wie du an so einen … Knallfrosch geraten kann.« Tammo riss die Arme gen Himmel. »Püppi! Der nennt dich ungestraft Püppi. Und mich machst du an, weil ich keinen Notizblock hatte.«

»Es ist seit einem Monat vorbei und Schluss!«

»… und was macht der Dackel jetzt hier?«

Swantje steckte noch immer in der Reserve. »Er hat es noch nicht so recht begriffen.«

»Komisch, du bist doch sonst immer so präzise. Entwickel doch ein Computerprogramm, Püppi!«

Tammo hatte seine Munition verschossen. Er suchte nach weiteren Beleidigungen, fand aber keine. »Lass uns weiter machen.«

Ole Franke hatte das Schauspiel auch mitbekommen. Er lächelte schwach, als Tammo und Swantje den Raum betraten.

Tammo hatte seine Konzentration verloren. Swantje stand auch nur hilflos herum.

»Und?«, fragte Ole Franke, nachdem eine Weile nichts geschah.

»Wir werden Ihren Hof morgen noch einmal näher in Augenschein nehmen. Sie bleiben auf jeden Fall hier!«

Als Swantje und Tammo die Wache verließen, sagte keiner ein Wort. Sie stiegen in Schorschs Wagen und fuhren nach Dangast.

Tammo begriff immer noch nicht wirklich, was da geschehen war. In seiner Vorstellung tauchten solche Männer immer nur in schlecht gemachten Beiträgen über die Wall Street auf. Jetzt stand auf einmal eine solche Karikatur in der Wache in Varel – und er war der Freund von Swantje – wenn auch gewesen! Sie trennten sich. Tammo setzte Swantje auf Onkel Heinis Hof ab. Kaum hatte sie den Wagen verlassen, klingelte Tammos Handy. Die KTU teilte ihm mit, dass der Empfänger für die Peilsender nicht aktiviert sei und damit eine Ortung entfiel.

Swantje sah dem Wagen mit Tammo hinterher. Sie war aufgewühlt, verzweifelt und tottraurig. Sie mochte noch nicht ins Haus gehen. Unentschlossen sah sie sich um. Am liebsten hätte sie sich ins Auto gesetzt und wäre nach Hause gefahren. Sie ging in den Stall. Xanthippe, die Kampfsau, grunste sie an.

»Na, du blödes Vieh!« Swantje lehnte sich auf die Stallmauer. Xanthippe ließ sie nicht aus den Augen. Warum nannte sie Xanthippe blödes Vieh? Sie hatte ja nur ihre Ferkel verteidigt. Wenn hier jemand blöd war, dann sie. Hubertus van Trebel, Broker und Arschloch. Sie konnte Tammo nicht einmal böse sein. Der Kerl war der größte Irrtum in ihrem bisherigen Leben. Xanthippe schnüffelte an ihrer Hand. Die beiden weiblichen Wesen kamen sich näher.

»Hast du auch Männerprobleme, Xanthippe? Von irgendeinem Typen müssen ja deine Ferkel stammen.« Sie kraulte Xanthippes Kopf. »Unter euch Schweinen gibt es wahrscheinlich keine Broker. Sonst könnte ich dir da ein paar Tipps geben. Halt sie dir vom Hals, beiße, spucke, trete oder lauf – lass sie bloß nicht an dich heran. Die Kerle haben Tricks drauf. Sie schleppen dich in eine Welt, die glitzert, die du dir nie leisten kannst, sie machen Dinge, die dich überraschen und dir schmeicheln. Champagner Frühstück mal schnell in Paris. Shoppen in New York. Modenschau bei Versace.« Xanthippe grunste. »Sei froh, dass du sowas nicht brauchst. Die Burschen halten dich laufend unter Strom, damit du den Schwachsinn nicht erkennst. Nix als hohl.« Swantje sah sich um, entdeckte einige Karotten. »Und dann willst du reden, Nähe spüren, etwas über ihn erfahren. Völlig falsch! Sie glotzen dich nur an und du weißt im selben Moment, es geht zu Ende. Wenn Männer glotzen, ist es bereits zu spät. Glaubst du natürlich nicht, weil du an das Gute im Menschen glaubst.« Swantje lachte und biss auch in eine Karrotte. »Es mag ja was Gutes im Menschen geben. In einem Broker nicht – lass dir das gesagt sein.« Xanthippe war sympathisch. Ihre Augen hatten etwas Menschliches. Oder hatten die Menschenaugen etwas Schweinisches? Swantje lachte. Manchmal tat es gut, im Meer der Vorurteile zu baden.

Tammo machte sich zwei Spiegeleier und aß sie gleich aus der Pfanne. Genau das mochte Swantje wahrscheinlich nicht. Ließ er sich gehen? Sie ließ sich nie gehen, wenn er mal von dem ge-

gelten Monster absah. Swantje war das fleischgewordene Bürgerliche Gesetzbuch mit allen Anhängen. Und er? Tammo setzte sich auf sein Sofa. Er sah sich um. Seine Wohnung war – nüchtern betrachtet – ein möblierter Marsch durch die letzten 20 Jahre. Er hatte Ivar von Ikea genauso lieb gewonnen, wie die Anrichte von Tante Luise, die in den späten fünfziger Jahren geschreinert wurde. Seine Resopalküche litt unter Materialermüdung. Ja, es war viel Liebe zum Objekt in seiner Wohnung, stellte er fest, aber Geschmack? Zufällig fiel sein Blick auf seine Schuhe und Socken. Die Schuhe hatte er vor ... er erinnerte sich nur, als er sie das letzte Mal putzen wollte, die Schuhcreme aber eingetrocknet war. Die Socken passten nur farblich zueinander – jedenfalls ungefähr. Es klingelte. Gunnar und Schorsch standen vor der Tür. Schorsch hielt eine Flasche Weißwein hoch.

»Vermentino!«, sagte er stolz. »Ich habe halb Oldenburg nach dem Zeug durchforstet. Wollte einfach wissen, was Swantje daran findet.«

Tammo ging mit den beiden in sein Wohnzimmer und holte Gläser.

»Wie findet ihr übrigens meine Einrichtung?«, fragte er.

Zuerst sahen ihn die beiden verwirrt an, dann drucksten sie herum. Schließlich ergriff Gunnar das Wort. »Individuell, würde ich sagen.«

»Genauer!«, bat Tammo.

»Naja. Wie soll ich sagen ...«

»Ist schon gut.«

Schorsch hatte währenddessen das Etikett der Flasche gelesen.

»Den soll man mit acht Grad trinken. Hast du mal ein Thermometer. Der ist bestimmt zu warm.«

»Wir können ja Eiswürfel reinwerfen«, schlug Gunnar vor. »Soll doch ein Sommerwein sein.«

»Weißt du, was die Pulle gekostet hat? Der wird nicht mit Wasser verdünnt!«, empörte sich Schorsch. »Ich leg den mal ins Eisfach.«

Gunnar wandte sich zu Tammo: »Was war das denn vorhin für ein Auftritt in der Wache?«

»Der Ex von Swantje. Ein Arschloch!«

»Immerhin – sie ist ihn wieder los – jedenfalls so einigermaßen.«

Schorsch kam aus der Küche. »Ich habe über Ole Franke nachgedacht. Er ist ein Stinkstiefel, aber ich kann mir nicht vorstellen, dass er seinen Kühen BST gibt. Ole gehört zu den Bauern, die ihre Viecher mehr lieben als ihre Frauen – was in diesem Fall ja nicht besonders schwierig ist. Die Frankes gehören seit Generationen zu den besten Züchtern Frieslands. So was riskiert man doch nicht wegen ein paar Liter Milch mehr.«

»Das hat er uns auch erzählt.« Tammo war immer noch auf Swantje konzentriert. »Die Beweise sind eindeutig. Wir haben mehrere Kisten Posilac bei ihm gefunden.«

»Und wenn man sie ihm untergeschoben hat?«

»Geht nicht. Die Scheune war mit einem Vorhängeschloss verschlossen. Nur er und seine Frau hatten einen Schlüssel. Auf dem Hof gab es auch Beweise, frag Gunnar.«

Gunnar nickte nur. Tammo fuhr fort: »Er hat Schwarzgeld gemacht – eindeutig. Damit hat er sein Verhältnis mit Carla Wiese finanziert.«

Schorsch blieb beharrlich: »Waren die Kisten – oder eine davon – geöffnet?«

»Alle verschlossen«, antwortete Gunnar.

»Das ist doch seltsam. Er soll Posilac selber benutzt haben und auch damit gehandelt haben. Die Kisten, die er hat, sind aber alle zu.«

»Vielleicht eine neue Lieferung. Was weiß ich.« Tammo wurde müde.

»Wie gut habt ihr euch wirklich die Scheune angesehen?«

Swantje fuhr noch einmal ins Krankenhaus zu Onkel Heini. Xanthippe hatte sie beruhigt – oder sie sich selbst. Der Müll, den sie in ihrer Seele trug, musste peu a peu entsorgt werden. Das ging nur mit Hilfe von Onkel Heini. Unterwegs kaufte sie eine Flasche Bier in einer Tankstelle und verstaute sie in ihrer Tasche. Swantje, Swantje, dachte sie dabei.

»Ich hab dir ein Bier mitgebracht«, sagte sie und lächelte ihn an. Mit einem Schlüssel öffnete sie die Flasche.

»Ein Glas brauch ich nicht!« Onkel Heini hatte den warmen Gesichtsausdruck, den Swantje schon als kleines Mädchen mochte, der ihr Vertrauen gab. Sie setzte sich auf die Bettkante, schaute zu, wie er den ersten Schluck nahm. Es war ihr peinlich, dass sie in seinen Sachen herumgekramt hatte. Trotzdem musste sie mit ihm darüber reden.

»Ich habe die Briefe von Mama und Papa gefunden.« Sie schaute auf ihre Finger, die sich zu verknoten drohten.

»Das war alles nicht gut. Sie sahen das, was damals passierte, völlig anders als ich. Sie machten mich für das Geschehen irgendwie verantwortlich. Das Landleben war plötzlich zur Bedrohung geworden und sie wollten nicht, dass du wieder nach Dangast kommst.«

»Der Unfall mit Knuddel war nie Thema zu Hause. Sie haben mich damit alleine gelassen, sind zum Alltag zurückgekehrt.« Swantje suchte die Hand von Onkel Heini.

»Das kannst du ihnen nicht vorwerfen. Sie hatten mit dem Landleben nichts zu tun. Für deine Eltern war Land ein Bild aus einem Kinderbuch. Alles Harmonie, alles schön, alles reine Natur, die zwar etwas streng riecht, aber die immer mit der rosaroten Brille gesehen wird. Dann der Unfall. Ein Traum zerbrach.« Onkel Heini nahm den nächsten Schluck. »Vielleicht noch schlimmer – ein Urteil, das in Wirklichkeit nicht mehr als ein Vorurteil war, zerbrach. Sie konnten einfach nicht anders.«

»Du sagst das, als wären sie aus einer anderen, fernen Welt gewesen.«

»Waren sie auch. Die Stadt und das Land haben seit vielen Jahren – Jahrzehnten nichts mehr miteinander zu tun.«

Swantje dachte an die letzten Tage. Es schien, dass Onkel Heini recht hatte. In wie viel Fettnäpfchen war sie in den letzten Tagen getreten. Und wenn sie es richtig bedachte, wäre Tammo und wahrscheinlich auch Gunnar in jeder Großstadt in vergleichbare Fettnäpfchen getreten. Nur – jeder Fettnapf sah halt anders aus.

»Ich habe gelitten, weil ich es nicht verstand, was mit Kuddel geschehen war. Es war ein grausamer Tod. Ein Polizist weinte. Er konnte nicht schießen. Es war grausam.« Swantje weinte. Langsam legte sie ihr Gesicht auf Onkel Heinis Brust. Er streichelte ihr Gesicht und ihr Haar.

»Vielleicht wäre es besser gewesen, wenn du damals bei uns geblieben wärst.«

Er machte eine lange Pause. Sie spürten sich.

Eine halbe Stunde später standen Tammo, Gunnar und Schorsch mit Taschenlampen bewaffnet vor der Scheune. Der Mond schien. Gemeinsam gingen sie Schritt für Schritt um die Scheune. Immer wieder mussten sie das hohe Gras und hohes Unkraut beiseite treten und doch hätten sie es fast übersehen. Etwa einen Meter breit und gut 1.20 Meter hoch waren die Backsteine nur lose aufgetürmt. Saubere Arbeit.

»Na bitte!«, verkündete Schorsch nicht ohne Stolz.

»Das hat die SpuSi tatsächlich übersehen. Die treten morgen gleich wieder an!«

Plötzlich wurden sie geblendet. Harm Fischer stand mit einer Schrotflinte bewaffnet ihnen gegenüber.

»Was macht ihr hier?«

»Nehmen Sie das Gewehr herunter. Wir ermitteln«, sagte Tammo bestimmt.

»Mitten in der Nacht?« Überzeugt war Harm Fischer noch nicht.

»Und was machen Sie hier?«, wollte Gunnar wissen.

»Ich habe die Lichtkegel von meinem Haus aus gesehen. Der Hof steht leer, da kann schon mal jemand auf dumme Gedanken kommen.«

»Wussten Sie, dass die Scheune hier – sagen wir mal – einen zweiten Zugang hat?«, fragte Tammo. Harm Fischer trat näher. »Nö. Vielleicht ist das herausgebrochen. Die Scheune ist ja ziemlich alt.«

»Für herausgebrochen sieht das aber ziemlich fachmännisch aufgeschichtet aus.«

»Fragen Sie Ole, der hat ja die Scheune gepachtet.«

»Machen wir, aber erst morgen.« Tammo hatte von den Ermittlungen für heute genug.

»Super, dann können wir ja jetzt den Wein probieren.«

Bevor sie wieder in Tammos Wohnung fuhren, rief er in Oldenburg an und bestellte die Spurensicherung für den folgenden Morgen.

12. Tag

Dienstag, 14. Mai

Tammo hatte schlecht geschlafen. Nicht nur die nächtliche Entdeckung an der Scheune machte ihn unruhig, es war auch Swantjes Ex, der ihn kaum schlafen ließ. Was sollte er machen? Was er da gestern in der Wache gesagt hatte, war alles andere als charmant. Sollte er jetzt einfach zu Onkel Heinis Hof fahren und so tun, als sei nichts geschehen? Swantje könnte es recht sein. Schließlich war ihr Ex kein Ruhmesblatt, das sie zierte. Andererseits hatte sie guten Grund, ihm den Hals umzudrehen. Er hatte sie vor den anderen Kollegen ziemlich auflaufen lassen.

Was und wie er es machen sollte, wurde beantwortet, als er das Haus verließ. Swantje kam gerade an. Fröhlich sah sie nicht aus.

»Warum sagst du mir nichts, wenn ihr nachts ermittelt? Bin ich jetzt völlig aus dem Rennen? Ich habe gerade Gunnar getroffen. Es wäre kein großer Umweg gewesen, wenn ihr Blödmänner mich abgeholt hättet.«

Zu dem schlechten Gewissen, das Tammo schon hatte, kam jetzt noch eine gehörige Portion hinzu. Er wusste einfach nicht, was er machen sollte. Swantje übernahm das Kommando.

»Mein Gott, hüpf nicht von einem Bein aufs andere wie ein Schüler, der beim Kirschenklauen erwischt wurde. Steig ein. Die SpuSi ist seit einer Stunde in der Scheune.«

Während der kurzen Fahrt wechselten sie kein Wort. Jeder lehnte sich gegen die jeweilige Wagentür, um die Distanz möglichst groß zu halten. Es war wie eine Befreiung für beide, als sie endlich bei der Scheune den Wagen verlassen konnten. Der Leiter der SpuSi kam auf sie zu. Ein schlechtes Gewissen schien er nicht zu haben.

»Kommen Sie mit!«, forderte er die beiden auf. Sie gingen ins Innere der Scheune. Er führte sie zu der Stelle, wo die Steine aufgeschichtet waren. Einige Strohballen waren beiseite geschoben worden.

»In den letzten 24 Stunden muss jemand wieder in der Scheune gewesen sein. Wir haben Schleifspuren bei den Strohballen gefunden. Die gab es bei unserer letzten Untersuchung nicht.« Um seine Worte zu unterstützen, zeigte er Swantje und Tammo die Schleifspuren. Sie waren nicht sehr deutlich, aber doch unverkennbar.

»Und damit kommen wir zur nächsten Spur.« Er führte Swantje und Tammo in die hinterste Ecke der Scheune, wo altes Heu gestapelt war. Zwei Kisten Posilac standen davor – geöffnet.

»Die haben wir auch heute gefunden.« Er kramte einige Fotos aus der Tasche, suchte nach einem bestimmten und reichte es Swantje. »Das ist ein Foto von genau dieser Stelle. Gemacht bei unserer ersten Untersuchung. Keine Kisten zu sehen. Da hält uns jemand für reichlich bescheuert – das ärgert mich!«

»Was aber nicht bedeutet, das Frankes damit aus dem Rennen sind. Immerhin könnte Frau Franke das Zeug in die Scheune geschafft haben.«

»Um sich selbst zu belasten?«, fragte Swantje. »Das macht doch keinen Sinn.«

Tammo ging langsam zwei Schritte zurück, als würde er Distanz zum Geschehen suchen.

»Vielleicht doch«, begann er. »Möglicherweise wusste Frau Franke von dem Verhältnis ihres Mannes zu Carla Wiese. Nicht er, sondern sie hatte und hat Kontakte zur BST-Mafia. Die schöne Tote hat nicht Franke, sondern seine Frau auf dem Hof besucht. Um ihren Mann endgültig los zu werden, hat sie jetzt noch die offenen Posilac Kartons in die Scheune geschafft.«

»Sie hat einen Schlüssel von der Scheune. Warum soll sie durch die Wand kriechen?«, wandte Swantje ein.

»Um den Verdacht erst einmal auf einen Außenstehenden zu lenken. Oder weil sie dachte, dass wir die Aktion nicht bemerken würden. Der Kollege hat vielleicht recht – sie hält uns für bescheuert.«

»Ist das nicht sehr um die Ecke gedacht?«

»Gar nicht. Sie liefert uns Beweise, dass ihr Mann BST benutzt hat. Um die Geschichte nicht ganz platt zu machen, lenkt sie die Spur auf jemand anderes. Sie ist nicht hübsch, aber bestimmt nicht doof.« Tammo wandte sich an den Kollegen von der SpuSi. »Gibt es draußen Spuren?«

»Jede Menge, aber die sind ausschließlich von unachtsamen Kollegen und deren Freunden.« Ein gewisser Zynismus war unüberhörbar.

»Wo waren Sie in den letzten 24 Stunden?« Swantje ging gleich wieder zum Angriff über. Frau Franke kam erst gar nicht dazu, ihre Arme auf der Brust kämpferisch zu verschränken. Swantje wartete nicht auf eine Antwort.

»Sie sind verhaftet!« Für Tammo war das Tempo etwas zu

schnell. Ehe er sich versah, saß Frau Franke auf dem Rücksitz von Swantjes Wagen. Auf der Fahrt zur Wache nach Varel sprach niemand. Swantje führte Frau Franke in den Verhörraum, zupfte dann an Tammos Ärmel, um ihm zu signalisieren, dass sie mit ihm sprechen wollte. Sie zogen sich in die Küche der Wache zurück.

»Was hältst du davon, wenn wir das Ehepaar aufeinander loslassen?«, begann Swantje. Tammo nahm sich einen Kaffee.

»Das kann schnell zu einem Erdbeben ausarten.«

»Damit rechne ich eigentlich.«

»Friesische Erdbeben haben oft eine ganz eigene Dynamik. Sie sind völlig unberechenbar.«

»Wie hoch ist das Risiko?«

»Es hängt davon ab, wie schnell du ziehen kannst.«

Ein Beamter brachte Ole Franke in das Verhörzimmer. Die Muskeln seiner Frau spannten sich. Ihre Mimik kündigte ein Gewitter an. Tammo überlegte, welcher Karateschlag diese Urgewalt zur Strecke bringen könnte. Swantje suchte hinter Tammo Schutz. Ole Franke setzte sich. Er schrumpfte, fiel sichtlich in sich zusammen. Es war Zeit, der Situation eine Struktur zu geben, meinte Tammo jedenfalls. »Wir beginnen mit dem Verhör der Eheleute Franke«, sprach er ins Mikrofon und setzte sich neben Ole Franke. Swantje auch. Zu dritt saßen sie gegenüber der unberechenbaren Urgewalt.

»Komm du mir nach Hause!«, leise, fast zischend kamen die Worte aus ihrem Mund. Ole Franke sah sich hilfesuchend um.

»Ich wollte das nicht. Bitte glaube mir!«, jammerte er. »Ich bin da so hineingerutscht!«

»Hineingerutscht?« Sie stemmte ihre Arme auf den Tisch und

stand dabei langsam auf. »Hineingerutscht, sagst du? Ich nenn das ficken! Von wegen hineingerutscht!« Jetzt stand sie. »Wo warst du gestern Abend?«

Ole Frankes Augen zogen sich tief in ihre Höhlen zurück. Seine Lippen zitterten. »Hier! Ich bin doch verhaftet worden.«

»Wo warst du vorher?« Ihr mächtiger Unterkiefer mahlte jedes Wort. Auf Oles Stirn bildeten sich rosinengroße Schweißtropfen. Rote Flecken bedeckten seinen Hals und seine Wagen. »Ich hatte noch etwas zu erledigen.«

Der ganze Raum schien plötzlich zu erstarren. Für Sekunden bewegte sich gar nichts, dann grollte wieder ihre Stimme. »Du warst bei der Hure. Gib es zu.«

»Ich wollte gestern Schluss machen – ehrlich.«

»Was hast du dieser Hure alles geschenkt?«

»Nichts Besonderes – mal eine Kleinigkeit.«

»Ist eine Waschmaschine eine Kleinigkeit?«, brüllte sie los. »Ich habe die Quittung gefunden. Ich habe auch die Quittungen von Schmuck und Parfüm gefunden. Ich habe sogar Prospekte von einem Cabrio gefunden. Du bist nicht nur ein Schwein, du bist ein blödes Schwein!«

Ansatzlos schlug sie zu. Knapp sauste ihre Faust an Tammos Nase vorbei. Ole, wahrscheinlich aus langjähriger Erfahrung, riss den Kopf zurück und so ging der Schlag ins Leere. Ganz leise, aber ungemein gefährlich klang Swantjes Stimme. »Es reicht! Setzen Sie sich sofort wieder hin.«

Frau Franke starrte Swantje an. Wie hypnotisiert sank Frau Franke auf ihren Stuhl zurück. Ihre Stimme war plötzlich kleinlaut, fast entschuldigend.

»Kittelschürzen. Er hat mir zu Weihnachten immer eine Kittelschürze und Pralinen von Aldi geschenkt. 20 Jahre Kittelschürzen. Meinen Geburtstag hat er sowieso immer vergessen.« Sie sah Swantje an und weinte.

»Da können wir ihnen auch nicht weiterhelfen. Wir haben Morde aufzuklären und deshalb sind sie beide hier.« Swantje versuchte Ordnung zu schaffen und dafür war ihr Tammo dankbar.

»Seit wann und von wem beziehen sie Posilac?«

»Wir haben nie Posilac bekommen!«, sagte Frau Franke. Ihr Mann glotzte sie schweigend an. Die Angst war noch immer in seinen Augen. Swantje hatte sich auf Frau Franke konzentriert.

»Und wie kommt dann das Posilac in Ihre Scheune?«

»Das weiß ich nicht. Ich schwöre, wir haben das Zeug nie verwendet oder verkauft. Wir sind anständige Milchbauern.« Bei dem Wort »anständig« sah sie ihren Mann kurz an und wusste, dass es im Moment nicht recht passte.

Swantje beugte sich nach vorne.

»Wir haben das Posilac nicht nur in der Scheune, sondern auch Reste auf Ihrem Hof gefunden. Die Beweise sind eindeutig.«

»Unser Hof ist offen. Da kann jeder drauf. Und wie das Zeug in die Scheune gekommen ist, weiß ich nicht.« Ihre Augen wurden noch kleiner als sie schon waren.

»Oder hast du die Sauerei ins Haus geschleppt, um deine Fickerei zu bezahlen?«, zischte sie ihren Mann an. Er wich automatisch zurück. Die Flecken am Hals waren mittlerweile tomatenrot. Er schwieg.

»Ich hab dich was gefragt. Hast du mit dem Schweinkram deine Sauereien bezahlt?«

»Ich hab das Zeug von Höhensieb bekommen.« Jedes Wort war klar, eindeutig, befreiend, aber leider gelogen. Swantje und

Tammo sahen sich nur kurz an. Swantje führte die Vernehmung weiter.

»Und wie ist das abgelaufen?«

»Du Sau!«, brüllte Frau Franke, aber Tammo glaubte ihrer Wut plötzlich nicht mehr. Swantje rief sie zur Ordnung. Ole Franke setzte sich gerade hin, als hätte er jetzt die Lösung für all seine Probleme gefunden.

»Höhensieb hat mir das Zeug gebracht und ich ...«, er schüttelte kurz den Kopf. »Nee, das war anders. Die Frau, also die Tote, hat mir das Zeug gebracht und ich habe es an Höhensieb weitergegeben. So war das.« Er war zufrieden mit sich.

»Und warum hat die Tote das Posilac nicht gleich an Höhensieb geliefert?«

»Was weiß ich. Die haben mich bezahlt, da hab ich nicht gefragt.«

»Seit wann ging das so?«

Er überlegte kurz: »Naja, so seit einem Jahr oder so!«

»Und wie ist der Kontakt zustande gekommen?«

Ole Frankes Sicherheit war wie weggeblasen. Er wischte sich den Schweiß von der Stirn. »Ich sag nichts mehr. Ich will in meine Zelle.«

»Dann können wir Sie ja zusammen einsperren, bis die Tatbestände geklärt sind.«

»So was gibt's nicht!«, tobte er. »Frauen und Männer sind im Gefängnis immer getrennt. Das weiß ich genau!«

Tammo ließ Ole Franke abführen. Dann widmeten sie sich Frau Franke.

»Ihr Mann lügt. Sie sind es, die mit Posilac gehandelt haben.«

Die Frau schaltete schnell. »Er hat doch gestanden. Behalten Sie ihn!«

»Und genau das wollten Sie.« Tammo entspannte sich. Die unmittelbare Gefahr einer Fäuste schwingenden Überfrau war vorbei.

»Wo waren Sie letzte Nacht?« Auch Swantje schien entspannter.

Frau Franke lächelte. »Ich war letzte Nacht bei meiner Schwester in Jever. Das können Sie überprüfen. Wir haben fast die ganze Nacht miteinander gequatscht.«

»Haben Sie die Telefonnummer ihrer Schwester?«

Sie gab sie ihnen und Swantje ging hinaus um zu telefonieren. Als sie zurück kam, nickte sie Tammo nur zu.

Danach durfte Frau Franke gehen, obwohl sie es gerne gesehen hätte, wenn man sie mit ihrem Mann in eine Zelle sperren würde.

»Für mich ist sie immer noch verdächtig – auf jeden Fall mehr als ihr Mann«, sinnierte Tammo.

»Er ist ein Feigling und sie hat ein Alibi! Es ist wasserdicht. Ich habe noch mit einer Nachbarin der Schwester telefoniert. Sie behauptet schlecht zu schlafen und will in verschiedenen Abständen die beiden Frauen im Wohnzimmer der Schwester während der Nacht gesehen haben«, sagte Swantje, als sie wieder alleine waren. »Er ist jedenfalls ein jämmerlicher Feigling!«, fügte sie noch hinzu.

»Kann man auch anders sehen. Er ist nicht lebensmüde.«

»Und wie geht es weiter?«

»Wir sollten Frau Franke im Auge behalten.«

»Und damit stehen wir eigentlich wieder am Anfang. Hat dein Computer keine gute Idee, wie wir den Fall lösen können?« Tammo holte zwei Tassen Kaffee. Swantje gab wieder Daten in ihren Laptop ein. Als Tammo zurückkehrte, schaute sie kurz auf. »Mein Programm hat auch keinen neuen Ansatz.«

»Ich halte es hier nicht mehr aus. Sollen wir einen Spaziergang machen?«

Sie fuhren zum Hafen von Dangast. Im alten Kurhaus war wie immer reichlich Betrieb. Sie entschlossen sich über den Deich zu gehen.

»Wir haben etwas übersehen – nein, wir haben sogar einiges übersehen. Ich weiß nur nicht was.« Eigentlich wollte sich Tammo bei Swantje entschuldigen, aber ihm fiel nicht ein, wie er es sagen sollte. Er blieb bei dem Fall.

»Irgendjemand, den wir bereits kennen, zieht die Fäden im Hintergrund. Er ist für die Morde …«

»Warum ER? Es könnte genauso gut auch eine Frau sein«, warf Swantje ein.

»Stimmt. Es könnte auch eine Frau sein. Es müsste jemand sein, der oder die mit Höhensieb sehr eng verbunden war, aber deren Verhältnis nie öffentlich wurde. Diese Person muss auch die schöne Tote vom Deich gekannt haben. Daraus lässt sich schließen, dass der Posilac Mafia wenigstens drei Leute hier in Varel angehörten. Vor dem Mord an Höhensieb muss etwas Unvorhergesehenes geschehen sein. Sonst hätte Höhensieb seine Konten nicht geplündert und hätte das Geld nicht an einem Tag in die Schweiz transferiert. Nach dem Tod von Höhensieb und der Frau versucht nun diese dritte Person den Verdacht auf Ole Franke zu lenken. Das hätte auch hervorragend funktioniert, wären Frankes Eskapaden und seine Frau nicht dazwischen gekommen.«

»Es kann aber auch sein – und dafür spricht ja auch einiges – dass Frau Franke zur BST-Mafia gehört.«

»Sie hat für gestern Nacht ein Alibi.«

»Und damit stellt sich die Frage, ob sie Komplizen hat.«

»Und wer könnte das sein?«

»Ich frage mich, ob Carla Wiese mit dem Posilac Ring etwas zu tun hat?«

»Auf der unteren Ebene vielleicht, aber nicht in der Spitze des Rings. Dafür ist sie eindeutig zu dämlich. Außerdem hat sie ein Verhältnis mit Franke. Ich glaube nicht, dass Frau Franke mit der Geliebten ihres Mannes Geschäfte macht.«

»Wen haben wir dann noch?«

Swantje sah Tammo verwundert an.

»Mal ehrlich, so können wir doch nicht ermitteln. Da steckt nicht mal im Ansatz eine Methode dahinter.«

»Dein Computer weiß doch auch nicht mehr«, verteidigte sich Tammo.

»Ich dachte, ihr seid hier die großen Intuitiven.« Sie machte eine große Geste mit ihren Armen. »Statt mit Hightech zu arbeiten, erschnüffelt ihr die Mörder.«

Sie hatten den Dangaster Hafen erreicht. Tammo lehnte sich gegen die Brüstung der Schleuse und starrte auf das Wasser. Da war wieder der Konflikt zwischen ihm und Swantje, der allem Anschein nach keine Lösung fand. Sie war einfach zickig und damit basta! Ihr blöder Computer mit dem geklauten Programm brachte doch auch nichts. Das Schleusentor stand offen und die Flut drückte das Wasser in den Hafen. Wie viele Male war er mit seinem Boot durch diese Schleuse gefahren? Auf dem Wasser hatte er seine Ruhe, seinen Frieden. Swantje nahm ein Stück Holz, das auf dem Boden lag und warf es ins Wasser.

»Wir schnüffeln zu viel und denken zu wenig. Ohne Methodik kommen wir nicht weiter.« Jetzt lehnte sie sich auch auf die Brüstung. Tammo sah, wie das Holzstück in den Hafen getrieben wurde. »Wir versuchen ein Mosaik zusammenzusetzen, ohne dass wir wissen, welches Bild es ergeben soll. Mit jedem Stein, den wir finden, wird es unklarer. Da hilft auch keine Methodik.«

»Stimmt nicht«, beharrte Swantje, »nur mit Methodik ist ein Fall zu lösen. Alles hat System. Es ist wie das Holzstück im Wasser. Mit der Flut treibt es in den Hafen und mit der Ebbe wird es in den Jadebusen gezogen. Unsere Aufgabe ist es, dieses System zu erkennen – und das geht nur mit Methodik.«

Tammo war wie elektrisiert.

»Du bist ein Genie!«, rief er und zog sie dabei am Ärmel. Swantje verstand kein Wort. Tammo war schon ein Stück in Richtung Auto gelaufen.

»Wo bleibst du?«

»Wo willst du hin?«

»Ein weiteres Mosaiksteinchen sammeln.«

Erst im Auto sprach er weiter. »Gehen wir noch einmal zurück – zu unserer Toten am Deich und zu der Leiche von Höhensieb. Wie sind sie in den Jadebusen gekommen? Bis jetzt sind wir immer davon ausgegangen, dass man sie von einem Schiff aus in den Jadebusen geworfen hat. Das Boot fehlte. Höhensiebs Yacht lag nachweislich im Vareler Hafen. Es hat nach Auskunft des Schleusenwärters nicht die Schleuse passiert. Der Hafen liegt gut 500 Meter von der Schleuse entfernt. Schau einmal ins Handschuhfach. Da muss ein Tidenkalender liegen.«

Swantje begann zu begreifen.

»In der Nacht zu dem besagten Freitag war Hochwasser um 4.30 Uhr. Denkst du das Gleiche wie ich?«

»Die Leichen waren auf Höhensiebs Yacht. Im Hafen konnten

sie sie nicht über Bord werfen, also haben sie gewartet, bis das Hochwasser am höchsten stand und dann haben sie die Toten ein gutes Stück vor der Schleuse ins Wasser gelassen. Das zurücklaufende Wasser hat die Toten mit in den Jadebusen gezogen. Damit ist auch geklärt, warum die Yacht so geschrubbt war.«

»Glaubst du, dass sie auf der Yacht umgebracht wurden?«

Tammo überlegte eine Weile. »Kaum anzunehmen. Die SpuSi hätte, trotz aller Putzerei, Blutspuren gefunden. Ich nehme an, dass die Toten auf der Yacht „zwischengelagert« wurden. Wahrscheinlich in Plastik eingepackt."

Sie erreichten den Vareler Hafen und Höhensiebs Yacht. Tammo sprang aus dem Wagen. Wie ein Jagdhund hielt er seine Nase in den Wind. Swantje stellte sich zu ihm. Tammo sah in den Hafen und in Richtung Schleuse, die von hier aus nicht zu sehen war.

»Genau! Sie müssen die Leichen mit der Yacht nachts zur Schleuse gebracht haben. Den Rest hat die Tide erledigt.«

»Und was ergibt sich jetzt aus unserer Erkenntnis?«, fragte Swantje.

Erst jetzt sah Tammo sie an.

»Verschiedenes. Wer hat alles Zugang zu der Yacht? Wer von unseren Verdächtigen hat einen Bootführerschein? Wo wurden die beiden Opfer getötet? Die Tatorte oder der Tatort muss derselbe oder in unmittelbarer Nähe sein. Niemand schleppt eine Leiche durch die Gegend, um dann mit ihr einen anderen zu erschießen.«

Swantjes Handy klingelte. Sie meldete sich kurz und hörte dann konzentriert zu.

»Es war die KTU. Der Empfänger unserer Peilsender ist aktiviert. Es muss ein Auto sein. Jedenfalls ist er mobil.«

Tammo sah automatisch zu Schorschs Wagen, mit dem er noch immer unterwegs war.

»Wenn der oder sie mitbekommen, dass wir die Autos getauscht haben, sind sie weg. Hat die KTU eine Chance, die Spur des Empfängers zu verfolgen?«

»Sie versuchen es. Was machen wir?«

»Wir fahren zu Solveig Höhensieb. Ich will wissen, wer Zugang zur Yacht hatte.«

Während der Fahrt rief die KTU wieder an. Der Empfänger hatte das Gerät ausgestellt. »Auf einem Autobahnparkplatz bei der Abfahrt Bockhorn«, beendete Swantje ihren Bericht an Tammo. Er bog gleich Richtung Langendamm ab. Es dauerte nicht lange, bis sie Schorsch gefunden hatten.

»Wo warst du heute?«

Schorsch sah die beiden fragend an.

»Mit dem Wagen«, ergänzte Tammo.

»In Oldenburg. Wieso?«

Tammo saß schon wieder im Auto.

»Später!«, rief er noch Schorsch zu. Sie fuhren zu Solveig Höhensieb. Ihr Auto stand vor der Garage. Tammo legte seine Hand auf die Motorhaube. Sie war kalt.

»Sie ist nicht gefahren!«, sagte er, während sie auf die Haustür zu gingen.

»Hätte mich auch gewundert. Passt irgendwie nicht zu meinem Schneewittchen.«

Swantje läutete. Solveig öffnete die Tür.

»Was kann ich für euch tun?« Sie ließ die beiden eintreten.

»Wer hat Zugang zu der Yacht?«, begann Tammo. Solveig überlegte.

»Keine Ahnung. Ich habe mich für die Yacht nie interessiert.

Ich war vielleicht zwei Mal auf dem Schiff. Es wäre wohl besser, wenn ihr seine Liebschaften danach fragt.«

»Haben Sie einen Bootsführerschein?« Tammo blieb hartnäckig. Sie lächelte.

»Nein. Boote interessieren mich nicht.«

»Wo warst du in den letzten Stunden?« Swantje sah sich dabei im Flur um. Die Wohnzimmertür stand offen. Alles, bis auf die Koffer, schien unberührt.

»Ich war hier zu Hause.«

»Kann das jemand bezeugen?«

»Vielleicht die Nachbarn.« Sie überlegte kurz. »Ich habe noch mit Frau Tomaszewski telefoniert. Wartet mal.« Sie ging zum Telefon und drückte eine Taste. »Hier, mein Anruf.« Sie zeigte Swantje das Telefon als Beweis. Gut eine halbe Stunde hatte das Gespräch gedauert, wie auf dem Display zu sehen war. Tammo schaute Swantje über die Schulter.

»Es ist eine Handynummer.«

»Ich rufe Frau Tomaszewski immer auf dem Handy an. Sie ist oft im Betrieb unterwegs und im Büro nicht zu erreichen. Das Handy ist übrigens ein Betriebshandy. Manchmal hatte mein Ex auch eine gute Idee.«

»Sind Sie sicher, dass Frau Tomaszewski tatsächlich im Betrieb war?«

»Wo hätte sie sonst sein sollen? Es ist Arbeitszeit.«

»Seit wann arbeitet Frau Tomaszewski für ihren Mann?«

»Da müsste ich in die Unterlagen im Betrieb schauen. Sie war jedenfalls schon da, als ich Harald kennenlernte. Unser Verhältnis war immer unterkühlt – wenn Sie verstehen, was ich meine.«

»Und dann telefonieren Sie über eine halbe Stunde mit Frau Tomaszewski?«

»Es gibt noch vieles zu klären. Ich möchte den Betrieb so schnell wie möglich abwickeln.« Sie sah Tammo fest an. »Wann wird die Leiche meines Mannes frei gegeben?«

»Sie ist frei gegeben.« Tammo ging zur Haustür.

»Wir sollten noch einmal zum Betrieb fahren«, sagte er Swantje. Seine Stimme schien von ganz weit her zu kommen. Es war noch kein Gedanke – eher ein Gefühl, das langsam in ihm aufstieg. Schweigend saßen sie eine Weile während der Fahrt im Auto nebeneinander. Tammo versuchte sich zu konzentrieren.

»Dein Schneewittchen scheint mir von Mal zu Mal weniger ein Schneewittchen zu sein.«

»Wie meinst du das?«

»Sie ist klar, sie ist organisiert und hat nichts von dem weltfremden Menschen, wie du sie mir geschildert hast.«

Swantje schaute aus dem Seitenfenster.

»Stimmt. Jetzt fällt es mir auch auf. Ich habe die Solveig von einst in die Solveig von heute projiziert. Ein Fehler meinerseits, aber sie hat ein Alibi. Sie war während der Tatzeit mit Frau Tomaszewski zusammen. – Und du darfst eines nicht vergessen: Ihr Mann hat sie zu tiefst gekränkt und gedemütigt. Warum sollte sie falsche Trauer vorgaukeln?«

»Mir geistert irgendetwas durch den Kopf, was ich noch nicht greifen kann.«

»Aha, die Intuition schlägt wieder zu!«

Tammo ließ sich nicht beirren. »Die schöne Tote vom Deich wurde mit einem Segeltau erwürgt. Höhensieb wurde mit einem gezielten Schuss getötet. Es sollte wahrscheinlich der Anschein erweckt werden, dass sie Höhensieb getötet hat – hat sie aber nicht, weil sie zu diesem Zeitpunkt bereits tot war. Was schließen wir daraus?«

»Du bist manchmal wirklich gut! Es müssen mindestens zwei Schüsse abgegeben worden sein. Ein Schuss für Höhensieb und einer, als man der Toten die Waffe in die Hand drückte und abfeuerte, damit sie Schmauchspuren an der Hand hat. Wenn wir die Patrone finden, haben wir den Tatort.«

»Und wenn wir den Tatort haben, können wir den oder die Täter eingrenzen.«

Swantje klappte ihr Laptop auf und gab die Daten ein.

»Was hat eigentlich die Untersuchung der SpuSi in der Garage bei Höhensiebs Firma gebracht?«

Tammo glotzte Swantje an. »Ich hab die SpuSi da nicht hin bestellt.«

»Ich auch nicht! Wir sind doch gleich zum Keller im Schuppen gefahren.«

Tammo gab Gas. Swantje alarmierte die SpuSi. Acht Minuten später erreichten sie die Garage. Tammo holte eine Taschenlampe aus dem Kofferraum.

»Sollen wir nicht lieber auf die SpuSi warten?«, fragte Swantje. Tammo war unsicher. Er schaute zur Futtermittelfirma hinüber. Ein Lkw verließ gerade den Betrieb.

»Ich geh mal zu Frau Tomaszewski!« Er überquerte die Straße. Die Bürotür war nicht verschlossen.

»Frau Tomaszewski!«, rief er. Niemand antwortete. Er ging ins Büro. Frau Tomaszewski schien nicht da zu sein. Ihr Computer war aber eingeschaltet. Papiere lagen auf dem Schreibtisch. Tammo sah sie sich näher an. Rechnungen, Quittungen, Lieferscheine und ein Programm der Niederdeutschen Bühne. Wo ist Frau Tomaszewski? Er ging in die Küche. Es roch fettig. Die Bratpfanne auf dem Herd war noch warm. Sie konnte also noch nicht lange fort sein. Vielleicht wusste einer im Betrieb, wann sie gegangen war. In der Eingangstür blieb Tammo plötzlich stehen. Er rannte zurück zur Küche, bückte sich, strich vorsichtig mit der Hand über den Boden, entlang des Herdes, kratzte in jeder Ritze. Vom Tisch zum Herd. Dann hatte er sie an seinen Fingern. Paniermehl mit Fischgeruch. Hier wurden Fischstäbchen gebraten. Und dann war alles klar. Er stürzte zum Schreibtisch. Griff nach dem Programm der Niederdeutschen Bühne und fand, was er bereits geahnt hatte. Frau Franke und Frau Tomaszewski spielten beide bei der Niederdeutschen Bühne. Wie war das? Ole Franke hatte gesagt, dass seine Frau immer Männer spielt. Sie war die, nein, der Mann in dem Porsche der schönen Toten und die Frau, die sie im Porsche auch als Beifahrerin gesehen hatten, war wahrscheinlich Frau Tomaszewski. Noch war alles Hypothese, aber durchaus greifbar. Tammo lief zu Swantje. Die SpuSi traf gerade ein. Kurz berichtete er, was er entdeckt hatte. Tammo war nervös. Er war ein Spürhund, der endlich eine Spur entdeckt hatte. Mit Swantje wartete er vor der Garage.

Der Leiter der SpuSi kam nach einigen Minuten heraus. Er hielt eine Plastiktüte mit einer Patrone darin hoch.

»Die haben wir in der hinteren Wand gefunden.«

»Habt ihr Blutspuren entdeckt?«

»Haben wir!«

»Das reicht. Stellt sich jetzt noch immer die Frage: Wo ist Frau Tomaszewski?«

Swantje und Tammo fuhren nach Varel. Frau Tomaszewski war nicht zu Hause.

»Und nun?«

Swantje setzte sich in den Dienstwagen und tippte anscheinend die letzten Informationen in ihren Laptop. Tammo lehnte sich gegen die Kühlerhaube.

»Sie ist wahrscheinlich bei Frau Franke.«

»Nach meinem Programm hatten die viel mehr miteinander zu tun. Und es ist nicht Ole Franke, der mit BST gehandelt hat, sondern seine Frau. Behauptet jedenfalls mein Computer. Und Frau Tomaszewski hing auch mit drin.«

Die Kühe schrien. Ein schlechtes Zeichen, dachte Tammo, als er in den Hof der Frankes abbog. Der Wagen von Frau Tomaszewski stand mit geöffneter Fahrertür mitten auf dem Hof. Tammo und Swantje liefen wortlos in den Stall. Die Kühe standen vor der Tür zum Melkstand. Sie muhten laut vor Schmerzen. Im Melkstand war niemand. Swantje lief zum Haus. Tammo blieb auf dem Hof. Er sah sich um, als wolle er eine Spur erschnuppern. Vorsichtig näherte er sich wieder dem Wagen von Frau Tomaszewski. Eine graue Handtasche stand auf dem Beifahrersitz. An dem Lenkrad waren deutlich die verschwitzten Handabdrücke zu erkennen. Die Frau hatte Angst, aber wo war sie? Tammo erweiterte den Kreis, den er absuchte. Zwischen dem Hofpflaster und einem Beet entdeckte er eine Fußspur. Grobe Sohle, wahrscheinlich von einem Gummistiefel. Tammo ging weiter. Erst jetzt bemerkte er wirklich, wie aufgeräumt der Hof war.

Die Kühe müssen gemolken werden, dachte er und wählte die Nummer von Gisela. Swantje stand plötzlich neben ihm.

»Hier kann doch Gisela nicht herummachen, wenn die SpuSi noch nicht da war!«

»Willst du die Viecher verrecken lassen?«

»Frau Franke war wahrscheinlich gerade im Melkstand – so heißt das doch? – als Frau Tomaszewski kam. Wenn Gisela vor der SpuSi da ist, sollten wir ihr Schutzkleidung verpassen, damit sie möglichst wenige Spuren verwischt.«

Tammo starrte immer noch über den Hof. »Wo sind die beiden Frauen nur?«

Die Schreie der Kühe wurden immer unerträglicher. Swantje sah Tammo an. Beide hatten im gleichen Moment die gleiche Idee. Sie gingen zum Güllebecken, das etwa 20 Meter im Durchmesser maß und gut drei Meter hoch war. Tammo stieg die Leiter hinauf. Durch den Drahtverschlag sah er, was er und Swantje geahnt hatten. Die beiden toten Körper waren nur zum geringen Teil zu erkennen. Von Frau Franke ragten nur eine Hand und die verklebten Haare aus der brauen Brühe. Von Frau Tomaszewski sah Tammo nur ein Stück des Rocks und einen Schuh.

»Und?«, wollte Swantje, die unten vor dem Becken stand, wissen.

»Beide tot! Ich rufe Gunnar an.« Tammo griff zu seinem Handy. Er zögerte.

»Hier am Beckenrand sind Schleifspuren. Wahrscheinlich von Schuhen. Möglicherweise hat es einen Kampf gegeben.«

»Wer kämpft denn am Güllebehälter?«

Tammo hatte keine Antwort. Er stieg hinunter und rief Gunnar an. Im Moment konnten sie nichts machen, außer auf Gisela, die SpuSi und Gunnar zu warten.

Gisela kam als Erste. Neben dem Melkstand fanden sie einen Spind mit Plastikkleidung und Gummihandschuhen. Als Gisela mit den ersten zwölf Kühen fertig war, kam Gunnar und fast zeitgleich die SpuSi. Es dauerte, bis die beiden Frauenleichen aus dem Güllebehälter gezogen waren. Gunnar umrundete die Toten, blieb immer wieder nachdenklich stehen, bis er schließlich Frau Franke näher zu untersuchen begann.

»Es sieht so aus, dass sich die beiden Frauen geprügelt haben. Hier, auf dem Arm die Kratzspuren.« Er drehte sich zur Leiche von Frau Tomaszewski und untersuchte sie.

»Auch hier Kratzspuren. Tiefe, blutige Kratzspuren.«

Swantje sah zum Güllebehälter.

»Warum prügeln sich die Frauen auf dem Güllebehälter. Das macht doch überhaupt keinen Sinn.«

»Für Spekulationen bin ich nicht zuständig!«, war Gunnars Antwort. »Eines erscheint mir jedoch ziemlich sicher. Die beiden Frauen sind relativ schnell gestorben. Ich vermute an Schwefelwasserstoff und Kohlendioxid. Eine Vergiftung durch die Gase in der Gülle also.«

Tammo stand am Güllebecken.

»Es könnte doch sein, dass Frau Franke gerade hier am Güllebecken war, als Frau Tomaszewski kam.«

Swantje schüttelte nur den Kopf.

»Die Kühe standen vor dem Melkstand, um gemolken zu werden – und zwar von Frau Franke. Was sollte sie also am Güllebehälter?«

Tammo lief zum Kuhstall. Kurze Zeit später schaute er hinaus.

»Meine Theorie stimmt. Die Güllepumpe läuft nicht. Sie hat wahrscheinlich nachgesehen, was kaputt ist.«

»… und dann fallen so mir nicht dir nichts zwei ausgewachsene Frauen in einen Güllebehälter, der auch noch mit Draht gesichert ist. Das glaubst du doch selber nicht!« Dabei tippte sich Swantje an die Stirn.

»Hast du eine bessere Theorie?«

»Ich habe erst einmal gar keine Theorie! Voreilige Theorien verkleistern nur das Gehirn. Hier ist klare Systematik gefragt.«

»Bis du deine Systematik erstellt hast, ist unser Mörder an Altersschwäche eingegangen.«

»Was für ein Mörder? Nichts deutet darauf hin, dass die beiden durch Fremdeinwirkung verstorben sind.«

»Verstorben? Was ist das denn für ein dämliches Wort in diesem Zusammenhang. Die sind elend verreckt!«

Jetzt mischte sich auch Gunnar ein.

»So kann man das auch nicht sagen. Der Tod, beziehungsweise die vorhergegangene Ohnmacht ist relativ schnell eingetreten. Vor allem, und das möchte ich betonen, ist der Schwefelwasserstoff dafür verantwortlich.«

Tammo war noch immer in Rage.

»Was ist das denn für ein beschissener Fall? Da fallen zwei Frauen in ein Güllebecken und peng, alles ist geklärt. Die sind die Mörder und basta.«

Swantjes Augenbrauen zuckten bedenklich.

»Und was gedenkt der Herr Kommissar zu tun, damit er noch einen Mörder und damit eine entspannte Nachtruhe findet?«

»Du kannst mich mal! An Mörderinnen im Güllebehälter glaube ich nicht.« Tammo blieb abrupt stehen. »Mörderinnen in Güllegruben sind absurd und Absurdes liegt mir nicht!«

»Absurdes liegt dir nicht?« Swantje lachte laut. »Das ist ja was völlig Neues. Dein ganzes Leben ist eine Aneinanderreihung von Absurditäten. Du bist selbst absurd.«

Tammo sah zu Gunnar.

»Halt mich zurück oder wir haben eine Gülleleiche mehr!« Tammo stampfte Richtung Dienstwagen. Swantje ließ nicht locker.

»Ich, verstehst du ICH habe vorhin gesagt, dass ich nicht daran glaube, dass die beiden Frauen auf dem Güllebecken gekämpft haben. Du hast meine Idee, meinen Ermittlungsansatz geklaut. Das ist mal wieder typisch.«

Tammo saß bereits im Wagen. Er startete und fuhr los. Warum sollten Frauen sich nicht auf dem Rand eines Güllebehälters streiten? Nur weil so was in den Städten von Madame nicht üblich war, hieß das längst noch nicht, dass so etwas nicht in Friesland passieren kann. Tammo versuchte sich die Szene vorzustellen. Frau Franke versuchte nachzuschauen, weshalb die Güllepumpe nicht mehr lief. In diesem Moment erscheint Frau Tomaszewski. Die beiden streiten. Frau Tomaszewski klettert die Leiter zum Güllebehälter hinauf. Die Frauen brüllen sich an. Es kommt zu Handgreiflichkeiten und dann – rutsch und weg! Genau. Tammo beruhigte sich. Ein saudoofer Fall, aber so war es! Er war Richtung Deich gefahren. In einem Feldweg parkte er den Wagen. Die frische Luft tat gut. Warum hatten sich die beiden Frauen gestritten? Tammo versuchte zu kombinieren. Swantje und er – eigentlich viel mehr er, meinte Tammo, war ihnen zunehmend auf die Schliche gekommen. Der Artikel in der Jade Zeitung hat die Angst der Frauen noch verschärft. Sie brauchten einen Ausweg und darüber waren sie sich nicht einig. Es kam zum Streit. Tammos Handy klingelte. Auf der Wache in Varel wollten sie wissen, was denn nun mit Ole Franke geschehen solle.

»Weiß er schon vom Tod seiner Frau?«

»Seine Frau ist tot?«, fragte die Stimme.

»Ich hab doch vorhin angerufen …«

»Wir hatten Schichtwechsel …«

»Und niemand sagt euch Bescheid, was in der letzten Zeit geschehen ist?« Tammo wurde wieder wütend.

»Die Kollegen hatten es eilig. Onno hat heute Geburtstag!«, entschuldigte sich die Stimme.

»Ist ja großartig! Bei Geburtstagen, Scheidungen und Hochzeiten werden die werten Kriminellen um eine Pause gebeten, damit wir ungestört feiern können.«

»Wie ist sie denn gestorben?«, fragte die Stimme.

»Sie ist in einen Güllebehälter gefallen.«

Tammo hörte ein Kichern auf der anderen Seite. Er unterbrach die Verbindung. Was sollte er jetzt machen? Vielleicht wäre es das Beste, wenn er Ole Franke die traurige Nachricht vom Tod seiner Frau überbringen würde. Tammo fuhr zur Wache. Obwohl er nicht glaubte, dass der Fall nun beendet sei, hätte er gerne ein Ende gehabt. Die laufenden Streitigkeiten mit Swantje gingen ihm auf die Nerven. Was sprach dagegen, die Akte »Höhensieb und schöne Tote am Deich« zu schließen? Gunnar rief an.

»Die SpuSi hat die Gülle aus dem Behälter abgelassen und weißt du, was wir gefunden haben?«

»Das Segeltau, mit dem die schöne Tote erdrosselt wurde und wahrscheinlich auch die Pistole, mit der Höhensieb erschossen wurde.«

Es dauerte, bis Gunnar seine Sprache wiederfand. »Woher weißt du das?«

»Es passt ganz einfach. Der Kreis scheint jetzt endgültig geschlossen. Das sollen wir auf jeden Fall glauben.«

»Du meinst, dass die beiden Frauen auch umgebracht wurden?«

»Ich weiß es nicht. Es ist nur ein ungutes Gefühl.«

»Komisch.«

»Was ist komisch?«

»Swantje hat das gleiche Gefühl!«

Tammos Wut kehrte schlagartig zurück. »Das ist mir egal!«

Er beendete das Gespräch. Die Sonne ging unter. Aus Tammos Wut wurde langsam bleierne Müdigkeit. Bilder jagten durch seinen Kopf, aber es gelang ihm nicht, sie zu ordnen. Als er die Wache erreichte, saß Ole Franke im Verhörraum.

Tammo war weg und Swantje stand ohne Auto auf dem Hof. Sie war wütend, empört, einem Schreikrampf nahe. Sie ging zu Gunnar.

»Kannst du mich gleich zum Hof von Onkel Heini fahren. Da steht mein Wagen.« Gunnar nickte.

»Wieso nach Hause?« Sie war gerade ausgestiegen, als das Krankenhaus anrief. Onkel Heini wolle unbedingt nach Hause – auf eigene Verantwortung. War sie in ein Nest des Wahnsinns geraten? Sie beendete das Gespräch und fuhr nach Oldenburg. Wenn dieser Fall abgeschlossen ist, beschloss sie, wolle sie sich um eine Stelle im Rhein-Main-Gebiet oder im Ruhrgebiet bewerben. Überall dort, wo es keine oder kaum Bauern gab. Sie würde im Internet recherchieren, schauen, wie weit die nächste Weide, der nächste Acker und das nächste Güllefass entfernt lagen. Landleben war der Ruin ihres Nervenkostüms. Noch so ein Fall und sie wäre reif für's Heim. Da war sich Swantje ganz sicher.

Onkel Heini saß schon im Flur vor seinem Zimmer. Er freute sich, als er Swantje sah. Sie sich weniger.

»Du kannst doch nicht einfach nach Hause. Deine Therapie ist noch nicht zu Ende.«

»Was denn für eine Therapie? Ich liege hier nur rum und soll Tabletten fressen. Die kann ich auch zu Hause fressen. Ich brauch frische Luft!«

»Die Ärzte raten dringend ab!«

»Ein alter Körper braucht frische Luft und Bewegung in der Natur, sonst verfällt er. Davon haben die Ärzte keine Ahnung. Ich weiß, was mir gut tut. Pack bitte meine Sachen und bring mich heim!«

Widerspruch zwecklos. Swantje verschwand in Onkel Heinis Zimmer und packte.

»Es tut mir leid, Ole«, begann Tammo und setzte sich auf die andere Seite des Tisches.

Ole Franke verbarg sein Gesicht in seinen Händen. »Das wollte ich nicht!«

»Was wolltest du nicht?«

»Dass sie stirbt. Ich habe ihr in den letzten Tagen die Pest an den Hals gewünscht, aber nicht den Tod.« Langsam, ganz langsam ließ er seine Hände sinken. Er hatte geweint.

»Du kannst jetzt nach Hause fahren.« Tammo stand auf. »Komm, ich fahre dich.«

Mit sanftem Druck dirigierte er Ole Franke zu seinem Wagen. Erst als sie Langendamm erreichten, brach Ole Franke das Schweigen.

»Wie ist sie gestorben?«

»Sie ist in den Güllebehälter gefallen.« Tammo spürte, wie Ole Franke ihn anstarrte.

»In den Güllebehälter? Kaum zu glauben.«

»Ja, das Leben kann schon seltsam sein«, sinnierte Tammo. Es verging gut eine Minute, bis Ole Franke wieder sprach.

»Wir haben uns beide immer von der Gülleanlage fern gehalten.« Er beugte sich vertraulich zu Tammo. »Schweißfüße, verstehst du?«

»Ne, verstehe ich nicht.«

Ole Franke versuchte sich zu konzentrieren.

»Meine Frau und ich haben fürchterliche Schweißfüße. Wenn wir Gummistiefel tragen und sie ausziehen, fallen die Fliegen tot von der Wand – wie man so sagt. Deshalb tragen wir immer Arbeitsschuhe aus Leder. Leder verträgt sich aber nicht mit Gülle, deshalb haben wir auch nie etwas an der Gülleanlage gemacht.«

»Die Pumpe war defekt.«

Ole Franke schüttelte nur seinen Kopf.

Als Tammo den Hof erreichte, fragte er Ole Franke, ob er Carla Wiese anrufen solle, damit er nicht so alleine sei.

»Ne, lass stecken. Von Weibern hab ich erst einmal die Schnauze voll.«

Die Wagentür fiel zu. Tammo stützte sich auf das Lenkrad, seine Augen brannten und er fühlte sich leer. Ab nach Hause. Als er die Dangaster Straße erreichte, bog er doch links ab und fuhr zum Dorfkrug. Gunnar und Schorsch saßen schon am Tresen, Gisela und Ralf standen dahinter. Tammo setzte sich, bestellte ein Bier und zwei Frikadellen. Ohne ein Wort trank er das erste Bier. Auch Gunnar und Schorsch schwiegen, was allerdings nicht ungewöhnlich war.

»Ich habe ein ganz blödes Gefühl.« Bierschaum klebte an Tammos Lippe. Genüsslich strich er ihn mit seiner Zunge ab.

»Ich hab mir die beiden Frauen noch einmal genauer angesehen. Ich schließe eine Fremdeinwirkung aus!«

»Schweißfüße!«, sinnierte Tammo. Gunnar nickte bedächtig.

»Ist mir auch aufgefallen. Die Franke hatte Schweißfüße. Ich war in deren Schlafzimmer – puh!« Er nahm einen Schluck Bier. »Stinkt, ist aber kein Verbrechen.«

»Sie hat nie Gummistiefel getragen«, fuhr Tammo fort.

»Kann man ihr nicht vorwerfen«, mischte sich Ralf ein. Gedankenversunken starrten die Männer auf ihre Biere.

»Deshalb hat sie sich von der Gülleanlage fern gehalten«, ergänzte Tammo noch. Damit brach das Gespräch für einige Zeit ab, bis Schorsch einfiel: »Frauen neigen zur Irrationalität.« Gisela meinte dazu, dass er weniger trinken solle und unterstrich dieses mit einem halben Glas Bier, das sie Schorsch gab.

»Es gab trotzdem keine Fremdeinwirkung. Nichts, gar nichts.«

Die Tür ging auf. Swantje und Onkel Heini kamen herein. Onkel Heini stützte sich auf Swantje und einen Stock. Sie schien wenig begeistert.

»Er will unbedingt ein Bier!« Ein Vorwurf wäre nicht besser zu formulieren gewesen. »Und einen Schluck!«, ergänzte Onkel Heini. Er sah schlecht aus. Seine Augen lagen in tiefen schwarzen Höhlen, aber sie strahlten.

»Er wollte unbedingt nach Hause, obwohl die Ärzte dringend abrieten!« Swantje hoffte auf Zustimmung der anderen.

»Ich bin ja mehr für frische Luft«, meinte Schorsch, während sich Onkel Heini auf den Barhocker neben Tammo niederließ.

»Soll ja auch gesund sein – wegen dem Jod an der Nordseeküste«, ergänzte Ralf und zapfte ein weiteres Bier. Swantje spürte, wie das friesische Wolfsrudel sie zu umzingeln begann. »Und im Dorfkrug ist die Luft besonders gesund!« Es war nur noch Verzweiflung.

»So ein paar Lebensgeister aus der Zapfanlage können Wunder bewirken.« Onkel Heini grinste breit. »Prost!«

»Man muss sich immer neuen Herausforderungen stellen – hier an der Küste«, gab Gunnar zum Besten.

»War immer ein hartes Leben«, wusste Tammo.

»Kannste planen und machen – und dann ist doch wieder alles anders«, philosophierte Ralf weiter.

»Genau – anders! Es ist immer anders!« Tammo fühlte sich der Erkenntnis ganz nah.

»Wir suchen einen Mörder und finden zwei in einem Güllebehälter. Wenn das nicht anders ist, weiß ich nicht, was anders als anders ist.« Alle nickten wie die Wackeldackel – außer Swantje. Gisela öffnete den Kühlschrank und zog eine Flasche Wein heraus.

»Vermentino!«, sagte sie zu Swantje und goss ein Glas ein. »Schmeckt gar nicht schlecht!«, ergänzte sie noch.

»Da muss man auch erst drauf kommen, dass die beiden Frauen über die Niederdeutsche Bühne Kontakt miteinander hatten.« Tammo gähnte aus vollem Hals.

»Die waren gar nicht schlecht«, meinte Onkel Heini. »Vor vier oder fünf Jahren waren die sogar richtig gut!«

»Hängt ja auch immer ein bisschen vom Stück ab«, Schorsch nahm einen kräftigen Schluck.

»... und von der Regie. Schauspieler brauchen eine Regie – sonst wird das nichts. So eine Regie formt den Schauspieler.« Onkel Heini fühlte sich zu Grundsätzlichem in Sachen Theater berufen.

»Und nun sind sie tot. Da nutzt auch die beste Regie nix mehr«, war Ralfs Erkenntnis.

»Und wer war der geniale Regisseur?«

»Was weiß ich. Irgendein Theatermann aus Bremen. Großstadt eben. Die kennen sich da aus!« Onkel Heini atmete tief durch und trank.

»Ich kann nicht mehr.« Tammo stand auf und ging.

13. Tag

Mittwoch, 15. Mai

Tammo schreckte hoch. Die Bilder, die Gedanken, die gerade noch in seinem Kopf waren, hatten sich bereits dem Zugriff entzogen. Was war das gewesen? Er blieb aufrecht im Bett sitzen, schloss die Augen und versuchte sich zu konzentrieren. Geometrische Formen tauchten auf. Grobe Formen. Dann war es plötzlich klar. Der Schuhabdruck auf Frankes Hof. Es war nicht der Abdruck eines Gummistiefels. Den gleichen Abdruck hatte er schon einmal gesehen. An der Terrassentür von Höhensiebs, als er die Todesnachricht überbrachte. Der Schuhabdruck, da war Tammo sicher, stammte von Motorradstiefeln, und er war genauso sicher, dass die Stiefel Solveig Höhensieb gehörten. Er sprang aus dem Bett. Auf eine Dusche verzichtete er. Vierzehn Minuten später stand er vor dem Haus von Solveig Höhensieb. Obwohl die Sonne gerade aufging, war das Haus hell erleuchtet. Das Garagentor stand auf.

»Sie wollen verreisen?«, fragte Tammo, als er Solveig Höhensieb mit einem Koffer in die Garage gehen sah. »Das wissen Sie doch!« Sie schien nicht erstaunt über den frühen Besuch.

»Ihr Mann ist noch nicht beerdigt.«

»Ich habe alles organisiert. Mehr kann ich für ihn nicht mehr tun!«

Tammo hatte den Wagen erreicht.

»Sie fliegen nach Mallorca?«

»Sagte ich bereits vor einigen Tagen. Mein Flug geht um 14 Uhr.« Solveig Höhensieb kehrte ins Haus zurück. Tammo folgte ihr. »Ich bin mittlerweile ziemlich sicher, dass Sie hinter den Morden stecken.«

Solveig Höhensieb sah Tammo an, schließlich lächelte sie.

»Können Sie das beweisen?«

»Nein – noch nicht.«

»Haben Sie einen Haftbefehl?«

»Auch nicht!«

Solveig wollte nach einer Tasche greifen, ließ sie aber stehen und setzte sich stattdessen auf das Sofa. Sie lächelte immer noch.

»Haben Sie irgendetwas gegen mich in der Hand, was meine Urlaubsreise verzögern könnte?«

Tammo setzte sich in einen Sessel. »Leider nicht. Es ist nur eine Vermutung.«

»Darf ich fragen, wie Sie zu dieser Vermutung gekommen sind?«

»Wo sind ihr Motorradklamotten?«

Solveig lehnte sich genüsslich zurück. »Weg! Ich habe sie vor einiger Zeit weggeworfen.« Sie sah Tammo offen an. »Mehr haben Sie nicht?«

»Doch, aber eben nur Vermutungen. Ich nehme an, dass Sie, wie Sie ja sagten, vor einigen Jahren ihren Mann in die sogenannten Ostblockstaaten begleitet haben. Ich vermute weiter, dass Sie dort die Tote am Deich kennen gelernt und als gelernte Chemielaborantin sofort erkannt haben, dass mit BST viel Geld zu verdienen ist. Sie haben den Ring gegründet oder wenigstens mit gestaltet. Ich vermute weiter, dass Ihr Mann von alledem nichts wusste.«

Solveig Höhensieb stand auf.

»Soll ich uns einen Kaffee kochen? Ihre Geschichte interessiert mich.«

Tammo folgte ihr in die Küche. »Sie haben von Beginn an die Fährten so gelegt, dass Ihr Mann immer der Verdächtige blieb.«

»Ich fühle mich geschmeichelt, dass Sie mir so viel Intelligenz unterstellen, aber wie soll ich das organisiert haben?«

»Mit Frau Tomaszewski hatten Sie im Betrieb eine Verbündete. Mit Frau Franke hatten Sie eine Fachfrau in Sachen Rinderhaltung. Aber irgendetwas muss schief gelaufen sein. Dann ist es zu den Morden gekommen.«

»Und was könnte nach Ihrer Ansicht schief gelaufen sein?« Der Kaffee aus dem Automaten war gemacht. Solveig Höhensieb stellte die Tasse vor Tammo. »Nehmen Sie Zucker oder Milch?«

»Ich trinke schwarz.« Tammo konzentrierte sich. »Die schöne Tote vom Deich, das wissen wir, hat Südeuropa abgedeckt. Einige der Laboratorien sind aufgeflogen. Nehmen wir mal an, dass Sie dahinter steckten, so ist anzunehmen, dass die Dame in Panik hierher gekommen ist, weil sie Hilfe suchte.«

»Passt nicht. Sie sagten, dass diese Dame, die schöne Tote vom Deich, hier einige Bauern aufgesucht hat. Wer Hilfe sucht, fährt nicht durch die Gegend, um BST zu verkaufen.«

»Stimmt nur bedingt. Zur Beruhigung der schönen Toten haben Sie ihr einen neuen Markt direkt hier vor der Haustür versprochen.«

»Das erscheint mir, bei aller Hochachtung vor ihrer Theorie, etwas weit hergeholt. Ein kluges Raubtier jagt nie vor der eigenen Haustür.«

»Es war von Ihnen nie geplant, BST an die friesischen Bauern zu verkaufen. Es ging einzig und alleine darum, die Zeugin zu beseitigen und einen Schuldigen – ihren Mann – auszumachen, an dem wir uns festbeißen. Allein die Todesfolge der beiden war schlecht geplant. Deshalb mussten dann auch Frau Tomaszewski und Frau Franke sterben. Damit war die Inszenierung wieder rund.«

»Und warum hätte – wenn ihre Theorie stimmt – ich mich ausgerechnet mit Frau Franke und Frau Tomaszewski zusammen tun sollen?«

»Sie sind beide Opfer. Frau Franke wurde von ihrem Mann wie ein Stück Vieh – vielleicht sogar schlechter – behandelt. Die Frau war zutiefst gekränkt und wahrscheinlich voller Rachegelüste. Bei Frau Tomaszewski nehme ich an, dass sie in Ihren Mann verliebt war. Er hat alles ins Bett gezerrt, was nicht rechtzeitig auf dem Baum saß – nur Frau Tomaszewski hat er nicht angerührt. Das verletzt!«

»Eine spannende Geschichte, aber nicht zu beweisen.«

Tammo sah auf die Küchenuhr. Es war 7.10 Uhr. »Von wo fliegen Sie?«

»Von Bremen, hatte ich das nicht gesagt?«

»Bremen«, wiederholte er. »Wir werden uns wiedersehen!«

»Das glaube ich kaum!«

Tammo fuhr nach Dangast. Bremen ging ihm nicht aus dem Kopf. Schorsch und Gisela kamen gerade aus einer Bäckerei. Tammo hielt.

»Bist du auf Frühschicht?«, wollte Schorsch wissen.

»Was macht man, wenn man die Täterin kennt, aber nichts, gar nichts beweisen kann?«

»Man setzt sie fest und überlegt.«

»Genau das ist mein Problem. Ich kann sie ohne Beweise nicht festsetzen.«

»Die Höhensieb?«, fragte Gisela.

»Wie kommst du denn darauf?« Tammo war erstaunt.

»Bleiben ja nicht mehr so viele übrig. Täterin schließt ja einen Täter aus – oder?«

»Gut kombiniert!«

»Und jetzt?«, fragte Schorsch.

»Pech! Sie fliegt heute nach Malle.«

Tammo verabschiedete sich. Zuerst wollte er zum Hof von Onkel Heini, entschloss sich aber dann, zum Reethaus zu fahren. Helene stand in der Küche.

»Ist Swantje schon aufgestanden?«, fragte er. Warum er sicher war, dass Swantje wieder im Reethaus schlief, wusste er selber nicht.

»Ich hab sie noch nicht gesehen.«

»In welchem Zimmer schläft sie?«

»Zimmer 5!«

Tammo hämmerte gegen die Tür.

»Aufstehen. Es gibt Arbeit. Ich warte in der Küche.«

Tammo kehrte zu Helene zurück. Nervös wippte er von einem Bein aufs andere.

»Du machst mich nervös.«

»Ich bin nervös!«

»Willst du einen Kamillentee?«

Swantje kam. Tammo erzählte ihr von seiner Theorie. Mit jedem Satz wurde sie wacher. Sie klappte ihren Laptop auf und tippte Daten hinein, während Tammo noch sprach.

»Bremen! Wir müssen an den Lehrer heran, mit dem Solveig

Höhensieb ein Verhältnis gehabt haben soll. Ich bin sicher, dass er der Regisseur bei der Niederdeutschen Bühne in Varel war.«

»Und damit schließt sich auch die Verbindung von Solveig zu den beiden Frauen.«

»Sie hat von Beginn an den ganzen BST-Handel als Theaterdrama inszeniert. Ihr Mann war der ewig Schuldige. Sie hat alles um ihn herum so in Szene gesetzt, dass wir gar nicht anders konnten, als ihn zu verdächtigen.«

»Damit wäre dann auch der Lehrer ein Mittäter, vielleicht sogar die graue Eminenz im Hintergrund.«

Tammo überlegte eine Weile: »Glaube ich nicht. Solveig ist der Boss, sie hat alles haarklein geplant. Ich nehme an, der Lehrer war auch nur Mittel zum Zweck. Wir sollten uns ihn ansehen.«

Swantje nickte, war aber mit ihren Gedanken bereits woanders.

»Hotels, Pensionen, Reparaturwerkstätten«, sagte sie, ohne den Blick zu heben.

»Ich versteh kein Wort!«

Jetzt sah sie Tammo an.

»Ich habe die Orte, wo die illegalen BST-Laboratorien aufgeflogen sind. Wir sollten recherchieren, ob Solveig in den letzten Jahren dort in der Nähe war. Außerdem scheint sie ja nach deiner Vermutung oft mit dem Motorrad unterwegs gewesen zu sein. Vielleicht musste sie mal in eine Werkstatt.«

Tammo griff zu seinem Handy. Er rief Gunnar an. In einer halben Stunde wollten sie sich im Revier in Varel treffen.

Es war mittlerweile 8.05 Uhr.

»Gunnar und Onno kümmern sich um die Hotels und Pensionen rund um die Orte, wo die BST-Laboratorien standen.

Swantje und ich fahren nach Oldenburg, anschließend weiter nach Bremen. Wir brauchen den Namen und die Adresse des Lehrers, der mit Solveig ein Verhältnis hatte. Vielleicht gelingt es uns, vom Oberstaatsanwalt einen Haftbefehl für Solveig Höhensieb zu bekommen. Sobald ihr nur ansatzweise brauchbare Informationen bekommt, ruft uns an.«

Tammo und Swantje waren gleich zur Wache gefahren. Bis auf Onno waren alle Beamten unterwegs. Gunnar kam um kurz vor halb neun.

9.10 Uhr – die Besprechung war beendet.

»Es bleiben etliche ungeklärte Fragen«, stellte Swantje fest, als sie mit Tammo im Dienstwagen saß.

»Welche?«

»Warum mussten die schöne Tote und Höhensieb sterben? Wer hat die Yacht mit den Leichen zur Schleuse gefahren? Wie kamen die beiden Frauen in den Güllebehälter? Es sieht nicht so aus, dass von außen Gewalt angewendet wurde.«

»Ich nehme an, dass die Fußspur, die ich gefunden habe, von Solveig Höhensieb stammt. Falls ich recht habe, war sie mit dem Motorrad auf dem Hof. Sie hatte sich dort mit den beiden Frauen verabredet.«

»Und wie kamen die dann in den Güllebehälter?«

»Mit einem Lockmittel.«

»Was soll einen denn an Gülle locken?«

»Zum Beispiel darin verstecktes Geld – in einem Plastiksack oder so!«

Swantje sah Tammo zweifelnd an. »Ist das nicht sehr weit hergeholt?«

Tammo blieb stur. »Wieso? Stell dir die Situation vor: Solveig Höhensieb kommt auf den Hof, verkündet den beiden Frauen, dass wir ihnen ganz dicht auf der Spur sind und dass sie sich schnell vom Acker machen müssen. Die beiden Frauen bekommen Panik. Solveig erzählt ihnen, dass sie das Geld – niemand würde es in einem Güllebehälter vermuten – dort versteckt hat. Die beiden Frauen klettern hinauf. Der Rest ist nur noch ein kleiner Schubs, der nicht nachzuweisen ist.«

Swantje nickte zwar, war aber noch nicht überzeugt.

»Und damit wären wir beim nächsten Problem: das Geld. Die Konten liefen eindeutig über Höhensieb. Wie soll Solveig an das Geld gekommen sein?«

Warum Tammo gerade jetzt an Frau Baumeister in der Post von Varel dachte, wusste er nicht. Ihm fiel das Gespräch mit der Kundin ein, die ein Paket für ihren Mann ohne entsprechende Legitimation haben wollte – und auch bekam. Tammo sagte nur: »Friesisch!«

Er riss das Lenkrad herum und jagte zur Post. Swantje verstand gar nichts. Sie sprang aber auch aus dem Wagen und folgte Tammo an den Schalter. Frau Baumeister lächelte Tammo an.

»Kann ich Ihnen helfen?«

»Hoffe ich doch! Kennen Sie Frau Höhensieb?«

»Nicht wirklich gut.«

»Was heißt das?«

»Man hört ja so einiges!« Ihr Gesicht wurde grundsätzlich. »Die arme Frau, kann ich nur sagen.«

»Hat sie bei Ihnen mal für ihren Mann ein Konto eröffnet?«

»Sie meinen bei der Postbank?«

»Wo sonst!« Tammo wurde ungehalten.

»Ich kenne Sie netter!«, wehrte sich Frau Baumgarten.

»Wen?« Tammo verstand nicht.

»Sie! Sie sind sonst netter!«

»Es geht nicht um mich. Es geht um Frau Höhensieb!« Tammos Gesicht wechselte die Farbe – ins Dunkelrote.

»Frau Höhensieb hab ich schon lange nicht mehr gesehen. Früher, da kam sie öfter. Sie war immer nett und adrett.«

»Hat sie ein Konto bei Ihnen eröffnet?« Tammo betonte jedes Wort.

»Sie hat kein Konto eröffnet.«

»Warum sagen Sie das nicht gleich!« Enttäuscht drehte sich Tammo zu Swantje.

»Sie hat nur die Unterlagen vorbei gebracht!«, hörte Tammo Frau Baumgarten sagen. Blitzschnell war er wieder bei ihr.

»Welche Unterlagen?«

»Ach, das ist doch ewig her!«

»Welche Unterlagen!«, brüllte Tammo.

»Na, für die Online-Banken.«

Frau Baumeister setzte sich gerade in ihren Stuhl. Jetzt begann Kundenberatung. »Wenn Sie ein Konto bei einer Online-Bank eröffnen wollen, müssen Sie bei einer Bank oder eben bei der Post ihre Dokumente vorlegen.«

»Und Frau Höhensieb hat ihre Dokumente vorgelegt?«

»Doch nicht ihre! Die ihres Mannes. Ist aber ewig her!«

»Herr Höhensieb war selber gar nicht hier?«, fragte Swantje von hinten.

»Sie hatte eine Vollmacht ihres Mannes! Er war auf Reisen. Herr Höhensieb war nie hier auf der Post. Die Tomaszewski, die kam manchmal.«

Jetzt wurde Frau Baumeister unsicher.

»Wie lange ist das her?«, wollte jetzt Swantje wissen.

»Ewig!«

»Wie lange?«

»So vier bis fünf Jahre.«

»Haben Sie noch die Unterlagen?«

»Aber natürlich. Wir sind hier bei der Post!«

Im Hinauslaufen rief Tammo: »Nachher kommt jemand von der Wache vorbei und holt die Unterlagen ab.« Frau Baumeister wollte protestieren, da waren Swantje und Tammo schon draußen.

»Schon genial. Sie hat Jahre an ihrem Mann vorbei riesige Summen über die diversen Banken in seinem Namen geführt. Alles schön über Online-Banking.«

»Dem Haftbefehl steht jetzt nichts mehr im Weg. Wie viel Uhr ist es?«

»9.34 Uhr.«

Swantje rief den Staatanwalt an. Er war in einer Besprechung. Swantje machte Druck. Die Frau am anderen Ende der Leitung legte auf.

»Lass! Wir haben genug, um Solveig Höhensieb auch ohne Haftbefehl festsetzen zu können.« Tammo fuhr Richtung Autobahn. Gunnar rief an.

»Wir haben sie. Sie war an den verschiedenen Orten, wo es die Laboratorien gab. Einige erinnerten sich, dass sie immer mit dem Motorrad kam. Nachdem die Hexenküchen aufgeflogen waren, ward sie nicht mehr gesehen. In zwei Fällen konnten sich die Wirte auch erinnern, dass sie sich mit der schönen Toten vom Deich getroffen hat.«

»Schick jemanden zum Postamt nach Varel. Er soll die Unterlagen von Frau Baumeister abholen. Sie weiß Bescheid.«

»Du wolltest doch den Namen und die Adresse von dem Lehrer in Bremen. Jörg Voigt. Schützenstraße 4. Ach, noch etwas. Onno hat herausgefunden, dass die Höhensieb einen Motorbootführerschein in Kroatien gemacht hat. Sie hat ihn nie umschreiben lassen.«

Tammo hatte die Autobahn erreicht. Er setzte das Blaulicht auf das Wagendach. Um 10.41 Uhr waren sie an der Stadtgrenze von Bremen.

»Flughafen oder Schützenstraße?«, fragte Swantje.

»Wir haben noch Zeit. Schützenstraße.«

Jörg Voigt öffnete vorsichtig die Tür. Swantje und Tammo hielten ihre Dienstmarken hoch.

»Herr Voigt, wir haben Fragen zu Solveig Höhensieb an Sie.«

Der Mann mit den grauen, langen Haaren, dem bleichen Gesicht und dem drahtigen Körper ließ die beiden eintreten.

»Wann haben Sie Frau Höhensieb das letzte Mal gesehen?«

Jörg Voigt setzte sich in einen Sessel. Tammo und Swantje blieben stehen. Das Wohnzimmer bestand zum größten Teil aus dichtgefüllten Bücherregalen.

»Solveig hat sich in den letzten Jahren immer mehr zurückgezogen. Manchmal trafen wir uns noch hier in Bremen, aber ihre Begeisterung für mich war längst verflogen.« Er lächelte müde. »Kann ich übrigens gut verstehen.«

»Hatte Solveig Ihnen etwas über ihre geschäftlichen Aktivitäten erzählt?«

»Nicht wirklich. Ich wusste, dass sie öfter in Osteuropa unterwegs war. Wenn ich sie danach fragte, wich sie aus. Ich habe dann einfach nicht mehr gefragt.«

Swantje setzte sich auch.

»Sie hatten ein Verhältnis mit Solveig ...!«

»... und ich habe es nie bedauert. Sie ist eine ungewöhnliche Frau!« Die Müdigkeit bei Jörg Voigt war plötzlich verflogen. »Aus einem kleinen, verschüchterten Wesen ist eine starke, selbstbewusste Frau geworden. Ich kann behaupten, dass ich daran einen gewissen Anteil hatte. Über das Schauspiel habe ich sie geformt. Indem sie Rollen starker Frauen spielte, wurde sie selbst zur starken Frau. Ich habe ihr – wie soll ich sagen – die Dramaturgie des Lebens beigebracht. Es war bei ihrem Talent nur logisch, dass sie mich irgendwann verlassen würde. Das wusste ich immer und habe trotzdem nichts bereut.«

»Haben Sie vor einigen Jahren die Niederdeutsche Bühne in Varel geleitet?«

»Solveig bat mich darum.«

»Warum?«

»Sie fand, wie sie sagte, das Schauspiel dort unerträglich, war aber der Meinung, dass es durchaus in der Truppe Talente gab. Sie hatte recht.«

»War sie bei den Proben dabei?«

»Nein. Sie interessierte sich nur für die Fortschritte bei einer dicken Bäuerin und einer gewissen Tomanski oder so.«

»Tomaszewski!«, korrigierte Swantje.

»Solveig hatte recht: Die beiden Frauen hatten Talent. Sie waren unzufrieden – ich würde fast sagen – zornig. Sie wollten etwas, von dem sie nicht wussten, was es war. Das Theater hat ihnen bei der Suche geholfen. Da bin ich ganz sicher.«

»Können Sie sich vorstellen, dass Solveig – wie Sie sagen – die beiden Frauen auf die Dramaturgie des Lebens eingeschworen hat?«

»Warum nicht? Es musste aber zu Solveigs Dramaturgie passen. Sie wusste immer, was sie wollte. Dabei war sie auch bereit, falsche Fährten zu legen, wenn es ihr nützlich erschien.«

»Sie hat Sie benutzt?«, fragte Swantje.

Jörg Voigt lachte: »Aber natürlich. Sie hat mich ausgesogen wie einen Schwamm. Es war großartig!«

Tammo und Swantje waren auf dem Weg zum Flughafen. Sie hatten noch Zeit. Es war 11.22 Uhr. Swantje tippte wieder etwas in ihren Laptop. Tammo starrte auf die Straße. Er dachte über das Gespräch mit Jörg Voigt nach. Etwas entstand in seinem Kopf. Dann sagten beide im selben Moment das gleiche: »Sie fliegt nicht von Bremen nach Mallorca!«

»Stimmt!«, ergänzte Tammo. »Sie hat wieder eine falsche Fährte für uns gelegt!«

Swantje griff zu ihrem Handy.

»Gunnar? Hamburg, Hannover, Osnabrück. Kontrolliere, ob von dort ein Flug auf Solveig Höhensieb gebucht wurde.«

»Amsterdam!«, rief Tammo. »Sie fliegt von Amsterdam!«

»Amsterdam!«, rief Swantje in den Hörer.

Tammo hatte bereits das Blaulicht angeschaltet und gab Gas.

»Die bekommen wir nicht mehr.« Swantje war niedergeschlagen. »Ich rufe die Kollegen in Amsterdam an. Oldenburg soll einen Hilfeantrag stellen.«

»Bis das geklärt ist, ist Solveig Höhensieb in der Karibik.«

Tammo hatte die Autobahn erreicht. Gunnar rief an.

»Sie hat von Schiphol einen Flug nach Zürich gebucht. Heute Abend geht es dann weiter nach Venezuela.«

Tammo gab noch mehr Gas. Eine Tat der Verzweiflung. Siebzehn Minuten später erreichten sie das Autobahnkreuz Oldenburg. Weitere zehn Minuten später waren sie in Richtung Emden unterwegs. Hinter Westerstede rief Gunnar wieder an.

»Er hat in den Tank gepisst.«

»Wer hat was?«

»Schorsch hat ihr in den Tank gepisst.«

»Schorsch hat wem in den Tank gepisst?«

Jetzt war Schorsch am Telefon.

»Hier ist Schorsch. Ich habe der Höhensieb in den Tank gepisst. War Giselas Idee. Du hast doch gesagt, dass du Zeit brauchst, um Beweise zu finden. Wir sind dann gleich zur Höhensieb raus. Die Höhensieb hat in der Küche Kaffee getrunken und gegrinst. Gisela hat Schmiere gestanden und ich habe in den Tank gepisst. Was Besseres ist uns im Moment nicht eingefallen.«

Tammo sah den Wagen schon von Weitem an Autobahnrand stehen.

»Danke!« Er beendete das Gespräch. Solveig Höhensieb stand bei ihrem Wagen.

»Vor fünf Jahren habe ich die – wie sagt ihr immer – ›schöne Tote‹ in Prag kennengelernt. Sie war Managerin bei Posilac.« Solveig Höhensieb hatte keinen Widerstand bei der Verhaftung geleistet. Als sie Tammo und Swantje sah, lächelte sie etwas. Es schien, als hätte sie mit dem kaputten Wagen plötzlich aufgegeben. Jetzt saß sie neben Swantje im Wagen und gestand.

»Ich wusste sofort, dass mit dem Zeug viel Geld zu verdienen war – ohne meinen Mann. Harald war einfach ein Angsthase und mir damals schon zuwider. Ich habe dann die nötigen Kontakte geknüpft. Es passte gut, dass Harald während dieser Zeit seine Geschäfte auf Osteuropa ausdehnte. Das verschaffte mir die nötige Zeit und reichlich Freiraum, in aller Ruhe meine Geschäfte aufzubauen.«

Solveigs Stimme war leise, aber konzentriert.

»In Bayern, Österreich und Norditalien baute ich dann die Laboratorien auf. Die schöne Tote war anfangs eine gute Partnerin, aber mit dem Erfolg kam ihr Größenwahn. Schnelle Autos, teure Hotels und Designerklamotten. So was fällt auf. Zuerst flog in Österreich unser Labor auf, dann in Bayern. Man war ihr auf der Spur und sie tauchte hier auf. Mir war klar, dass ich sie loswerden musste. Dummerweise hatte sie jede Menge BST bei sich und auch noch welches hier her transportieren lassen. Ohne mich zu informieren mietete sie den Schuppen bei der Kaserne an, lagerte das Posilac im Keller und begann einen Kundenkreis aufzubauen. Damit wurde die Sache noch komplizierter. Bei einer dieser Touren kam sie auch auf den Hof von Frankes. Frau Franke gehörte schon zu meinem Kreis. Als die schöne Tote immer unzuverlässiger wurde, habe ich gute Partnerinnen hier oben gesucht. Beide Frauen hatten von Buchführung und Tierernährung Ahnung. Die Tomaszewski hatte jede Menge Adressen. Dann kam noch etwas Wichtiges hinzu: Sie hatten beide Schauspieltalent. So was braucht man, wenn ein neuer Markt erschlossen werden soll. Wir hatten uns die Gegend zwischen Elbe und Weser ausgeguckt. Nur nicht vor der eigenen Haustür! Da kam uns dann die schöne Tote in die Quere. Sie drohte, meinem Mann alles zu gestehen, wenn ich ihr nicht zwei Millionen zahlen würde.« Solveig lächelte und sah dabei auf ihre Finger. »Ich hatte alles von Beginn an so organisiert, dass im Verdachtsfall mein Mann der Schuldige ist. Es hat viel Muhe und Arbeit gekostet, das Netzwerk aufzubauen.« Jetzt sah sie Swantje an.

»Er hat mich betrogen! Er hat mich wie eine Hure behandelt. Es war meine Rache.«

»Wie ist es dir gelungen, Frau Tomaszewski und Frau Franke mit ins Boot zu holen?«, wollte Swantje wissen.

»Die Tomaszewski liebte vor Jahren meinen Mann. Zuletzt hasste sie ihn. Er hat sie immer wie eine Sklavin behandelt. Sie bekam seine Eskapaden mit und litt. Ich brauchte nicht viel Überredungskunst, um sie auf meine Seite zu bekommen. Frauen, die hassen, werden zu Furien. Bei der Franke sah es ja ähnlich aus.«

»Und wie ging es weiter?«, fragte Swantje.

»Die schöne Tote – ich mag die Bezeichnung – hat sich mit Harald getroffen, weil ich ihr das Geld nicht geben wollte. Sie trafen sich im Büro. Zuerst glaubte er ihr nicht. Die Tomaszewski war zum Glück gerade da, weil sie sich Fischstäbchen in der Küche gemacht hat.«

»Und die beiden haben die Fischstäbchen aufgegessen?«, wollte jetzt Tammo wissen.

»Genau! Um die Situation zu entspannen, bot die Tomaszewski den beiden ihre Fischstäbchen an. Ich glaube, die hatten Hunger.«

Es entstand eine Pause. Dann erzählte Solveig Höhensieb weiter. »Aber es war mir klar, dass sich die Situation zuspitzt. Es musste gehandelt werden.«

»Wenn ich mal kurz unterbrechen darf«, fragte Tammo, »warum haben Sie der Toten den Schlüpfer ausgezogen?«

»Die hat nie einen Schlüpfer getragen – einen Slip, meine ich natürlich.«

»Nie?«

»Nein, nie! Den Schmuck und die Papiere haben wir natürlich entsorgt.« Sie kehrte zu ihrer Geschichte zurück. »Mit der Tomaszewski habe ich die schöne Tote beseitigt – in der Garage.«

»Die Tomaszewski hat einfach so mit ihnen diese Frau umgebracht?«, zweifelte Tammo.

»Die Tomaszewski hat unglaubliches Potential – nicht nur bei der Niederdeutschen Bühne. Ich wusste, dass sie meinen Mann immer geliebt hat. Es war ziemlich leicht, aus Liebe Hass werden zu lassen. Mit etwas Fantasie erzählte ich ihr von den Amoren meines Mannes. Etwas ausgeschmückt natürlich. Ein paar Gemeinheiten gegen sie waren auch mit dabei. Sie ist – war fast so gut organisiert wie ich. Allein der große Überblick fehlte ihr. Und dann kam noch die Gier hinzu – die Gier nach dem großen Geld. Ich habe auf der linken Seite des Stricks gezogen und sie rechts. Als wir die Leiche abends wegschaffen wollten, tauchte mein Mann plötzlich auf. Er hatte mich gesucht, weil er der Schönen noch immer nicht glauben wollte. Im selben Moment war mir klar, dass ich jetzt die Chance hatte, ein weiteres Problem zu erledigen. Den Rest kennt ihr ja.«

»Und warum mussten Frau Franke und Frau Tomaszewski sterben?«, wollte Tammo wissen.

»Schwache Nerven. Sie bekamen Panik nach dem Artikel in der Jade Zeitung. Hinzu kam, dass ich es für besser hielt, alle Mitwisser zu beseitigen. Ich habe sie zu Frankes Hof bestellt und behauptet, dass ein Teil des Geldes im Güllebehälter versteckt sei. Sie wurden gleich gierig. Ich brauchte sie nur zu schubsen und der Fall war erledigt. Als ehemalige Chemielaborantin wusste ich um den tödlich stinkenden Cocktail über der Gülle. Sie sind schnell gestorben.« Sie machte eine Pause und sah aus dem Fenster. »Wäre der Wagen nicht kaputt gegangen, würde ich jetzt auf meinen Flieger warten. Es war alles bis ins Detail geplant. – Schade!«

»Was ich immer noch nicht verstehe – warum lagerte das

Posilac einmal im Keller, dann in der Garage und schließlich in der Scheune?«

»Die schöne Tote hatte es im Keller gelagert. Nachdem sie verstorben war, haben wir es in die Garage geschafft, um eine Verbindung zu meinem Mann zu schaffen. Schließlich brauchten wir, auf Wunsch von Frau Franke, eine Verbindung zu ihrem Mann. Das Loch in der Scheune kannte sie. Mit der Tomaszewski habe ich das Zeug dann rüber geschafft. Die Franke war ja bei ihrer Schwester. Über die Peilsender wussten wir ziemlich genau, wo ihr gerade unterwegs wart.«

»Und warum musste Olaf sterben?«

»Wir wussten um den Streit, den Sie mit Olaf hatten. Ich hatte die Prügelei beobachtet und wie Sie die Mistgabel beiseite stellten. Den Rest können Sie sich denken. Ein Polizist als Mörder – das hat doch was!«

»Was sind das nur für Zustände!« Swantje schüttelte den Kopf. Sie waren auf Onkel Heinis Hof.

Es war 16.45 Uhr.

»Wir überführen eine Täterin, indem jemand ihr in den Tank pinkelt. Entsetzlich!«

»Ohne Schorschs Pisse würde sie jetzt in einer Bank in Zürich sitzen und ihr Geld zählen.«

»So was hat nichts mit seriöser Ermittlungsarbeit zu tun. Wo kämen wir da hin, wenn jeder bei seinen Ermittlungsarbeiten pissen würde. Ich war in New York, in Paris, Berlin und Frankfurt – ich habe tausende Fälle studiert – nirgendwo auf dieser Erde wurde ein Täter mittels Pisse verhaftet – nur hier in Friesland. Es ist einfach ekelig!«, giftete Swantje.

»Erstens: Schorsch hat nicht ermittelt, sondern wollte uns nur helfen. Zweitens: Fällt mir gerade nicht ein.«

»Ob tatverdächtig oder nicht – pissen ist einfach ekelig!«

»Stell dich nicht so an. Was hätten Schorsch und Gisela anderes machen sollen?«

»Man pisst nicht so einfach in fremder Leute Auto!«

»In einen Tank! Nicht in ein Auto! Giselas Idee war einfach großartig!«

»In Friesland vielleicht! Bei mir nicht!«

»Du bist nur sauer, dass ich mit meinen brillanten Theorien genau richtig lag – wie Solveig Höhensieb ja mittlerweile zugegeben hat. Dein blöder Computer ist eine Bankrotterklärung an die moderne Kriminologie!«

»Steinzeitschupo!«

»Ich finde, ihr seid ein gutes Team«, grinste Onkel Heini. »Wollt ihr nicht heiraten?«

»Eine völlig neue Form des Selbstmords!« Tammo wusste, als er es sagte, dass es nicht unbedingt gut war. Swantje funkelte ihn bedrohlich an. Ihre Augenbrauen schossen in die Höhe. Sie nahm ihre Tasche, stieg in ihren Dienstwagen und fuhr ab.

Hatte sie nun einen kleinen oder großen Busen, fragte sich Tammo. Es schien ihm sinnvoll, um seines Friedens Willen, die Frage nicht weiter zu verfolgen.